10
18

12, AVENUE D'ITALIE. PARIS XIIIe

Sur l'auteur

Sous le nom de Margaret Frazer se cachent en fait deux femmes. La première, Mary Monica Pulver, est auteur de romans policiers contemporains, la seconde, Gall Frazer, est passionnée par l'histoire médiévale anglaise. Leur collaboration commence en 1992 avec la première enquête de mère Frevisse, *Le Conte de la novice*. Elle se poursuit pendant six ouvrages et deux nominations à des prix – le prix Edgar Poe pour *Le Conte de la servante* et le prix du Minnesota pour *Le Conte de l'évêque* – avant que l'une des deux ne retourne au XXe siècle et ne laisse la seconde poursuivre seule l'aventure.

Digne héritière d'Ellis Peters, Margaret Frazer a déjà publié quatorze enquêtes de mère Frévisse.

MARGARET FRAZER

LE CONTE
DE L'ASSASSIN

Traduit de l'américain
par Pascale HAAS

INÉDIT

Grands Détectives
dirigé par Jean-Claude Zylberstein

*Du même auteur
aux Éditions 10/18*

Titre original :
The Murderer's Tale

© Mary Monica Kuhfeld et Gail Frazer, 1996.
© Éditions 10/18, Département d'Univers Poche, 2005,
pour la traduction française.
ISBN-2-264-04081-5

« *Car il avait la ferme intention*
De tous les deux les tuer
sans jamais s'en repentir. »

« *Le conte du Pardonneur* »,
Geoffrey CHAUCER

CHAPITRE PREMIER

Derrière les hautes fenêtres de la grande salle, la nuit se retirait et l'aube commençait à poindre. Assis en haut des marches de l'estrade, appuyé sur les coudes, les jambes confortablement étendues, Giles regardait les poutres du plafond noircir à mesure que diminuait l'obscurité. Bientôt, il le savait, il apparaîtrait au regard des serviteurs affairés qui se hâtaient au fond de la salle, entre les escaliers éclairés par les lampes et le perron reflétant les torches de la cour, où l'on était en train de préparer les chevaux en vue du départ. Mais la pénombre l'envelopperait quelques instants encore, de sorte qu'il pouvait observer leurs allées et venues sans se faire voir.

La plupart des bagages avaient été bouclés la veille et devaient être chargés sur les charrettes, qui sortiraient de la cour en grondant dès que la lumière serait suffisante pour distinguer la route. En temps normal, ils auraient dû être partis avec les domestiques depuis une journée entière, de manière à préparer le manoir de Langling avant l'arrivée du reste de la maisonnée, mais il n'était pas indispensable, cette fois, de se précipiter. La maisonnée arriverait plusieurs jours après eux – maudits soient Lionel et ses pèlerinages ! Partir de Knyvet, où ils séjournaient depuis la Saint-Martin,

7

pour s'installer à Langling au printemps – et revenir à Knyvet à la fin de l'automne – représentait chaque année une corvée pour tout le monde. Sauf pour Lionel, qui ne pensait qu'à gaspiller ses prières, son argent et le temps de tout un chacun à traverser une demi-douzaine de contrées dans le sens inverse de la course du soleil pour aller dans des chapelles dont quasiment personne ne se souciait.

Les grands pèlerinages avaient au moins l'avantage d'offrir quelque distraction. Mais comme la Vierge Marie, saint Thomas Becket, le sang sacré de Hailes[1] et leurs pareils l'avaient déçu, Lionel s'était tourné vers des lieux plus humbles, des sanctuaires oubliés de saints oubliés, dont il ne fallait rien attendre que prières et ennui. Et tout cela pour rien.

Mais Lionel ne renoncerait pas. Pas lui. Il continuait à s'accrocher au stupide espoir qu'il allait guérir, sans comprendre que si les saints auxquels il se vouait avaient été un tant soit peu efficaces, ils auraient eu mieux que des chapelles minuscules au bord de petites routes pour le prouver.

Giles se redressa et étira les bras pour décontracter ses épaules. Cette année, une halte de plusieurs jours était néanmoins prévue chez lord Lovell. Au bout de trois ans, son suzerain voulait voir comment Lionel se portait, ou plutôt, comment son mal empirait. Mais comme lord Lovell tenait une table honorable et qu'il avait passé ces dernières années à reconstruire Minster Lovell, on était sûr de trouver là une bonne chère et un certain réconfort.

Malheureusement, l'église de Minster Lovell étant dédiée à saint Kenelm, Lionel avait eu l'idée d'y effec-

1. L'abbaye de Hailes, dans le Gloucestershire, était un des lieux de pèlerinage les plus populaires d'Angleterre.

tuer un pèlerinage, de même qu'au temple et sur la tombe du saint à l'abbaye de Winchcombe, avant de se rendre – Dieu l'en garde ! – dans les six autres chapelles plus modestes qui lui étaient consacrées, disséminées dans l'unique contrée d'Angleterre à s'encombrer d'un saint aussi insignifiant.

Giles songea qu'on pouvait faire confiance à Lionel pour retrouver les reliques d'un roi enfant assassiné voilà plusieurs siècles, au seul et saint motif que sa sœur était ambitieuse et son amoureux conciliant ! D'ailleurs, à sa connaissance, Kenelm n'avait jamais eu la réputation de guérir le haut mal. N'était-ce pourtant pas le but supposé de tous ces déplacements ?

Mais Lionel avait depuis longtemps perdu toute raison en ce domaine et, quoi qu'il advienne, il avait l'intention de les traîner dans les sept sanctuaires, aussi minables soient-ils.

Arrivé sur la dernière marche de l'escalier, un domestique trébucha, s'emmêlant les pieds par maladresse, et lâcha un côté du coffre qu'il transportait. Celui-ci heurta lourdement le sol. L'homme jura, pestant à la fois contre le coffre et le rire moqueur du camarade qui descendait derrière lui, tenant un rouleau enveloppé dans une étoffe. Ils se penchèrent ensemble pour évaluer les dégâts, le maladroit reprit le coffre dans ses bras, puis ils poursuivirent leur chemin, riant tous les deux aux éclats.

Giles hocha la tête. Il faisait suffisamment jour pour qu'il ait reconnu Dickon. Le moment viendrait où, tenant une branche de houx dans une main et Dickon à portée de l'autre, il lui ferait payer sa négligence, intérêts compris, ainsi que le fait d'en avoir ri. Mieux valait tard que jamais, même si Dickon ne partagerait sans doute pas son avis, ce qui, ajouté à ses glapissements, ne pourrait qu'accroître son plaisir.

Giles se releva. Le jour naissant éclairait les fenêtres. Il était temps d'aller voir comment les choses avançaient à l'étage.

Tout se déroulait plus ou moins comme prévu. Ils avaient presque fini. Les domestiques sortaient les dernières malles du parloir, pendant que Lionel et ce satané Martyn conversaient près des fenêtres aux volets clos, devant la table où était présenté le repas servi du matin. Des quignons durs de pain, le reste insipide du rôti de la veille et probablement de la bière tiède dans un pichet qui aurait dû contenir du vin chaud épicé. Affronter la fraîcheur d'une aube d'avril sans autre perspective qu'une longue journée de chevauchée était loin d'enchanter Giles ; du vin aromatisé aurait amélioré quelque peu son humeur, et rendu le repas acceptable sinon agréable. Le jour où il serait le maître céans – Dieu l'aide à convaincre lord Lovell que ce devrait être pour bientôt ! –, les choses seraient autrement mieux organisées.

Cependant, pour l'heure, tout appartenait à Lionel et rien à Giles, excepté ce que son cher cousin lui autorisait. Tout, sauf Edeyn, la seule chose qu'il se soit appropriée. Souriant à cette pensée, il alla rejoindre à la table les deux êtres qui lui répugnaient le plus au monde. Son cousin, la mâchoire tout en longueur, semblait ne jamais se rappeler que Martyn était ici serviteur et non maître. Tous les deux s'entendaient comme larrons en foire, Martyn ne s'aventurant jamais très loin et ne laissant aucun loisir à Giles d'arranger les choses à sa guise.

Et il en allait ainsi depuis déjà quinze ans, depuis que la première crise avait terrassé Lionel. Il était alors âgé de quatorze ans, et Giles, qui en avait dix-huit, était ravi d'expliquer l'ordre des choses à son jeune cousin. Ils étaient dans la cour de l'écurie en train de bavarder avec des palefreniers et Martyn – qui n'avait que vingt ans, mais se comportait déjà comme s'il en savait plus que les autres sous prétexte que son père était l'intendant du père de Lionel –, et rien ne les avait prévenus de ce qui allait arriver. Lionel se tenait là, debout, en train de parler et de rire, et il s'était brusquement écroulé par terre, gisant inconscient tel un bœuf assommé. Tous les autres l'avaient dévisagé, trop effrayés pour faire un geste. Et avant même qu'ils aient recouvré leurs esprits, Lionel s'était mis à tressaillir, secoué de soubresauts, puis il avait commencé à se tortiller violemment en grognant, de la bave aux commissures des lèvres.

Tous les garçons s'étaient aussitôt enfuis, se bousculant dans l'affolement, comprenant soudain et se signant désespérément pour se protéger contre le monstre ou le démon qui venait d'entrer dans le corps de Lionel et luttait pour en prendre possession.

Tous, sauf Martyn. Ce dernier avait bondi en arrière comme les autres quand Lionel avait commencé à se tordre et à baver, mais, déjà à cette époque, il était un valet dans l'âme. Destiné à succéder à son père dans la fonction d'intendant du domaine Knyvet, il avait senti où était son intérêt. Faisant fi de tout sens commun, Martyn s'était ressaisi et, tandis que les autres reculaient plus loin, il s'était approché et agenouillé près de Lionel, s'efforçant de le maintenir tranquille, d'empêcher sa tête de cogner contre les pavés, en ordonnant d'aller quérir le prêtre.

L'un des garçons s'était repris suffisamment pour partir en courant, mais le reste de la bande était resté figé d'horreur, Giles y compris, les yeux rivés sur Martyn qui essayait de maîtriser Lionel en priant à voix haute. Jusqu'au moment où la crise avait cessé et où il était demeuré étendu là, inconscient et alangui, sa tête ensanglantée reposant entre les mains de Martyn.

Le prêtre était enfin arrivé, en même temps que d'autres gens. Il avait été impossible de dissimuler l'incident. Un démon s'était emparé de l'héritier du maître devant une demi-douzaine d'hommes, ce qui représentait trop de bouches à faire taire. Parmi ceux qui avaient assisté à la scène, personne ou presque n'avait voulu toucher Lionel, même une fois la crise terminée. Seuls les ordres furieux de Martyn avaient convaincu plusieurs d'entre eux – mais pas Giles – de le soulever pour le transporter à l'intérieur de la maison.

Dès lors, l'horreur s'était en partie dissipée. Martyn avait reçu de l'aide pour le laver, soigner ses blessures et le mettre au lit. Lionel paraissait simplement dormir, mais d'un sommeil si lourd que rien ne l'en tirait. Le prêtre s'en était allé prier pour son âme. Un peu plus tard, lorsque son cousin avait enfin repris connaissance, hébété et épuisé, il n'avait pas le moindre souvenir de ce qui s'était passé entre le moment où il bavardait dans la cour et celui où il s'était réveillé dans son lit.

Lionel ne se rappelait jamais rien, ni cette crise ni les nombreuses autres dont il avait été victime depuis. Giles avait assisté à un plus grand nombre de crises qu'il ne l'aurait voulu et en évitait autant qu'il le pouvait. Les choses étaient toutefois devenues plus faciles maintenant que Lionel connaissait les signes avant-coureurs. Il en profitait pour se retirer, désireux de rester seul, exception faite de Martyn. Le démon le laissait parfois tranquille plusieurs mois d'affilée, mais chaque fois qu'il se manifestait, c'était de manière brutale, et Martyn était alors la seule personne que Lionel tolérait à ses côtés. Il était de toute façon le seul à vouloir rester. Les autres ne demandaient pas mieux que de partir le plus loin possible : un homme habité par des démons qui cherchent à arracher l'âme de son corps offrait pour le moins un affreux spectacle. Sans parler du danger. Car qui pouvait prédire où choisirait d'aller le démon lorsqu'il le libérerait ? Quiconque se trouvait à proximité risquait de devenir sa proie.

Cependant, presque toujours le bon vieux Martyn était là, s'appliquant de son mieux à épargner la moindre égratignure à ce satané Lionel et veillant ensuite sur lui quand il gisait exténué et hagard, parfois meurtri. Ce bon vieux Martyn qui occupait la place d'un maître plus que d'un serviteur, une place qui aurait dû être celle de Giles.

Pendant un temps, comme il avait semblé que Lionel allait perdre son droit d'héritage à cause de son mal, Giles avait nourri quelque espoir. Étant cousin de Lionel par le frère cadet de maître Knyvet, il était le second héritier mâle par le sang, de sorte que le patrimoine lui reviendrait si Lionel était déclaré inapte à hériter. Mais son oncle s'était donné beaucoup de mal sur le plan légal et avait dépensé sans compter pour protéger son fils et s'assurer qu'il lui succéderait. Tout cet argent gâché et ces faveurs accordées avaient horripilé Giles. Pis, maintenant que son oncle était décédé, il devait regarder Lionel profiter de ce qui aurait pu si facilement être à lui aujourd'hui. Oh, cela finirait bien par arriver un jour ! Lionel ne se marierait jamais – par choix, mais aussi parce que aucune femme ne voudrait de lui, même Edeyn – et, puisqu'il n'aurait jamais d'héritier direct pour lui succéder, ces biens reviendraient finalement à Giles.

C'était ce « finalement » qui l'agaçait.

Et aussi le fait de ne rien posséder en propre, hormis un pauvre manoir délabré entouré de terres misérables. Au point que Giles trouvait plus confortable et plus commode de vivre de la générosité de son cousin, même si cela l'obligeait à le voir posséder et dépenser ce qui aurait dû lui revenir et ne lui reviendrait peut-être pas avant longtemps, puisque les crises n'étaient malheureusement pas mortelles et se contentaient de le tourmenter.

Et, pour tout arranger, Martyn avait repris le flambeau de son père, décédé un an après maître Knyvet, en devenant l'intendant du domaine. Une fois son oncle et l'intendant de celui-ci disparus, Giles avait caressé l'idée qu'il jouirait d'une meilleure maîtrise de la situation et d'une plus grande influence sur Lionel, et qu'il tirerait quelque avantage du mal dont souffrait son cousin. Mais, cette fois encore et comme toujours, ce bon vieux Martyn se dressait en travers de son chemin.

Les deux inséparables riaient à présent d'une chose que Giles n'avait pas entendue en entrant. Et ils continuèrent lorsque, ayant fini de déjeuner, ils se détournèrent de la table pour le saluer.

— Giles ! Personne n'a réussi à te trouver ! s'exclama Lionel. Nous avons cru que tu étais parti sans nous. As-tu mangé ?

— Pas encore. J'étais sorti voir si tout était prêt.

Ce n'était pas vrai, mais ni l'un ni l'autre ne se donnerait la peine de vérifier. L'essentiel était le regard appuyé qu'il avait lancé à Martyn pour lui signifier que c'était l'intendant, et non lui, qui aurait dû s'en charger. Mais son regard échappa à Lionel, comme presque tout ce que Giles voulait qu'il voie. Martyn, par contre, l'avait fort bien vu et plissa la bouche d'un air amusé auquel se mêlait le refus de se laisser impressionner.

Ce Martyn était rusé. Aussi rusé que Lionel était amorphe. Et qui plus est insolent, conscient de la force de son emprise sur Lionel, sans craindre de la voir jamais faiblir. Cette insolence, Giles avait l'intention un jour de la briser net. Et de faire disparaître – non pas de façon provisoire mais définitive, Dieu l'entende ! – le petit air satisfait qu'arborait Martyn.

Cependant, comme ce ne serait pas pour tout de suite, il les rejoignit à la table avec un grand sourire, choisit un bout de miche pas trop sec et préleva un morceau de rôti à son goût, entouré d'une appétissante croûte d'herbes. Toutefois, ainsi qu'il l'avait craint, le pichet ne contenait que de la bière.

Cherchant à meubler la conversation, il déclara :

— Dickon vient de faire tomber un des coffres au bas de l'escalier. Peut-être voudras-tu t'assurer que rien n'a été abîmé.

Lionel piqua un morceau de viande du bout de sa dague et répliqua :

— Tout le monde sait que Dickon n'est qu'un nigaud et un maladroit.

— Raison pour laquelle nous veillons à ne rien lui faire porter qu'il risquerait d'abîmer, compléta Martyn.

Giles changea de sujet.

— Qu'est-ce qui vous faisait tant rire tout à l'heure ?

— Une devinette, répondit Lionel en souriant. Martyn en connaît une nouvelle.

L'estomac de Giles se crispa autour du morceau de viande qu'il venait d'avaler. Ah, Martyn, Lionel et leurs maudites devinettes… Dieu sait si le visage de son cousin – un visage tout en longueur, le front et l'arête du nez barrés d'une cicatrice qu'il s'était faite quatre ans plus tôt en tombant sur une lanterne au cours d'une crise soudaine – prenait meilleure allure quand il riait, mais ces satanées devinettes…

Il vit Martyn sourire à son tour et parvint à dire d'une voix neutre :

— Une nouvelle ? Je pensais qu'il ne restait plus une seule devinette que vous ignoriez tous les deux. De quoi s'agit-il, je vous prie ?

Lionel et Martyn échangèrent un regard complice et amusé.

— À toi de la poser, dit Lionel. C'est la tienne.

Martyn composa son expression, affichant une assurance insolente censée montrer à quel point il était malin, et dit, avec la gravité d'un évêque interrogeant le pape :

— Peux-tu me dire quel animal a la queue entre les deux yeux ?

Giles regarda Lionel et Martyn tour à tour, les haïssant tous deux parce qu'ils connaissaient la réponse et étaient certains que lui l'ignorait. Un animal qui a la queue entre les deux yeux ? Quelle qu'elle soit, la réponse ne manquerait pas d'être trop stupide pour qu'il perde son temps à chercher.

— Je n'en ai aucune idée. Quel animal a la queue entre les deux yeux ?

Martyn sourit de plus belle.

— Un chat qui se lèche le derrière.

Giles lâcha un rire crédible avant de lui accorder ses félicitations.

— Excellent. Je n'y aurais jamais pensé.

Et il s'en serait bien gardé !

— Surtout, ne la raconte pas à Edeyn, le pria Lionel. Je voudrais voir sa tête quand je la lui poserai.

— Je ne dirai rien, promit Giles.

Il déposa les restes de son déjeuner sur la table, avala une gorgée de bière en vitesse, puis adressa un bref salut de la tête à son cousin.

— À propos d'Edeyn, je ferais mieux d'aller voir comment elle va. Je te prie de m'excuser.

Lionel l'excusa avec un empressement qui frisait l'insulte.

Les appartements qu'occupait Giles étaient situés à l'opposé de ceux de Lionel par rapport au parloir. Ce jour-là, la pièce, qui donnait sur l'extérieur, était vide, débarrassée de ses tapisseries et de ses coussins. Les volets fermés par une barre bloquaient la moitié inférieure des fenêtres, là où les vitres avaient été retirées et emballées pour être emportées à Langling. La partie supérieure laissait voir la lumière grise de l'aube ainsi qu'une dernière étoile. D'ici peu, les charrettes prendraient la route, comme à son tour le reste de la maisonnée.

Au moment où Giles traversa la pièce pour gagner sa chambre, un de ses serviteurs sortit par la porte du fond et s'écarta précipitamment pour le laisser passer, s'inclinant en même temps, malgré la petite malle en cuir qu'il portait à bout de bras.

Giles indiqua le coffre.

— Est-ce le dernier ?

— Oui, maître. Il ne reste plus que ce que les servantes de maîtresse Knyvet voudront emporter.

— Bien, dépêche-toi. Nous prenons du retard, et maître Lionel est impatient de partir.

Le serviteur s'inclina de nouveau, puis il se retourna et fila sans un mot.

Dans la chambre à coucher, Giles trouva Edeyn debout près du lit dépourvu de draps et de matelas, sa cape sur le bras. Elle regardait ses deux servantes plier un tissu épais autour de son coffret à bijoux, qui serait ensuite rangé dans une sacoche pour plus de sécurité. Lorsque Giles arriva, les servantes s'abstinrent de relever la tête ; elles avaient entendu ce qu'il venait de dire, et leurs mouvements traduisaient leur empressement. Mais Edeyn l'accueillit d'un sourire. Il l'attrapa par le menton et attira son visage vers le sien pour qu'elle lui donne un baiser qu'il savoura longuement. Sa préférence allait aux femmes à la poitrine généreuse et aux hanches larges – elles offraient plus à saisir dans un lit –, or Edeyn était l'exact opposé. Petite et menue, elle lui arrivait à peine à l'épaule, mais il lui avait appris à embrasser et d'autres choses qui lui plaisaient, de sorte que, en définitive, ils se débrouillaient assez bien.

Assez pour qu'elle porte depuis quatre mois l'enfant qui, si c'était un garçon, deviendrait son héritier. Un héritier qu'elle eût été heureuse de donner à Lionel s'il n'avait pas été dans l'impossibilité de se marier.

Giles se demandait parfois si Edeyn se doutait qu'il savait son amour pour Lionel avant qu'elle s'éprenne de lui. Cela lui était d'ailleurs égal. À la vérité, il en était même ravi. La posséder n'en était que plus délicieux. Et comme il soupçonnait Lionel d'avoir aimé Edeyn en retour, voire de l'aimer encore, il tenait à lui faire savoir qu'elle était désormais sienne. Rien qu'un mot, un geste ou une remarque anodine sur la nuit particulièrement enchanteresse qu'ensemble ils avaient passée. Jamais trop. Juste une manière de faire payer un peu à Lionel tout ce qu'il possédait et qui aurait dû être à lui.

Lorsqu'il s'écarta de ses lèvres, Edeyn lui sourit.

— Nous sommes prêtes, dit-elle.

— Très bien. Allons-y. Lionel nous attend.

Docile et obligeante, elle acquiesça, puis se dirigea vers la porte tandis que ses servantes rassemblaient leurs dernières affaires. Giles attendit qu'elle soit arrivée sur le seuil pour l'interpeller :

— Au fait, Edeyn, encore une chose.

— Oui ? fit-elle en se retournant.

— Lionel a une nouvelle devinette.

Edeyn cherchait en permanence à participer au jeu préféré de Lionel et Martyn. Toutefois, comme elle possédait plus de bonne volonté que d'esprit, ses propositions étaient souvent si incongrues qu'elles déclenchaient plus de rires que la bonne réponse.

— Quand il te la posera, tu répondras que c'est un chat qui se lèche le postérieur.

Une petite pierre de plus dans le jardin de Lionel.

CHAPITRE II

Le jardin embaumait la pluie tombée en fin d'après-midi. À l'ouest, le soleil couchant striait les nuages d'une bande safran, tandis que la lumière dorée s'allongeait, illuminant le mur du jardin. Le long des allées, des gouttelettes transparentes s'accrochaient aux feuilles les plus basses, balayées par les longues robes des nonnes qui se promenaient lors de la récréation du soir. Deux d'entre elles marchaient côte à côte, les mains croisées glissées dans leurs manches. La troisième allait seule, son chapelet à la main. Au-dessus du mur d'enceinte, une grive dont la silhouette se détachait sur le ciel doré au sommet de la plus haute branche du poirier offrait son chant au monde. Le jardin se taisait sous le pas léger des religieuses, le crépitement des gouttes de pluie et le chant vespéral de l'oiseau.

Un éclat de rire en provenance du cloître déchira le silence. Frevisse et mère Claire firent halte et tournèrent la tête dans cette direction, comme si elles pouvaient voir les nonnes rassemblées dans le chauffoir, où elles bavardaient durant l'heure de récréation autour du vin chaud épicé que la prieure leur avait accordé pour lutter contre l'humidité et la fraîcheur de cette journée d'avril. Sous l'œil réprobateur de la prieure, mère Alys, mais couvertes par la règle, Frevisse, mère Claire et sœur Thomasine avaient préféré sortir dans le jardin, renonçant au vin et aux bavardages survoltés pour profiter de la tranquillité d'une douce soirée pluvieuse de printemps.

Néanmoins, il n'était guère possible d'y échapper. La joyeuse humeur des autres nonnes les poursuivait jusque-là. Dès la fin de la récréation, elles devraient les rejoindre pour dire les prières du soir, puis aller se coucher dans le long dortoir, où la règle de silence cessait très souvent de prévaloir, même si celle des bénédictines imposait le silence tout au long de la journée, sauf en cas de nécessité et pendant l'heure de récréation. Pourtant les conversations allaient bon train, entrecoupées de gloussements et de chuchotements à travers les cloisons des cellules, qui maintenaient toutes les religieuses éveillées et rendaient pénible leur réveil au milieu de la nuit pour réciter matines et laudes.

Tournant le dos aux rires, Frevisse envia un instant le détachement serein de sœur Thomasine. Indifférente aux bruits, la plus jeune nonne de Sainte-Frideswide se tenait contre le mur extérieur du jardin, fixant d'un œil extasié la grive qui lançait son chant vers les cieux. En ce printemps de l'an de grâce 1437, il y avait sept ans et demi que sœur Thomasine vivait au prieuré. Ordonnée religieuse depuis plus de cinq ans, elle n'avait d'autre désir que de continuer à servir son Seigneur de son mieux, semblant indifférente aux tensions qui s'accentuaient de jour en jour depuis que la paix du prieuré avait été ébranlée.

Pendant longtemps Frevisse avait trouvé la demoiselle fort ennuyeuse, mais sœur Thomasine avait gagné une sorte de maturité naïve et de féminité au fil des ans. Ses pensées toujours tournées vers Dieu et la prière, elle n'en exécutait pas moins les tâches qui lui incombaient, et avec d'autant plus de calme et d'efficacité qu'elle en était détachée. Malgré elle, Frevisse en était venue non pas à éprouver de l'affection pour sœur Thomasine – son sérieux lui portait encore trop souvent sur les nerfs –, mais à lui reconnaître une valeur profonde, quoique singulière. Ainsi que, depuis peu, la force, qu'elle lui enviait, de soutenir les changements que mère Alys avait apportés à Sainte-Frideswide en tant que prieure au cours des sept derniers mois.

Mère Claire poussa un soupir et se remit en marche. Frevisse l'imita, réglant son pas sur le sien avec la facilité que procure une longue habitude.

— Vous savez ce qu'elle pense de nos venues au jardin, dit mère Claire.

Inutile de demander à qui elle faisait allusion. Mère Alys obnubilait leurs pensées… et leur vie.

— Elle se dit que c'est pour parler d'elle, rétorqua Frevisse. Ce que nous sommes d'ailleurs en train de faire.

— Oui, mais pas seulement. C'est pis. Elle pense que nous complotons contre elle. Sœur…

Mère Claire s'interrompit, et son hésitation en disait long sur la méfiance qui régnait depuis peu au sein du prieuré.

— Quelqu'un me l'a dit, se reprit-elle. Chaque fois que nous sortons au lieu de rester dans le cloître avec les autres, elle est persuadée que nous complotons derrière son dos.

— Dans quel but ? Elle a été élue prieure – Dieu nous vienne en aide ! Qu'y pouvons-nous changer ?

Frevisse ne chercha pas à cacher son agacement. L'indulgence faisait partie des vertus qu'elle n'avait pas cultivées comme elle l'aurait dû. Les manières autoritaires de mère Alys lui étaient une épreuve permanente, pour la bonne raison que, selon les vœux qu'elle avait prononcés voilà bientôt vingt ans en prenant l'habit, elle s'était engagée à obéir sans broncher à ceux que Dieu placerait au-dessus d'elle. Et jusqu'à l'été dernier, ses vœux ne lui avaient posé aucune difficulté puisque mère Edith était prieure à l'époque où elle les avait prononcés. Devenue douce et sage avec l'âge, mère Edith avait eu un regard compréhensif tout en montrant discipline et fermeté vis-à-vis femmes qui lui étaient confiées – des femmes aussi différentes les unes des autres que dans tout groupe féminin, malgré les liens qui les unissaient dans leur choix d'une vie religieuse, les heures passées à prier ensemble sept fois par jour, leur enfermement entre les murs de Sainte-Frideswide ; et malgré la robe et le voile noirs des bénédictines, la guimpe blanche encadrant le visage, qui, leur donnaient à toutes un air de ressemblance. Du temps où mère Edith était prieure, un équilibre avait été maintenu, aucune nonne n'était jamais favorisée ouvertement, aucune n'était préférée à une autre pour se voir attribuer telle tâche ou tel privilège, sauf si elle l'avait mérité ou gagné, et tout le monde observait avec juste rigueur la règle sacrée de saint Benoît.

Mais mère Edith était morte paisiblement de vieillesse et de lassitude l'été précédent, et à présent les choses avaient changé. Mère Alys – la mère supérieure Alys – avait une manière très différente de diriger le prieuré. Sept mois après son élection, Frevisse reconnaissait volontiers que lui donner ce titre continuait à lui écorcher la gorge. Une élection dont le résultat avait été, selon elle, une erreur. Si Dieu permettait des erreurs en pareil domaine, se forçait-elle à ajouter, et elle avait tendance à penser qu'Il les permettait, c'était pour que l'orgueil et la certitude des êtres humains puissent tirer une leçon de leur propre faillibilité.

Au moment où mère Edith avait disparu et où elles avaient dû élire celle qui lui succéderait, les nonnes avaient compris que mère Alys convoitait de toute son âme cet honneur, et le pouvoir qui l'accompagnait. Le choix de mère Edith s'était porté sur mère Claire, connue pour sa constance, son impartialité et son vrai souci des religieuses placées sous sa responsabilité lorsqu'elle avait été infirmière, puis cellérière du prieuré. Frevisse pensait que mère Claire aurait sans doute été élue si les choses s'étaient passées avec bon sens. Mais mère Alys avait un caractère à vite s'emporter et à garder longtemps rancune, et, apparemment, la plupart des neuf religieuses se méfiaient, voire redoutaient le tempérament et la mémoire de mère Alys. Aucune ne voulait d'elle comme prieure, mais certaines avaient craint ce qu'il leur faudrait endurer si elle n'obtenait aucune voix au premier tour. Frevisse ne s'en était quant à elle pas souciée ; elle avait voté de bon cœur pour mère Claire, comme avait dû le faire sœur Thomasine, qui ne se laissait pas ébranler par des considérations aussi basses que la crainte du courroux de mère Alys. Frevisse elle-même avait obtenu une voix – celle de mère Claire, elle le savait – et s'était félicitée de ne pas en recueillir plus. Mais les six autres voix avaient été pour mère Alys, celle-ci ayant bien sûr voté pour elle-même, et chacune des cinq autres nonnes avait cru être la seule à lui apporter une voix au premier tour, espérant apaiser ainsi la colère qui s'ensuivrait. Tant et si bien que, par lâcheté, elles l'avaient élue, et mère Alys resterait prieure de Sainte-Frideswide sa vie durant.

De nouveaux rires éclatèrent dans le calme du soir. La plupart des nonnes avaient plus ou moins fait la paix avec ce qui s'était passé. Frevisse devait l'admettre. Il était indéniable que, tant que mère Alys avait le pouvoir, elle ne se montrait pas désagréable. Mais sa façon de procéder s'écartait souvent de la règle pour céder à l'indulgence et au laisser-aller : par exemple, dormir un peu plus tard de manière à repousser l'heure des prières par les froids matins d'hiver, octroyer des petits luxes de nourriture injustifiés en dehors des jours fériés ou faire servir du vin chaud richement épicé au seul prétexte qu'elle en avait envie.

De petites choses. Rien que de petites choses, mais de plus en plus nombreuses, et qui devenaient toujours plus grosses. Aujourd'hui, pendant la réunion matinale du chapitre, sœur Amicia avait demandé si elles pouvaient obtenir l'autorisation d'aller se promener hors du prieuré dans l'après-midi.

— Juste pour faire quelques pas. C'est le printemps ! avait-elle plaidé avec mélancolie.

Sœur Amicia était connue pour avoir les penchants terre à terre d'une femme de commerçant plutôt que les saints intérêts d'une religieuse. Il fallait garder sur elle une main douce mais implacable pour qu'elle se comporte comme elle était censée le faire, et flâner dehors pour voir le monde lui occasionnerait, à long terme, plus de mal que de bien. En outre, sa requête allait à l'encontre de ce que la règle permettait aux nonnes cloîtrées. Pourtant, mère Alys avait failli accepter, encouragée par la réaction favorable de la majorité des nonnes à la demande de sœur Amicia. Mais Frevisse s'était levée pour souligner l'inconvenance qu'il y aurait à sortir sans autre raison qu'un désir de distraction. Elle avait compris aussitôt qu'elle avait manqué de diplomatie, et que mère Alys n'allait pas manquer de balayer son objection du ton autoritaire qu'elle affectionnait pour régler les problèmes. C'est alors que, chose très inhabituelle, sœur Thomasine s'était levée à son tour, et de sa voix douce quoique, pour une fois, déterminée, elle avait déclaré que les autres feraient comme elles voudraient, mais que, ni ce jour-là ni jamais – Dieu l'en garde ! –, elle ne les suivrait dans un tel péché. Après quoi, sans avoir lancé aucun défi mais ayant simplement fait part de son sentiment, elle s'était rassise, les yeux baissés, les mains croisées sur les genoux, aussi humble et réservée que d'ordinaire. Le comportement des autres ne regardait qu'elles. Mais comme sœur Thomasine était si pâle, si fragile et si détachée de ce bas monde qu'il était difficile d'imaginer qu'elle ait jamais vécu ailleurs que dans un couvent, elle passait auprès des autres religieuses pour être en route sur la voie de la sainteté. De sorte que, plus que la protestation de Frevisse, ses paroles avaient ébranlé mère Alys, qui finit par décider sans enthousiasme que, ce jour-là, aucune sortie inconvenante n'aurait lieu.

Mais ce qui pouvait être pardonné à sœur Thomasine – ou tout du moins ignoré – demeurait une offense venant de Frevisse. Elle avait ressenti le poids du mécontentement de la prieure toute la journée et savait par expérience que, lorsque mère Alys aurait pris le temps d'y réfléchir, elle lui ferait payer cher l'audace de s'être interposée aussi ouvertement.

Pourtant, quelle autre réaction imaginer alors qu'une telle faute allait être commise? Irritable à force d'impuissance, Frevisse répéta :

— Que pouvons-nous faire ?

— Nous tenir tranquilles? suggéra mère Claire.

— Comment le pourrais-je ? Comment le pourriez-vous ?

— Je l'ignore. Mais avez-vous déjà pensé que le problème ne relevait peut-être pas de sa seule responsabilité ?

— Non, jamais.

— Elle a l'impression qu'en doutant d'elle, nous mettons à mal son autorité.

— Et il y a de quoi douter !

— Elle a fait du bien au prieuré, vous savez.

Frevisse détestait que mère Claire s'acharne à faire valoir un autre aspect d'une situation qui l'offensait au plus haut point. Néanmoins, elle avait raison. Grâce à l'influence de la grande famille de mère Alys, Sainte-Frideswide accueillait maintenant deux novices, les premières depuis cinq ans. En outre, enchantée par sa nouvelle fonction, sa famille avait fait don d'une somme considérable au prieuré le jour de la fête de l'Annonciation. Les langues allaient bon train quant à l'emploi de cet argent. Mais si les avis restaient partagés, le plaisir était unanime pour la seule raison que l'argent était bien là et qu'on pouvait en parler.

Par conséquent, oui, mère Alys avait fait du bien au prieuré.

— Mais...

— Et elle a raison de penser que nous – vous et moi – troublons son autorité.

— Nous ne faisons rien de plus que remettre parfois en cause ce qu'elle fait ! protesta Frevisse. Vous n'allez pas me dire que j'ai eu tort d'intervenir ce matin ?

— Non. Pas plus qu'hier, lorsque vous avez demandé pourquoi elle comptait louer le domaine de Northampton à son cousin pour une moindre somme que le loyer actuel.

— La question était justifiée. Quelqu'un se devait de la poser.

— Sans doute. Mais c'est vous-même qui vous en êtes chargée.

— Parce que personne d'autre n'osait !

— En effet.

Mère Claire jeta un regard en biais à Frevisse pour s'assurer qu'elle comprenait. Au bout d'un moment, celle-ci lui sourit d'un air narquois.

— Et que je lui pose des questions sur un ton qui n'est pas toujours des plus neutres n'arrange rien...

— Ni que vous le fassiez aussi fréquemment.

Frevisse eut un petit geste d'impuissance, et mère Claire reprit la parole :

— Je sais. Vous avez tendance à voir les choses avec plus de clairvoyance que la plupart d'entre nous. Et pour faire bonne mesure, vous y réfléchissez, et en outre, bien plus que moi, vous avez le courage de dire ce qu'il en est quand vous estimez le devoir.

— Le courage ou la bêtise...

— Oui, cela vous arrive aussi, reconnut mère Claire avec franchise. Mais que vous ouvriez la bouche ou pas, mère Alys est convaincue que vous désapprouvez le moindre de ses actes. D'ailleurs, votre visage exprime quelquefois clairement que c'est le cas. Moi, par contre, le seul fait que je sois dans la même pièce qu'elle l'agace.

C'était la vérité, et Frevisse le savait. La présence de mère Claire rappelait à chacune ce que mère Edith avait souhaité pour le prieuré ; et dans l'esprit belliqueux de mère Alys, cette présence équivalait à un reproche permanent.

— Et que nous passions la récréation ensemble n'arrange rien, remarqua Frevisse.

— Ça ne fait que renforcer ses soupçons nous concernant, confirma mère Claire.

— Je vais tâcher de tenir ma langue. Peut-être cela servira-t-il à quelque chose.

Mère Claire ne répondit pas. Leurs pas les avaient ramenées au fond du jardin, non loin de l'endroit où se tenait toujours sœur Thomasine, en contemplation devant la grive qui continuait à chanter sur le poirier. Sans se consulter, toutes deux s'arrêtèrent pour l'écouter, même si Frevisse repensait surtout aux propos qu'elles venaient d'échanger. Mère Claire avait dû en faire autant, car au bout de quelques minutes, avec une certaine bravoure, elle annonça :

— J'ai une idée qui pourrait marcher.

Sans cesser d'observer l'oiseau, Frevisse lui fit comprendre d'un léger mouvement de tête qu'elle était tout ouïe. Mère Claire poursuivit :

— Je vais confesser au chapitre que j'ai péché par orgueil, que j'ai eu des pensées impies et que j'ai failli à une promesse.

Devant l'air stupéfait de Frevisse, elle leva brièvement la main pour prévenir son objection.

— L'an dernier, j'avais si peur de voir mère Edith mourir dans la souffrance et d'être impuissante à la soulager que j'ai fait un serment à sainte Frideswide : si elle lui accordait une mort paisible et sans douleur, je me rendrais en pèlerinage à pied à son sanctuaire d'Oxford.

— Mère Claire ! s'exclama Frevisse, désemparée.

Une religieuse n'était pas censée faire des serments qui sortaient du cadre de l'obéissance due à sa prieure, et qu'il lui serait impossible de tenir sans obtenir la permission de celle-ci.

— Oui, je sais. Mais je croyais alors – Dieu me pardonne ! –, dit-elle en se signant, que je lui succéderais dans la fonction de prieure, et que ça ne poserait donc aucun problème. Je voulais juste qu'elle ait une mort paisible. Jamais je n'ai imaginé que je devrais réclamer la permission d'honorer ma promesse à mère Alys ! Mais j'ai encore alourdi ma faute en attendant si longtemps avant d'aller le lui demander.

— Et vous comptez raconter cela au chapitre ? Devant tout le monde ?

Frevisse se retint d'ajouter ce qui lui était aussitôt venu à l'esprit : « Devant mère Alys ? »

— C'est le seul moyen. Mon âme s'en trouvera apaisée, et me voir humiliée lui procurera assez de satisfaction pour qu'elle ne me regarde plus comme une menace.

— Mais vous pensez qu'elle vous accordera un congé ? Elle pourrait se contenter de vous relever de votre promesse et vous imposer une lourde pénitence à accomplir ici.

— Pour me voir loin d'ici pendant un temps – et pour montrer sa générosité d'esprit –, je crois qu'elle me laissera partir. J'en suis presque certaine. Mais je tiens à ce que ce soit vous qui m'accompagniez.

Aucune nonne n'avait le droit de sortir seule de l'enceinte du prieuré. Une ou plusieurs religieuses devant lui tenir compagnie, Frevisse comprit immédiatement ce que mère Claire lui demandait.

— Vous voulez que moi aussi je me confesse au chapitre, en même temps que vous le ferez. Que je me confesse des mauvaises pensées que j'ai eues à son encontre. Et que, pour ma pénitence, je demande à faire la route à pied avec vous.

— Oui.

Frevisse fixait le sol devant elle sans le voir.

— Ça ne marchera pas. Jamais elle ne nous donnera son autorisation.

— Mais si ! s'exclama soudain sœur Thomasine.

Malgré sa douceur, sa voix fit sursauter les deux religieuses qui avaient fini par oublier sa présence.

— Si vous lui en donnez l'occasion, elle sera ravie de vous laisser partir, assura la jeune nonne en se tournant vers elles.

— Comment le savez-vous ? interrogea doucement mère Claire.

Au contraire de Frevisse, pour qui la patience envers sœur Thomasine exigeait souvent un effort, mère Claire était toujours prête à l'écouter.

Sœur Thomasine inclina légèrement la tête, comme si la question lui semblait bizarre.

— Je le sais, c'est tout.

Les lueurs du soleil couchant avaient cédé la place à la pénombre. Le visage de sœur Thomasine n'était plus qu'un pâle halo au milieu de sa guimpe blanche. Son expression demeurait indéchiffrable, mais sa voix pleine de douceur débordait d'assurance, ne laissant guère de place au doute. Frevisse eut un frisson qu'elle attribua à la fraîcheur qui s'accentuait à mesure que déclinait le jour. Elle se tourna vers mère Claire et dit, avec plus de fermeté qu'elle n'en ressentait :

— Je le ferai. Dieu ait pitié de nous !

Soulagée, elle entendit retentir la cloche du cloître qui les appelait à complies, les empêchant de discuter plus avant.

CHAPITRE III

Allongé sur le dos dans l'herbe chauffée par le soleil, les mains sous la tête et l'air très détendu, Giles regardait les feuilles des hautes branches du chêne se balancer doucement sur le ciel d'azur. Les voyageurs rencontrés par hasard en route conversaient d'un ton tranquille alentour, sans qu'il ait besoin de prêter l'oreille à leurs bêtises. Ils arriveraient aisément à Minster Lovell avant la nuit tombée, et personne n'était pressé de terminer le repas de la mi-journée, ni de quitter la clairière verdoyante à l'ombre des chênes. Le temps resté plutôt chaud et sec pendant ces derniers jours de voyage leur permettait de s'accorder ce moment de loisir. Faute de mieux, Giles supposait qu'il aurait dû s'en féliciter.

Ils étaient déjà allés à l'abbaye de Winchcombe, ainsi que dans trois des autres églises dédiées à Kenelm. Winchcombe avait été supportable. Mais tout juste. Si saint que soit le lieu – même si les moines, malgré le vœu de pauvreté qu'ils avaient prononcé, en tiraient de coquettes sommes ! –, la ville qui s'était développée au-delà des portes de l'abbaye offrait davantage de plaisirs terrestres à ceux qui, comme Giles, avaient autre chose en tête que prier. Mais les autres sanctuaires de Kenelm s'étaient révélés de piètres endroits, disséminés à travers la campagne dans des villages perdus ne comptant

31

qu'une seule rue, où les auberges étaient indignes et la nourriture immangeable. Et à présent, il fallait supporter la compagnie que Lionel avait choisi de régaler…

Ils étaient partis de Knyvet à onze : lui-même, Edeyn et Lionel, ce qui ne posait aucun problème, plus sept domestiques, les chevaux et les bagages, sans oublier bien entendu le maudit Martyn. Un nombre acceptable, mais on pouvait compter sur Lionel pour ramasser en chemin une poignée d'inconnus rencontrés au hasard, aucun ne valant même un crachat. À lui seul, le franc-tenancier au rire tonitruant suffirait à Giles pour en vouloir à Lionel jusqu'à la fin des temps, et ils ne le supportaient que depuis le milieu de la matinée. L'homme, qui prétendait être attendu pour affaires, ne semblait nullement pressé, préférant se prélasser et profiter de ce dîner sur l'herbe avec le reste de la bande. Vantard et fanfaron – Dieu sait qu'il ne se privait pas de l'être ! –, il se targuait d'être allé jusqu'à Exeter au sud, Worcester à l'ouest et Oxford à l'est, apparemment convaincu d'avoir vu le monde. Aux yeux de Giles, le style même de son vilain chapeau trahissait en lui le rustaud.

Venaient ensuite les deux fermiers sans allure rencontrés la veille, qui se rendaient à Minster Lovell en pèlerinage à Saint-Kenelm, et que ce sot de Lionel avait pris aussitôt sous son aile. Un père et son fils qui avaient l'air plus habitués à suivre leurs hongres alezans aux lourds jarrets derrière une charrue qu'à les monter. Grossiers de mise et de manières, et atteints d'une telle loucherie que le simple fait de les regarder en face devait porter la guigne, ils avaient d'abord gardé un silence bienvenu, mais Lionel les en avait sortis à force de les questionner. Tant et si bien que la veille, à l'auberge, le père s'était répandu à n'en plus finir sur la difficulté de labourer un champ trop mouillé. Comme si cela avait un quelconque intérêt ! Du moment que ces choses étaient effectuées en temps voulu, à quoi bon en parler ?

Si Lionel ne se donnait pas bientôt la peine de tous les secouer, ils risquaient de ne pas arriver à Minster Lovell à l'heure du souper. Or il tardait à Giles d'être là-bas, où il pourrait mettre plusieurs portes entre lui et ces jacasseurs imbéciles. Mais voilà maintenant que, Dieu lui vienne en aide, ils s'essayaient aux devinettes ! Ni le franc-tenancier, ni le père et le fils n'auraient eu l'idée d'aller s'abriter s'il pleuvait, mais Lionel voulait jouer avec eux dans l'espoir qu'ils lui apprendraient de nouvelles devinettes ! Comme s'il n'y en avait pas déjà assez de vieilles pour rendre Giles fou à lier.

Roulant la tête sur le côté, il regarda le profil d'Edeyn assise à côté de lui, puis Lionel. Ils s'étaient tous regroupés pour former un vague cercle, assis dans l'herbe sur des coussins. Il était le seul à s'être installé un peu en retrait, avec l'idée de pouvoir somnoler après avoir dîné. Mais leurs bavardages et leurs rires lui firent abandonner l'espoir d'être débarrassé d'eux ne serait-ce qu'un instant. Il tendit une main paresseuse pour prendre celle d'Edeyn posée dans l'herbe et la serra. Elle se retourna en lui souriant. Il lui sourit à son tour, conscient que Lionel les observait.

« Regarde bien, mon vieux Lionel, regarde ce que tu n'auras jamais », songea Giles. Approchant la main d'Edeyn de ses lèvres, il la baisa en prenant tout son temps. La jeune femme se tourna de nouveau vers lui, exprimant son plaisir dans un sourire, mais trahit son embarras en s'empourprant légèrement. C'était ce que Giles appréciait chez elle : cette modestie ridicule qui la rendait timide et l'impudeur dont elle était capable pour peu qu'il la gardât au lit assez longtemps pour l'exciter.

Il y avait de l'impudeur dans chaque femme. Certaines avaient besoin de plus de temps que d'autres pour la laisser se manifester, mais elle était bel et bien là. Parce qu'il avait disposé de tout son temps avec Edeyn, il avait pris plaisir, après que son désir pour elle eut diminué, à lui faire découvrir d'abord le sien, et à l'y éveiller pleinement. Désormais, pour en tirer encore plus de jouissance, il lui arrivait de laisser Lionel voir lui aussi ce plaisir. Il y avait quelque chose dans l'expression de son cousin – cette façon qu'il avait de détourner le regard quand Giles s'occupait d'Edeyn devant lui – qui rendait le moment, et le fait de la posséder, mille fois plus agréable. Lionel avait beau lui empoisonner l'existence avec sa bande de demeurés, il pouvait lui rendre la pareille quand bon lui semblait. Il lui suffisait de lui rappeler à qui appartenait Edeyn et ce qu'il pouvait faire avec elle chaque fois qu'il en avait envie.

Mais pour l'heure, même si cette idée atténuait quelque peu son ressentiment, elle ne changeait rien au fait que Giles devait endurer ces âneries.

Et, merveille des merveilles, le gros franc-tenancier était en train de poser une autre devinette, si vieille qu'elle en était toute plissée.

— C'est ma tante qui me l'a apprise quand j'étais jeune. Cette devinette a toujours été ma préférée. Cette femme était la plus maligne que j'aie jamais rencontrée. La question est la suivante : on peut en remplir une maison ou un trou, mais jamais un bol. Eh bien, qu'est-ce que c'est ?

Lionel et Martyn se retinrent de manière admirable. Ce fut le père bigleux, après un moment d'intense réflexion et parce que même lui la connaissait déjà, qui s'exclama :

— La fumée !

Devant les louanges de Lionel – son cousin était si ramolli du cerveau qu'il aurait fait l'éloge d'un nuage s'il avait plu –, le balourd se fendit d'un sourire jusqu'aux oreilles, juste avant de se rendre compte, horrifié, que c'était maintenant son tour de poser une devinette. Une dont il se rappellerait, autant que possible, la réponse, ce qui, selon Giles, rendait les choses deux fois plus difficiles. L'abruti hésita longuement, puis son fils se pencha à son oreille et lui chuchota quelques mots qui le firent exulter.

— Ah, voilà, j'en ai une ! triompha le vieux, soulagé. Comment une pomme peut-elle ne pas avoir de trognon ?

Ô Seigneur ! Giles laissa retomber sa tête sur le coussin et répondit d'un ton méprisant en fixant le ciel :

— Quand elle est en fleur, bien sûr ! Celle-là est encore plus ancienne que la fumée. Même Edeyn la connaît.

— Giles ! le tança Lionel. Tu as une façon de…

Mais il se tut avant de laisser libre cours à sa colère et de dire tout haut ce qu'il pensait.

Ce bon vieux Lionel… Il ne s'autorisait même pas un mouvement d'humeur. Puisqu'il tenait tant à passer pour un saint, pourquoi ne rendait-il pas service à tout le monde en se hâtant de mourir ?

Avec un enthousiasme injustifié, signe qu'il n'était pas fâché de la diversion, le franc-tenancier lança :

— Eh bien, que nous arrive-t-il là ?

Prêt à se laisser distraire par n'importe quoi, Giles tourna la tête sur le côté. Ils regardaient tous en direction de la route, et Lionel s'était levé. Bien. Quelle qu'elle soit, cette diversion les déciderait peut-être à se remettre en route. Giles se redressa.

Aussitôt, il faillit se rallonger. Ils n'avaient pas croisé un seul voyageur aujourd'hui, et voilà qu'arrivaient à présent deux religieuses. Autrement dit, rien de très réjouissant.

Néanmoins, les deux femmes marchaient à pied. Un prêtre et un serviteur chevauchaient derrière elles, ce qui voulait dire qu'elles n'étaient ni égarées ni perdues. Mais les raisons susceptibles de pousser deux nonnes à partir sur les routes étant peu nombreuses, une pénitence venait aussitôt à l'esprit. Auquel cas, elles avaient dû commettre une grave offense pour qu'on les ait expédiées ainsi.

À moins que l'une d'elles n'ait commis une offense et que l'autre ait été désignée pour l'escorter, puisque aucune religieuse n'était autorisée à sortir de son cloître sans être accompagnée.

Les spéculations de Giles penchèrent très vite vers la lubricité. Cette rencontre risquait après tout d'être intéressante. Mais un nouveau coup d'œil refroidit ses espoirs. Dans ces habits informes, avec ces guimpes qui leur enserraient le visage, déterminer l'âge d'une nonne était difficile. Il en voyait toutefois assez pour deviner que, quoi qu'aient pu faire ces deux-là, cela n'avait rien à voir avec une folie de jeunesse. La plus petite avait peut-être été folâtre étant jeune – cette robe noir corbeau pouvait cacher un corps joliment proportionné –, mais Giles estima que la plus grande avait toujours dû être trop anguleuse pour séduire un homme. Sans doute n'avaient-elles rien fait de plus que répondre une fois de trop à leur supérieure ou gifler une autre nonne au cours d'une querelle.

Quel gâchis pour une femme que de prendre l'habit !

Et voilà que Lionel envoyait Martyn leur demander de venir les rejoindre à l'ombre. Décidément, il ne leur manquait plus que ça pour couronner la journée – des conversations absurdes avec des femmes dépourvues d'intérêt, sans parler du retard qu'ils prendraient sur l'horaire prévu !

Frevisse et mère Claire s'arrêtèrent au milieu de la route, attendant que le jeune John Naylor aille parler à l'homme qui s'était détaché du groupe de voyageurs assis sous les arbres. Ils avaient l'air de gens prospères qui prenaient du bon temps, sans doute des voyageurs comme elles, mais il valait mieux s'en assurer. Ces derniers jours, Frevisse avait fini par s'en remettre au jugement du jeune John. Le neveu de l'intendant du prieuré n'était employé que depuis peu à Sainte-Frideswide. Frevisse soupçonnait mère Alys de l'avoir choisi pour les accompagner parce qu'il était jeune et probablement trop inexpérimenté pour s'avérer très utile pendant le voyage, ce en quoi elle s'était trompée. En dépit de son jeune âge, John était aussi perspicace et fiable que son oncle.

Non que mère Alys y accordât la moindre importance maintenant qu'elle ne les avait plus dans ses jupes. Comme Thomasine l'avait pressenti, elle s'était empressée d'accorder à mère Claire sa pénitence, à laquelle elle avait ajouté une confession publique et plusieurs nuits de prières à l'église avant de partir. Elle avait accepté que Frevisse l'accompagne avec autant de facilité. Et elle en avait profité pour charger le père Henry, le prêtre du prieuré, de leur servir de chaperon, se donnant ainsi l'occasion de faire venir l'un de ses neveux pour le remplacer, ne serait-ce que temporairement.

Sans doute avait-elle cru que le père Henry, connu pour ne pas avoir l'esprit très vif, leur serait aussi peu utile que le jeune John Naylor, ce en quoi elle avait vu juste. Mais le père Henry était un voyageur de bonne compagnie, et cela comptait autant lorsqu'on voyageait ensemble aussi longtemps à un rythme aussi lent.

Et pour ce qui était d'aller lentement… Frevisse avait passé une partie de son enfance avec ses parents à sillonner les routes d'Angleterre, de France et des Pays-Bas, et elle était même allée une fois jusqu'à Saint-Jacques en Espagne. Les désagréments et les joies du voyage lui étaient presque aussi familiers que la prière, et tout cela lui revenait à l'esprit dès qu'une occasion se présentait, si rares et espacées qu'aient été celles-ci depuis son entrée à Sainte-Frideswide. Cette petite promenade ne lui donnerait sans doute aucun tracas, physique ou moral. Mais il n'en allait pas de même pour mère Claire, qui avait reçu une éducation plus douce et avait commencé à souffrir dès la fin de leur première journée de marche. Et la douleur avait été pire le lendemain matin, ses muscles ayant eu tout le temps de s'ankyloser, et ses pieds de gonfler. Mais elle n'était pas non plus sans ressource. La règle de saint Benoît imposait au prieuré d'accorder asile et assistance aux voyageurs, de sorte qu'elle avait fini par connaître les besoins de ceux qui allaient à pied et avait pensé à emporter un onguent qui atténuait la douleur quand on le faisait pénétrer en massant les jambes et les pieds. La veille, la pommade l'avait soulagée, et la journée s'était plutôt bien passée, une fois les raideurs matinales dissipées. Mais leur allure demeurait plus lente que Frevisse l'eût souhaité, ou exigé en cas d'urgence.

Il ne servait cependant à rien de se hâter. La pénitence de mère Claire résidait dans le voyage autant que dans le reste, et aucun jour n'avait été fixé pour leur retour, ce en quoi l'on pouvait voir soit un inconvénient soit un avantage. Comme mère Claire l'avait souligné le premier matin :

— Si nous nous hâtons et revenons trop vite, on me reprochera d'avoir réduit ma pénitence. En revanche, si nous tardons, on m'accusera d'avoir traîné, d'avoir été insouciante de mon temps.

— Aussi ferions-nous mieux de faire comme bon nous semblera au fur et à mesure que nous avancerons, avait rétorqué Frevisse. Quoi qu'elle puisse dire, nous aurons la conscience tranquille.

Parce que, quoi qu'elles fassent, et de quelque manière, la mère supérieure ne serait jamais contente. Et si elles mettaient « trop de temps », mère Alys ne pourrait s'en prendre qu'à elle-même. Car c'était elle qui avait exigé qu'elles s'écartent de leur itinéraire et fassent un crochet par Minster Lovell au lieu de se rendre directement à Oxford.

Pour accomplir son vœu, mère Claire était censée parcourir les quelque trente milles qui séparaient Sainte-Frideswide du grand monastère d'Oxford, se confesser et recevoir l'absolution du prieur pour avoir péché par orgueil et outragé sa supérieure, puis aller se recueillir au sanctuaire avant de rentrer au prieuré. Mais un problème de propriété se posait actuellement à Prior Byfield, le village situé près du couvent. Une partie du terrain appartenait au prieuré, une autre à lord Lovell, tandis qu'une troisième relevait d'une propriété foncière libre à perpétuité. Les intendants respectifs du prieuré et de lord Lovell étaient en général capables de résoudre eux-mêmes les litiges qui se présentaient. Mais cette fois-ci, comme les deux hommes ne se mettaient pas d'accord assez vite au goût de mère Alys, elle avait décidé de se passer des intermédiaires et d'envoyer des copies des documents qu'elle jugeait nécessaires à lord Lovell. Il pourrait ainsi constater que son homme était un idiot et prendre une décision en faveur du prieuré. Mais les messagers coûtaient de l'argent, et puisque deux de ses nonnes devaient aller plus ou moins dans cette direction, pourquoi payer quelqu'un quand ses religieuses pouvaient jouer les intermédiaires ?

Frevisse avait eu la pensée peu charitable que mère Alys serait récompensée doublement d'un tel choix, puisque mère Claire et elle-même seraient obligées de s'absenter plus longtemps et auraient d'autant plus à marcher.

Cette pensée à l'encontre de sa prieure lui vaudrait de se confesser et de faire pénitence, mais peu lui importait. Être loin de mère Alys était exactement ce qu'elle voulait, et plus cela durerait, mieux ce serait. Par ailleurs, le voyage s'était jusque-là agréablement passé : les journées d'avril étaient douces sous des ciels à peine voilés, et les routes tout à fait sèches, les oiseaux chantaient le printemps, les fleurs parsemaient le bord des routes et les haltes pour dormir étaient plutôt confortables. Par bonheur, elle n'accomplissait pas un pèlerinage de pénitence ; elle y trouvait trop de raisons de se réjouir, à commencer par le fait de ne plus voir sa supérieure.

Mais Frevisse était prête à s'arrêter pour le repas de midi, se reposer et prier, et le grand chêne leur avait semblé de loin un bon emplacement. Ils avaient été dépités de découvrir que son ombre abritait déjà du monde, et le mieux qu'ils pouvaient espérer était, d'une part, qu'on les invite à la partager et, d'autre part, que les voyageurs s'en iraient bientôt.

Le jeune John revint et s'inclina en disant :

— C'est un certain Lionel Knyvet et sa suite, ainsi que des gens qui voyagent avec eux. Vous êtes priées de vous joindre à eux, si cela vous sied.

— Qu'avez-vous pensé d'eux ? s'enquit mère Claire.

— L'homme m'a paru bien élevé. Si vous le souhaitez, je pense que ce serait possible. Ils ont l'air d'honnêtes gens.

Frevisse se retint de dire qu'ils n'avaient pas grand-chose pour tenter des voleurs. La règle de silence imposée au couvent l'avait aidée à apprendre à tenir sa langue, mais pas toujours ses pensées. Elle s'aperçut tout à coup que, depuis qu'elle n'était plus sous la gouverne de mère Alys et qu'elle n'avait plus à juguler ses pensées, celles-ci avaient une forte tendance à l'impatience et à la causticité, même sans motif sérieux.

Mère Claire l'interrogea du regard pour savoir si elles devaient répondre à l'invitation, semblant elle-même prête à accepter. Derrière elle, le père Henry, toujours partant pour bavarder avec des inconnus, avait rapproché son cheval afin d'entendre ce qu'elles décideraient. Ne voyant pas de raison de refuser, Frevisse signifia son accord d'un hochement de tête.

La petite troupe formait un curieux mélange. Hormis les domestiques, il y avait là six hommes et une femme ; parmi eux, deux semblaient être des fermiers ou des gens de moindre condition. Ce ne fut pas l'homme le plus âgé qui vint souhaiter la bienvenue à Frevisse, à mère Claire et au père Henry qui avait mis pied à terre, mais un autre, nettement plus jeune.

Il se présenta, leur adressant un salut discret et un aimable sourire.

— Mesdames, messire. Je suis Lionel Knyvet. Je vous remercie de bien vouloir vous joindre à nous un moment.

Il devait être âgé d'une trentaine d'années, estima Frevisse. Grand, sans être particulièrement séduisant, la figure tout en longueur et la mâchoire assez large. Ses paupières lourdes lui donnaient l'air endormi, mais la marque pâle d'une ancienne cicatrice barrait son front et son nez, comme s'il avait vécu une vie d'aventurier quand il était plus jeune. Il n'avait fait précéder son nom d'aucun titre et n'était donc pas issu de la noblesse. Mais le lourd tissu et la bonne coupe de ses vêtements, comme le fait qu'il voyage accompagné de sa suite avec des domestiques et des chevaux de bât, montraient qu'il était bien né. Ou du moins fortuné. Quant à ses manières, elles n'auraient pu être plus exquises.

— Votre homme a mentionné que vous vous rendiez à Minster Lovell, et il se trouve que nous aussi, reprit-il, englobant d'un geste tous ceux qui se trouvaient derrière lui. Voulez-vous vous joindre à nous pour les quelques milles qu'il reste à parcourir ?

— C'est très aimable à vous, répondit mère Claire. Et votre compagnie nous serait sans nul doute fort agréable, mais comme nous allons à pied, nous craindrions de trop vous ralentir.

— Un vœu ? s'enquit le jeune homme.

— Un vœu, confirma mère Claire.

Lionel Knyvet accepta sa réponse sans poser d'autre question.

— Dans ce cas, me ferez-vous le plaisir de partager notre repas ?

— Nous serons ravis de profiter de l'ombre et de nous asseoir avec vous, dit mère Claire. Mais nous avons des vivres, et il n'est donc pas nécessaire de vous déranger.

— Ce n'est pas un dérangement mais un plaisir, madame. Je vous en prie, permettez-moi cette courtoisie.

La sienne était telle qu'il eût été impoli de refuser.

— Sachez que nous l'apprécions, dit mère Claire en souriant. Merci.

John Naylor s'était éloigné avec les chevaux vers le pré où paissaient les autres montures, sangles relâchées, le long de la haie. Il irait rejoindre les domestiques pour manger, mais mère Claire, Frevisse et le père Henry suivirent maître Knyvet, qui leur présenta ses compagnons en commençant par la seule femme présente.

— L'épouse de mon cousin, maîtresse Knyvet.

Toute jeune, elle n'était pas très éloignée de l'enfance. Son visage rayonnant de beauté et de santé n'avait pas encore été marqué par la dureté de l'existence. Mais malgré sa beauté et sa jeunesse, elle portait une tenue appropriée au voyage, une robe en lin marron à manches étroites, avec une simple guimpe blanche et un voile pour protéger ses cheveux et son cou de la poussière et du soleil. Elle leur fit une charmante révérence en souriant.

— Mon cousin Giles, poursuivit Lionel.

La ressemblance familiale était frappante dans la carnation et la structure du visage, mais ses traits lisses et mieux proportionnés étaient plus séduisants que ceux de Lionel ne l'avaient jamais été. Il les salua brièvement, sans prendre la peine de dissimuler le peu d'enthousiasme que suscitaient ces présentations.

— Monsieur, mesdames, dit-il pour la forme avant de retourner s'asseoir.

Indiquant les coussins où elle-même était installée, sa femme dit, avec infiniment plus de grâce :

— Je vous en prie, prenez place.

Frevisse et mère Claire s'assirent volontiers. Lionel présenta le reste du petit groupe. En commençant par le plus âgé.

— Maître Bernard Geffers, qui nous tient compagnie un moment.

— Franc-tenancier de la région de Chipping Norton, compléta l'homme. Heureux et honoré de vous rencontrer.

La première pensée qui traversa Frevisse fut qu'elle n'aimait pas son chapeau. Le style pour lequel il avait opté, un capuchon relevé d'un air avantageux au sommet de la tête avec une bride qui l'entourait pour le maintenir en place, correspondait à une mode beaucoup trop jeune pour son âge. Elle n'apprécia pas non plus l'emphase qu'il mit dans son salut avant d'aller s'asseoir, se penchant légèrement, comme s'il se réjouissait d'entamer une bonne conversation à la première occasion.

— Et voici Hamon et Will Stenby, en pèlerinage comme nous à Saint-Kenelm à Minster Lovell, reprit Lionel.

À part l'âge, les deux hommes se ressemblaient tant que Frevisse devina tout de suite qu'il s'agissait du père et du fils. Le plus âgé était plus large d'épaules et plus voûté, le plus jeune avait la chair plus ferme sous son hâle. Mais tous deux étaient affligés d'un strabisme convergent, le père de l'œil gauche et le fils de l'œil droit, qui donnait un air comique à leurs expressions les plus sérieuses. Leurs simples tuniques couleur gris-brun de mauvaise coupe, qui leur arrivaient au genou, avaient déjà connu bien des voyages, quoique sans doute sur d'autres qu'eux. Car, à en juger par les saluts maladroits que leur firent les Stenby, ils n'avaient pas l'habitude de rencontrer des étrangers. Comme ils n'avaient jamais dû s'éloigner de plus de quelques lieues de leur village, Frevisse se demanda quel vœu ou pénitence les avait jetés ainsi sur les routes.

— Et voici Martyn Gravesend, continua Lionel.

Ce dernier s'avança d'un demi-pas pour les saluer. C'était l'homme qui était venu à leur rencontre. Son costume simple, composé d'un pourpoint, de chausses et de bottes de cheval, indiquait sa condition de serviteur, et Frevisse s'étonna qu'on le leur ait présenté. Il ne serait venu à l'idée de personne de présenter le jeune John Naylor.

— Mon intendant, dit Lionel.

Frevisse espéra que sa réaction était passée inaperçue. Le salut de Martyn Gravesend avait été convenable, ni faussement humble ni ostentatoire, mais seulement assuré, sans prétention aucune. Néanmoins, la légère torsion du coin de sa bouche quand il se recula montra qu'il n'était ni aussi sérieux que son nom le laissait entendre, ni étonné le moins du monde par l'inconvenance de Lionel ou la réaction des autres.

Mère Claire et Frevisse lui adressèrent un bref signe de tête, prenant acte de ces présentations aussi discrètement que possible. Le père Henry hésita à aller jusquelà, mais l'embarras fut balayé grâce à l'intervention de maîtresse Knyvet :

— Vous avez beaucoup marché, aujourd'hui ?

— J'ignore combien de milles nous avons parcourus, mais nous marchons depuis l'aube, répondit mère Claire. Et nous avons fait de même les deux jours précédents.

La conversation porta sur l'endroit d'où chacun venait et où il se rendait, jusqu'au moment où un serviteur leur apporta des tranchoirs de pain garnis de fromage, de viande froide, et même d'un œuf dur.

— J'espère que cela vous conviendra, mesdames et messire, dit maîtresse Knyvet.

— Très bien, assura mère Claire. Tous mes remerciements.

Frevisse et le père Henry remercièrent à leur tour, tandis qu'un autre serviteur leur versait du vin.

Tout le monde était assis, excepté Martyn Gravesend, qui se tenait un peu en retrait, derrière l'épaule gauche de Lionel. Celui-ci le faisait intervenir de temps à autre dans la conversation.

Mère Claire se tourna vers maître Knyvet.

— C'est très aimable à vous de nous traiter ainsi. Vous vous apprêtiez à partir, il me semble ?

— N'y pensons plus ! répondit Lionel d'une voix enjouée. La journée est trop belle pour la perdre à se hâter.

— D'autant que peu de milles nous séparent maintenant de Minster Lovell, ajouta maîtresse Knyvet.

— Mais le temps varie, si beau soit-il pour l'instant, fit remarquer son mari. Et la nuit finit par tomber, même sur la plus splendide des journées.

— Il faudrait un miracle pour que la pluie tombe d'un ciel aussi serein ! rétorqua Lionel.

Giles haussa les épaules sans répondre. Sa femme lui tendit le gobelet qu'ils partageaient, avec un sourire qui hésitait entre la commisération et la conciliation. Frevisse, qui l'avait déjà catalogué comme un homme au tempérament impulsif, souhaitait bien de la chance à la jeune femme.

Maître Geffers commença à évoquer un voyage à Gloucester entrepris par un épouvantable jour de pluie. Le père Henry avança l'opinion que le temps clément dont ils bénéficiaient ces temps-ci laissait présager une bonne récolte pour cette année. Le père et le fils Stenby renchérirent aussitôt, s'accordant à dire qu'ils l'espéraient.

Les thèmes du temps et du voyage étant épuisés, la conversation finit par retomber quelque peu. Mais mère Claire, le père Henry et Frevisse terminaient leur repas, si bien que personne ne put en profiter pour suggérer de reprendre la route. Ce fut maîtresse Knyvet qui, en souriant, demanda :

— Martyn, connais-tu de nouvelles devinettes ?

L'intendant lui rendit son sourire.

— Eh bien, il se trouve que oui !

Lionel se tourna à demi sur son coussin, les yeux levés vers lui, le visage rieur et rayonnant.

— Et tu ne m'en avais rien dit ? Petit cachottier !

— Si je vidais tout ce qu'il y a dans ma tête… commença Martyn.

— … cela ferait une grosse flaque sur le sol, compléta Giles.

Maître Geffers étouffa un rire derrière sa main. Lionel lança un regard furibond à son cousin et l'aurait sans doute réprimandé si maîtresse Knyvet, redonnant le gobelet à son mari, ne l'en avait pas dissuadé d'un coup d'œil. Lionel ravala ce qu'il s'apprêtait à dire et se retourna vers Martyn. La couleur et l'expression de l'intendant n'avaient pas changé. Peut-être n'avait-il pas entendu la remarque de Giles. Mais au lieu de reprendre sa phrase où il l'avait laissée, il dit :

— Tenez, en voici une autre. Dans un jardin reposait une belle jeune fille, aussi belle que la lumière du matin. Devenue femme le premier jour de sa vie, elle est morte avant d'être née.

Giles vida son gobelet, puis bâilla d'ennui et se rallongea sur son coussin. Les Stenby et le père Henry avaient l'air complètement perdus, mais les autres se penchèrent sur le problème. Lionel, lui, ne cachait pas son plaisir.

— Morte avant d'être née ? répéta mère Claire en réfléchissant.

Son esprit pragmatique qui lui servait si bien dans sa tâche d'infirmière était un handicap en matière de devinettes. Mais ses compagnons ne semblaient guère mieux se débrouiller. Seule Frevisse, qui avait tendance à aborder les choses de manière différente, trouva la solution d'un seul coup et s'écria :

— C'est Ève, bien sûr ! Sortie de la côte d'Adam sans être jamais née vraiment.

— Vous avez deviné ! s'exclama Martyn.

Lionel rit et l'applaudit d'un air admiratif. Les autres grommelèrent dans leur barbe ou conservèrent leur air perplexe.

— À présent, c'est à vous d'en poser une. Et une difficile ! exigea Lionel. Comme la tienne, Martyn. Ça t'apprendra. Tu brilles à ce petit jeu depuis trop longtemps.

— Tu es jaloux parce que tu n'arrives pas à retenir une devinette assez longtemps pour me la poser, rétorqua gentiment l'intendant.

— Je parie que tu as triché en faisant venir un livre de devinettes de Londres que tu gardes en secret, dit Lionel. C'est grâce à ça que tu arrives à paraître aussi malin !

— Et tu regrettes de ne pas être le premier à y avoir pensé ! répliqua Martyn.

D'un serviteur à son maître, la remarque était effrontée, mais Lionel se contenta de rire. Frevisse se demanda comment la famille Knyvet réagissait face à cette relation qui était plus celle de deux amis que celle d'un maître et de son intendant. Mais comme elle venait de trouver une devinette, elle dit avant qu'ils puissent continuer :

— Cet artisan fabrique des chaussures sans cuir, mais il mélange tous les éléments – la terre, l'eau, le feu et l'air –, et tous ses clients en ont deux paires.

— Ah ! s'écria Lionel. Où est ton livre, Martyn ? Je l'ai déjà entendue, mais je ne m'en souviens plus !

— Un artisan ? répéta mère Claire. Avec de la terre, de l'eau, du feu et de l'air ?

Le long de la haie, un des chevaux chassa une mouche, tapant doucement le sol avec son sabot. L'expression de Martyn Gravesend se modifia, montrant qu'il venait de trouver la réponse, mais maîtresse Knyvet le prit de court :

— Un fer à cheval ! Ce sont des fers, c'est bien cela ?

— Oui, des fers à cheval, confirma Frevisse.

Plus que ravie, Edeyn s'exclama :

— Lionel, j'en ai deviné une ! Enfin ! Et toute seule !

Lionel et Martyn éclatèrent de rire, aussi heureux qu'elle, et Lionel lui attrapa la main qu'il serra dans la sienne.

— Ne t'avais-je pas dit que, pour y arriver, il suffisait de penser de façon tordue, comme Martyn ?

La joie d'Edeyn laissa soudain place au désarroi.

— Mais il faut maintenant que j'en pose une… Giles, peux-tu m'aider ?

Son mari avait suivi l'échange d'un œil mi-clos. Mais quand sa femme s'adressa à lui, il se contenta de secouer la tête et de fermer les yeux pour de bon.

— Giles ! insista-t-elle.

— Celle de l'autre jour sur le chat, souffla-t-il.

— Non, ça ne va pas ! Lionel et Martyn la connaissent déjà !

— Tu n'as qu'à leur dire qu'ils ne jouent pas.

Lionel vola au secours de la jeune femme :

— Nous ferions bien d'arrêter de jouer aux devinettes et de nous remettre en route.

Mère Claire, le père Henry et Frevisse avaient fini de manger. Lionel avait indéniablement raison. Il était temps que chacun retourne à ses affaires.

— Mais nous nous retrouverons tous à Minster Lovell, et ce sera très agréable, ajouta-t-il.

Les domestiques rassemblèrent les coussins, qu'ils rangèrent dans un panier de bât sur l'un des chevaux. Les sangles une fois retendues, on amena les montures pendant que les hommes discutaient de la distance qui restait à parcourir. Mère Claire s'extasia avec maîtresse Knyvet sur la splendeur de la journée. Frevisse se tenait près d'elle, l'esprit ailleurs. Giles, déjà en selle, s'impatienta :

— Edeyn, dépêche-toi ! Tu nous retardes tous.

Étant donné que lui seul était prêt, Frevisse jugea sa remarque ridicule. Mais l'expression de son épouse s'assombrit, mêlant l'inquiétude face au mécontentement manifeste de son mari et le ressentiment à s'entendre parler sur ce ton. Puis très vite elle se reprit, s'excusa et se dirigea vers son cheval. Frevisse songea soudain qu'elle avait eu la chance – même si se montrer digne de son divin époux le Christ lui semblait difficile – d'échapper au caractère difficile d'un époux mortel.

Les autres montèrent en selle. Puis on échangea des adieux, et les cavaliers se regroupèrent sur la route, le père Henry et le jeune John attendant à l'écart près de leurs chevaux. Les deux bais des Stenby arboraient chacun un ruban rouge que quelqu'un de leur village avait tressé dans leur toupet, dans l'espoir que leur aventure serait aussi plaisante que pieuse. Ce spectacle rasséréna Frevisse. Elle ne s'était pas rendu compte à quel point elle était d'humeur sombre et peu sociable avant de s'être mêlée à ce groupe plutôt joyeux. Elle ferait bien de penser un peu plus à des rubans rouges, et moins souvent à mère Alys.

Elle demeura à côté de mère Claire, le temps de regarder s'éloigner les Knyvet et leur suite, puis elles leur adressèrent un signe de la main avant qu'ils disparaissent dans un tournant. De nouveau seules, les deux religieuses s'agenouillèrent au bord de la route, imitées aussitôt par le père Henry, et ils récitèrent ensemble les prières de none. Resté près des chevaux, John Naylor inclina la tête, témoignant de ce désir de prier qui avait rendu sa compagnie tolérable ces derniers jours. Il était sans doute préférable qu'il n'ait pas à supporter les psaumes et les prières longs et compliqués de chaque office dans leur intégralité. Néanmoins, Frevisse était heureuse que les prières de none, même abrégées, comprennent *Pes enim meus stetit in via recta* – mon pied reste vraiment sur le bon chemin. Une phrase qui convenait on ne peut mieux à des voyageurs, même si très peu de milles les séparaient à présent de Minster Lovell.

CHAPITRE IV

Dans la lumière écrasante de l'après-midi, leur itinéraire les conduisit à travers une douce vallée où une
rivière coulait en scintillant au soleil. Par chance, ils
n'auraient pas besoin de la traverser. La route longeait
la berge et tournait en direction d'un hameau. Tout au
bout s'élevaient la tour trapue d'une église et, plus loin,
des bâtiments plus imposants qui firent comprendre à
Frevisse que la marche de la journée toucherait bientôt
à son terme.

La route laissa place à une rue qui s'étirait entre des
maisons en bois. Des odeurs de cuisine s'échappaient des
portes grandes ouvertes. Au milieu de la rue, une ribam-
belle de jeunes enfants interrompirent leurs jeux avec
joie pour les regarder passer. Voyant que Frevisse et
mère Claire leur souriaient, ils leur sourirent à leur tour
– des enfants heureux, pieds nus et échevelés, crasseux
d'avoir joué dehors, mais bien soignés.

Une femme sortit sur le seuil de la maison la plus
proche. Une des petites filles courut s'accrocher à ses
jupes, non pas de peur mais pour revendiquer ses droits.
Sa mère lui caressa la tête d'une main distraite tout en
observant les quatre voyageurs. Lorsque mère Claire lui
demanda si elles étaient bien à Minster Lovell, elle
répondit en souriant :

— Oui, madame.

— Et le manoir ? s'enquit mère Claire.

D'autres femmes sortirent sur leur perron, d'abord attirées par le silence des enfants, puis par l'aubaine de voir des étrangers. Ravie d'être choisie comme interlocutrice, la femme tendit la main vers le bout de la rue.

— C'est après l'église. Continuez tout droit. Vous y êtes presque.

Mère Claire la remercia et lui donna sa bénédiction que la femme accepta joyeusement en faisant une petite révérence.

Au-delà des maisons, la route s'écartait de la rivière et du village pour longer le mur bas d'un cimetière. Plusieurs pierres de l'église paraissaient neuves, le cimetière était bien entretenu autour des tombes, et les allées gravillonnées de frais. Frevisse, qui avait remarqué la prospérité discrète du village, s'attarda plus longuement sur le mur de l'extrémité est du cimetière. Trop haut pour qu'un cavalier puisse regarder par-dessus, il était d'un blanc immaculé éclatant. Le manoir de Minster Lovell, qui serait pour elles la fin de leur marche et l'occasion d'une bonne nuit de repos, devait se trouver de l'autre côté.

Les chevaux secouèrent leur harnais en tirant sur les rênes. Comme leurs cavaliers, ils sentaient qu'ils approchaient de l'écurie et voulaient accélérer l'allure. Frevisse avait la même envie, mais puisque mère Claire ne pouvait pas avancer plus vite, elle s'empêcha d'allonger le pas, tandis que le père Henry et le jeune John retenaient leurs chevaux. Aucun d'eux n'arriverait avant le plus lent de la troupe, ce qui – plaise à Dieu ! – serait pour bientôt.

Après le cimetière, la route longeait le mur, à présent plus haut que la tête d'un cavalier, puis bifurquait vers la droite. Sur la gauche, où se trouvaient des granges et des étables, leur parvenait le brouhaha d'hommes et d'animaux vaquant à leurs tâches en cette fin d'après-midi. À droite, au-dessus du mur, on apercevait des toits de tuile rouge et deux cheminées dont la fumée devait monter des cuisines – c'est en tout cas ce que Frevisse espérait. Finalement, ils arrivèrent devant la grille. Les portes ouvertes donnaient sur un passage pavé couvert qui s'enfonçait sous un ensemble de bâtiments érigés par-delà le mur et conduisait vers la cour du manoir.

La vaste cour baignée de soleil était délimitée par les ombres de la fin d'après-midi. Le côté sud, sur leur gauche et le long de la rivière, était bordé d'un simple mur avec un petit portail ouvrant sur la berge. Les trois autres côtés étaient clos par de longs bâtiments en pierre. Assez bas de part et d'autre de la grille, ils s'élevaient au nord de la cour pour former le haut toit d'une grande salle. De l'autre côté de la grille, ce qui se dresserait là n'était encore qu'un enchevêtrement d'échafaudages, de pans de murs et de pierres empilées. Des ouvriers couverts de poussière étaient en train de descendre des murs à moitié montés, riant entre eux et parlant fort. D'autres gens allaient et venaient un peu partout dans la cour, concentrés sur leurs tâches, sans se préoccuper des voyageurs qui venaient d'arriver.

Un instant, Frevisse eut la nostalgie de Sainte-Frideswide, où chacun, à commencer par elle, savait quelle tâche accomplir. Ici, elle était étrangère. Sa présence en ce lieu n'avait qu'une seule raison : remettre un document en main propre, ce dont n'importe quel serviteur aurait pu se charger.

Tandis qu'elle faisait le tri de ses impressions et les repoussait de son mieux, deux palefreniers vinrent prendre les chevaux. Lorsqu'ils s'éloignèrent, un serviteur sortit de la grande salle et se dirigea vers eux en levant la main pour attirer leur attention et les saluer. Âgé et vêtu d'une simple livrée en bon drap bleu, il arborait l'écusson de lord Lovell – un chien de chasse – sur la poitrine.

— Vous venez de Sainte-Frideswide ? demanda-t-il du ton de celui qui connaît déjà la réponse.

Mère Claire le lui confirma.

— Nous avons été prévenus de votre arrivée, reprit-il. Ma maîtresse m'a prié de m'occuper de vous. Si vous voulez bien me suivre…

Ils le suivirent volontiers, reconnaissants à Lionel Knyvet d'avoir annoncé leur arrivée et de se voir réserver un aussi bon accueil. Le serviteur leur fit traverser la cour en diagonale vers la grande salle, jusqu'à une porte basse en forme d'arche qui menait dans un passage. Sur leur droite, à en juger d'après les odeurs alléchantes et l'activité que l'on percevait derrière les portes, se trouvaient les cuisines. Sur leur gauche, à mi-chemin le long d'une cloison en bois, une large porte débouchait sur la grande salle. Frevisse supposa que c'était de ce côté qu'ils allaient, mais quand ils s'en approchèrent, une jeune fille trop bien mise pour être une servante arriva du fond du passage en s'écriant gaiement :

— Vous les avez trouvés, John ? Comme c'est gentil à vous !

Frevisse se retint de remarquer que cela n'avait pas été trop dur étant donné qu'ils avaient déjà franchi la grille, mais c'eût été discourtois, et le signe que sa fatigue prenait le pas sur sa politesse.

— Je m'appelle Luce, dit la jeune fille en faisant une petite révérence à mère Claire, au père Henry et à Frevisse. Je suis l'une des dames de compagnie de lady Lovell.

Plutôt jolie, elle s'empâterait sans doute trop vite, mais elle était sûre d'elle et plaisante dans ses manières, pleine de vivacité et d'entrain.

— Lady Lovell a pensé que vous aimeriez commencer par vous rafraîchir et vous reposer un peu. Je dois vous conduire à votre chambre, et ensuite à lady Lovell, si vous le voulez bien. Oh, père Benedict ! s'exclamat-elle en voyant un prêtre arriver dans le passage. Ils sont là. Vous voyez ?

Frevisse se fit la réflexion que, à moins d'être aveugle, il ne pouvait pas ne pas les avoir vus.

Luce se retourna avec un sourire radieux.

— Le père Benedict est notre aumônier. Ma maîtresse a pensé qu'il pourrait passer du temps avec le vôtre.

Le père Benedict salua les deux religieuses d'un air grave, puis le père Henry. C'était un homme d'un certain âge, la robe noire impeccable, la tonsure fraîche et lisse. Il paraissait plus mince qu'il ne l'était en réalité comparé au gabarit imposant du père Henry. Plus ébouriffé que jamais, ce dernier avait, comme toujours, la tonsure en partie cachée par d'épais cheveux blonds qui s'obstinaient à boucler. Mais ils échangèrent des paroles aimables et s'éloignèrent ensemble.

— Et Hugh s'occupera de votre homme, dit Luce.

Elle expédia le jeune John d'un gracieux mouvement de tête et engagea mère Claire et Frevisse à la suivre dans la direction où les prêtres étaient partis, vers la grande salle.

Construite depuis peu comme semblait l'être une bonne partie de Minster Lovell, elle était entièrement badigeonnée de blanc, sans aucune trace d'usure, même sur le seuil en pierre. La salle paraissait trop élevée par rapport à sa longueur plutôt modeste. Frevisse dut résister à l'envie de renverser la tête pour regarder les poutres, mais elle ressentit une impression de disproportion. Au lieu d'être niché dans un mur, comme le prônait désormais la mode, l'âtre se trouvait au centre, la fumée ne pouvant s'échapper ailleurs que vers le plafond, entre les chevrons. Chacun des murs pignons était percé d'une ouverture qui permettait d'évacuer la fumée par un système de courant d'air, mais il était curieux que lord Lovell ait fait rénover son manoir en conservant un âtre ouvert en son milieu.

Des gens allaient et venaient, des domestiques qui avaient pris acte de leur présence mais ne leur prêtaient pas attention. L'agitation qui régnait en fin d'après-midi lorsqu'il fallait dresser la table pour le souper n'avait pas encore commencé. Luce évoquait avec vivacité l'arrivée des Knyvet quelques heures plus tôt.

— Et, bien entendu, lady Lovell a voulu voir Edeyn sans tarder. C'est elle qui lui a annoncé votre venue, c'est ainsi que nous l'avons su...

Elle les entraîna au fond de la salle et sur l'estrade où souperaient le châtelain et sa famille, qui dominait légèrement les tables réservées aux gens de moindre condition. Des portes s'ouvraient à chaque bout. Le père Henry s'apprêtait à disparaître derrière le père Benedict par celle de droite. Luce leur adressa un joyeux signe de main.

— Ils vont bien s'entendre, déclara-t-elle. Il n'en a pas l'air, mais le père Benedict est quelqu'un de très amical.

Luce emmena mère Claire et Frevisse vers la porte de gauche, qui donnait sur une petite pièce où une autre porte ouvrait sur un escalier en spirale. Elles montèrent, passèrent une autre porte et débouchèrent dans une longue pièce qu'éclairaient de nombreuses fenêtres à chaque extrémité, une belle salle confortable et richement meublée. Le solar, devina Frevisse, où la famille pouvait échapper au va-et-vient de la grande salle quand bon lui semblait.

— Notre chambre est par ici, expliqua Luce en les guidant vers une autre porte au fond du solar. Voici l'appartement des dames. Celui de mon seigneur et de ma dame se trouve juste derrière. Une fois les travaux terminés, nous disposerons d'autres chambres dans la partie nord, et toute cette aile sera réservée aux maîtres. Mais pour l'heure, à cause des travaux, nous vivons entassés les uns sur les autres. J'espère que ça ne vous dérange pas trop de vous serrer un peu et de dormir avec nous.

La salle, spacieuse, comportait une rangée de fenêtres à meneaux qui surplombaient la cour. Des affaires de femmes étaient éparpillées autour des lits. Des coffres et des bancs s'alignaient contre le mur aveugle. Tout près de la porte, un lit avait été préparé, et un espace dégagé autour. Une cuvette et une aiguière recouverte d'un linge étaient disposées à côté sur le banc. Luce leur fit signe que c'était pour elles.

— Vous trouverez de l'eau tiède dans l'aiguière. En tout cas, elle devrait l'être ! Et quelqu'un ne va pas tarder à apporter vos bagages. Avez-vous besoin d'autre chose ?

— Non, je ne crois pas, répondit mère Claire. Nous vous remercions. C'est parfait.

Mais ce serait encore mieux si on les laissait seules, afin qu'elles puissent se laver la figure, les mains et les pieds salis de poussière, et se reposer. Comme si elle avait lu dans ses pensées, Luce dit dans un sourire :

— Je reviendrai quand vous aurez eu le temps de vous reposer. Lady Lovell espère que vous accepterez de la voir avant le souper.

Elle leur fit sa petite révérence, puis s'éclipsa.

— Enfin ! soupira Frevisse en s'asseyant sur le lit qu'elle allait partager avec sa compagne.

— Elle est fort aimable, murmura mère Claire. C'est gentil à lady Lovell de l'avoir envoyée s'occuper de nous.

Frevisse se releva, soudain inquiète. À cause de la fatigue, elle s'était abandonnée à son mauvais caractère, oubliant que mère Claire était dans une situation pire que la sienne. Tout à coup, elle se rendit compte que celle-ci était restée debout, comme si elle était trop lasse pour savoir encore s'asseoir, et qu'elle titubait légèrement. Frevisse s'approcha, la prit par le bras pour l'empêcher de vaciller, puis la tourna le dos au lit avant d'ordonner sur un ton péremptoire :

— Asseyez-vous.

Mère Claire se laissa tomber avec un énorme soupir de soulagement, exprimant d'un coup toute la lassitude qu'elle s'était appliquée à dissimuler.

— Merci. Je ne savais pas que j'étais aussi fatiguée.

— Eh bien, vous l'êtes, et mieux vaudrait l'admettre que vous écrouler !

L'aigreur de Frevisse arracha un sourire à mère Claire. Ses mains se soulevèrent mollement pour retirer son voile et sa guimpe qui la serrait. Frevisse s'empressa de l'aider, prenant soin de repiquer les épingles dans le voile et de le plier avec soin avant de le ranger. Puis elle se tourna vers l'aiguière, versa de l'eau tiède dans la cuvette, mouilla le linge destiné à cet usage et le tendit à sa compagne. Mère Claire se lava la figure et les mains avec l'application qu'elle mettait en toute chose, mais avec des gestes d'une extrême lenteur, comme s'il lui fallait plus de concentration que d'ordinaire.

Frevisse attendit qu'elle ait terminé, reprit le linge et s'agenouilla. Elle lui retira ses chaussures et ses bas pour lui laver les pieds. Mère Claire soupira de plaisir.

— Et maintenant, je devrais en faire autant pour vous.

— Ce sera très volontiers une autre fois, répliqua Frevisse. Pour l'instant, vous allez vous étendre et rester allongée jusqu'à l'heure du souper.

— Oui. Je crois que c'est ce que je vais faire…

Sa tête s'enfonçait déjà dans l'oreiller, et ses yeux se fermèrent comme si rien n'aurait pu la contraindre à les garder ouverts. Les deux nuits précédentes, elles avaient dormi dans une auberge et dans une petite chapelle, où elles n'avaient bénéficié d'aucun confort ni bien-être particulier. Minster Lovell promettait d'offrir un répit dont mère Claire avait grand besoin. D'autant que, à cause de l'affaire de Sainte-Frideswide à régler, elles pouvaient espérer passer ici deux nuits d'affilée, ce qui permettrait à mère Claire de vraiment se reposer.

Frevisse n'était pas certaine qu'elle aurait été capable de supporter un effort aussi inhabituel que celui qu'avait dû fournir mère Claire ces derniers jours avec autant de patience. Au moindre désagrément, sa propre colère contre mère Alys, qui demeurait toujours aussi vive bien qu'elles aient quitté Sainte-Frideswide depuis déjà un moment, n'aurait fait que s'aggraver. Et si cela n'était pas arrivé, c'était uniquement parce qu'elle n'avait ressenti aucune contrariété. Elle avait apprécié le voyage et comptait continuer. Même en cet instant, elle n'était pas aussi épuisée qu'elle l'avait escompté. Au contraire, elle se sentait tout à fait réveillée et curieuse de ce nouveau lieu, qu'il lui tardait de découvrir.

Frevisse venait de se laver la figure, les mains et les pieds lorsqu'un serviteur en livrée apporta la petite malle de voyage en cuir qu'elle partageait avec mère Claire. Elle contenait quelques accessoires indispensables et une tenue de rechange pour chacune d'elles, rien de plus. Frevisse enfila une robe propre. Les habits des deux religieuses étaient aussi semblables que possible, mais étant donné leur différence de taille, les robes étaient facilement reconnaissables à la longueur.

Elle était en train d'épingler un voile propre au moment où Luce réapparut. Mère Claire n'avait pas bougé depuis qu'elle s'était allongée. Les mains croisées sagement sur la poitrine, les traits détendus, elle était plongée dans un profond sommeil. Voyant Frevisse prête et mère Claire endormie, Luce sourit et mit un doigt sur ses lèvres en faisant signe à Frevisse de la suivre.

Dans le solar, elles s'arrêtèrent devant la fenêtre sud d'où l'on découvrait la cour, la grille, l'aile ouest ina-

chevée recouverte d'un échafaudage et la rivière qui
coulait derrière le mur. Tous les ouvriers étaient partis,
mais d'autres gens continuaient d'aller et venir dans
la cour, portant pour la plupart la livrée bleue des
Lovell. Frevisse se demanda où avait été emmené le
jeune John.

— La châtelaine a demandé si vous et mère Claire
accepteriez de la rejoindre un moment dans le jardin
avant le souper, dit Luce. Mais je pense qu'il vaut
mieux la laisser dormir, non ?

— Il vaut mieux, convint Frevisse. Mais je vien-
drais volontiers.

Luce lui fit redescendre l'escalier puis la conduisit
dans la grande salle, qu'elles traversèrent avant de
s'engouffrer dans le passage aux cloisons de bois. Là,
au lieu de se diriger vers la porte d'entrée, elles tournèrent à gauche, franchirent une autre porte et emprun-
tèrent un passage en pierre qui menait par une autre
porte à l'extérieur. Luce bavarda tout le long du chemin, s'attardant sur les contraintes qu'imposait l'existence dans une demeure en pleine construction.

— Il y a parfois beaucoup de poussière, et quand
les tailleurs de pierre s'y mettent, le bruit devient
infernal ! Sans parler de l'odeur de plâtre humide...
Mais une fois que tout sera fini, ce sera splendide ! Je
vais presque regretter de ne plus être là pour le voir.
C'est que je me marie à la Saint-Michel, vous savez !

Et comment l'aurais-je su ? faillit rétorquer Frevisse.
Toutefois, reconnaissant là un mouvement d'humeur
injustifié, elle se contenta de marmonner une réponse
inaudible. Manifestement, Luce adorait bavarder, et la
laisser parler était plus courtois que l'interrompre pour
entamer une conversation digne de ce nom.

Elles quittèrent l'ombre fraîche du passage voûté
en pierre et débouchèrent dans la lumière du soleil
couchant. Frevisse s'arrêta et s'exclama de plaisir en

apercevant le jardin qui s'étendait devant elle. Enclos par de hauts murs sur trois côtés – ceux qui formaient la partie est du cimetière et longeaient la route par laquelle ils étaient arrivés –, ce jardin était beaucoup plus grand que celui de Sainte-Frideswide. Près du manoir, les allées dessinaient des petits carrés entourés de barrières basses dans lesquels les plantes étaient disposées tels des bijoux. Chaque carré contenait une ou plusieurs espèces, en fonction de leur rareté et de leur beauté. Plus loin, vers le milieu du jardin, une treille décorative marquait l'entrée d'une pelouse bien entretenue ombragée par de jeunes bouleaux et bordée de bancs de gazon soutenus par des briques. Plus loin encore, on apercevait une allée plantée d'une charmille qui ne laissait rien deviner de ce qui se trouvait au fin fond du jardin. Sur la pelouse, entre les ombres délicates des bouleaux, une demi-douzaine de dames et de jeunes filles étaient éparpillées sur des coussins et les bancs de verdure, ainsi que deux hommes en train de discuter. L'une des femmes jouait du luth, et les notes s'écoulaient tel un torrent argenté par-dessus leurs voix, aussi éclatantes que leurs robes et les rires qui fusaient ici et là.

Le jardin de plaisance de lady Lovell était un pur enchantement.

— Cet endroit fait la joie de ma dame, dit Luce, qui manifesta ouvertement la sienne en voyant Frevisse s'extasier.

Elle coupa au plus court à travers les allées pour l'emmener jusqu'à la treille qui ouvrait sur la pelouse. Frevisse reconnut bientôt Lionel Knyvet, assis sur un des bancs de verdure. Il était en train de jouer avec une petite chienne blanche qui dansait à ses pieds, posait ses pattes sur ses genoux et courait après une balle chaque fois qu'il la lui lançait. Tous deux avaient l'air de beaucoup s'amuser et, malgré la présence de plusieurs autres chiens – rien que des chiens de dames, de petite ou moyenne taille –, ce jeu de balle semblait n'être destiné qu'à eux.

Son cousin Giles était installé sur un coussin sous les arbres à côté de son épouse, elle-même assise près d'une femme que Frevisse devina être lady Lovell. Car bien que l'assemblée donnât l'impression de s'être éparpillée au hasard dans la verdure, elle se trouvait exactement au centre.

— Madame, mère Claire dort, mais je vous ai amené mère Frevisse, l'informa Luce.

D'un geste gracieux de la main, lady Lovell la remercia et lui fit signe qu'elle pouvait aller retrouver les autres dames. Puis elle sourit à Frevisse pour l'inviter à s'approcher. Frevisse s'exécuta et fit une révérence aussi profonde que celle de Luce. Lady Lovell inclina la tête, puis la pria de s'asseoir près d'elle en lui indiquant un coussin. Somptueusement habillée, elle portait une robe couleur corail, bordée de velours marron foncé au cou, aux poignets et à l'ourlet. La couleur et l'épaisseur de l'étoffe mettaient en valeur sa peau claire, ses yeux sombres et ses sourcils finement dessinés. Le doux ovale de son visage était encadré de plusieurs couches de voile fin, un tissu si léger que ce ne pouvait être que de la soie, tandis que sa guimpe, une mince bande qui lui passait sous le menton, laissait son cou dénudé. Les fines ridules de chaque côté de ses yeux attestaient qu'elle n'était plus dans sa prime jeunesse, mais Frevisse lui donnait à peine trente ans.

— Votre mère Claire n'est pas malade, j'espère ? s'enquit lady Lovell d'un ton chaleureux qui traduisait une sincère inquiétude.

Pourtant, deux religieuses inconnues demandant l'hospitalité devaient être le cadet de ses soucis. Aussi Frevisse répondit-elle avec retenue :

— Juste fatiguée de marcher, madame.

— Et ce n'est guère surprenant. Sainte-Frideswide n'est pas tout près d'ici. Depuis quand êtes-vous parties ? Edeyn a dû me le dire, mais je l'ai oublié.

Qu'avait dit d'autre maîtresse Knyvet ? Frevisse adressa un signe de tête à la jeune femme et à son mari.

— Trois jours, répondit-elle. Mais nous ne nous sommes point hâtées.

— Il n'y a pas de raison, surtout par un temps aussi plaisant.

Les yeux sombres et chaleureux de lady Lovell prirent soudain une lueur amusée.

— Mais puis-je vous demander si votre venue à Minster Lovell est liée au problème qui oppose nos intendants autour du puits de Prior Byfield ?

La première réaction de Frevisse fut de dissimuler son étonnement de découvrir que lady Lovell était au courant de cette affaire. Mais l'expression rieuse de son visage lui fit comprendre qu'elle savait l'avoir surprise. Se laissant gagner par son amusement, elle rit à son tour.

— Oui, en effet. L'affaire est-elle donc si fameuse ?

— J'ai reçu une lettre de mon intendant hier. Un de ses rapports réguliers, qui ne concernait pas particulièrement le puits. Il avait eu vent de l'intention de mère… mère Alys, c'est bien cela ? De sorte que, lorsque j'ai appris que vous veniez de Sainte-Frideswide, j'ai supposé que vous étiez les religieuses qu'elle nous avait envoyées.

— Nous avons une lettre et plusieurs autres documents à remettre à lord Lovell de la part de notre prieure. Nous devons lui en parler, après quoi nous repartirons.

— Vous êtes les bienvenues et pouvez rester aussi longtemps que vous le jugerez nécessaire, en tout cas jusqu'à ce que vous vous sentiez suffisamment reposées pour repartir. Mais mon époux étant absent, c'est avec moi que vous devrez traiter.

— Lord Lovell n'est pas là ?

La rumeur avait pourtant couru qu'il séjournerait à Minster Lovell jusqu'au milieu de l'été.

— Des complications à la Cour, expliqua la châtelaine.

Ses deux mains ébauchèrent un geste qui signifiait que ce qui était prévu devait être modifié sur-le-champ dès lors que les choses se compliquaient à la Cour.

— La Normandie, comme toujours. Mon époux a reçu l'ordre de conseiller le seigneur de Warwick.

— Y a-t-il eu un problème ? s'inquiéta aussitôt Frevisse. Quelque chose sortant de l'ordinaire ? ajouta-t-elle.

La mimique qu'esquissa la bouche de lady Lovell montrait qu'elle appréciait la nuance. La guerre en France était une chose fort changeante. Il y avait bientôt dix ans que la sorcière française avait failli renverser le pouvoir anglais là-bas, et presque deux ans que les Bourguignons les avaient trahis pour le Dauphin. Cela n'avait pas été aussi catastrophique qu'on l'avait craint, mais étant donné le temps que mettaient les nouvelles à parvenir à Sainte-Frideswide, il se pouvait fort bien que de graves événements dont les religieuses ignoraient tout se soient produits récemment.

— Non, rien qui sorte de l'ordinaire, précisa lady Lovell. Mais le duc d'York a refusé d'être reconduit dans ses fonctions de gouverneur.

— Il ne les a occupées qu'un an, s'indigna Frevisse.

— Sans qu'on lui accorde assez de pouvoir ou d'argent pour accomplir grand-chose pendant ce temps.

Lady Lovell baissa la voix et se pencha en avant afin que ses propos ne soient pas entendus au-delà du petit cercle que formaient Frevisse, Edeyn et Giles.

— Et j'imagine qu'avoir le comte de Suffolk sur les bras depuis l'été dernier a fini par user sa patience. C'est à peine s'il a le droit de lever le petit doigt sans demander à Suffolk son approbation. Or il la donne rarement.

— Pourquoi nommer York gouverneur pour l'empêcher ensuite d'agir, sauf si Suffolk l'y autorise ? demanda Frevisse.

Occupé à arracher des brins d'herbe qu'il laissait retomber en pluie, Giles intervint dans la conversation :

— Parce que le conseil royal – et le roi, s'il possède un tant soit peu de jugeote ! – n'est pas stupide au point d'accorder au duc d'York un pouvoir aussi illimité.

— C'est la première fois qu'on lui confie une telle charge, et certains le trouvent encore jeune, observa lady Lovell avec plus de modération.

— La vérité, c'est qu'ils le trouvent trop royal pour cette charge ! rétorqua Giles avec amertume. S'ils ont si peur de lui, ils feraient mieux de l'enfermer dans une cellule et de l'oublier, plutôt que de lui confier la France et une armée.

— Oh, regardez Lionel avec Fidelitas ! s'exclama Edeyn.

Il tenait la balle au-dessus de la tête de la petite chienne blanche. Juché sur ses fines pattes arrière, l'animal dansait en essayant de l'attraper.

— Lionel, par ici ! appela Edeyn.

Celui-ci sourit et lui lança la balle. Fidelitas courut après, puis répéta l'opération dans l'autre sens dès que la jeune femme la relança.

— Je crois que vous m'avez ravi ma chienne, Lionel, dit la châtelaine. Je ne l'ai jamais vue aussi joyeuse.

Caressant la tête ronde et douce de la chienne, il tenait la balle qu'il lui laissait mordiller.

— Elle est merveilleuse. C'est un des rejetons de Blanche ?

— Oui, de sa dernière portée.

La conversation porta un instant sur les chiens. Frevisse comprit qu'Edeyn, mais aussi Lionel, et Giles presque autant, étaient des habitués de la maison Lovell. Néanmoins, la châtelaine veilla à ce qu'elle ne se sente pas exclue par cette familiarité et prit soin de lui demander si elle-même avait eu un chien. Ce moment agréable fut interrompu par l'arrivée d'un domestique, qui s'inclina devant lady Lovell avant de lui faire part d'un problème. La châtelaine s'excusa auprès de ses invités en souriant. Aussitôt, Edeyn se leva d'un bond, entraînant Frevisse et Giles avec elle. Son mari s'éloigna, et Frevisse, ne sachant trop quoi faire, suivit Edeyn qui se dirigeait vers Lionel et la chienne.

— Elle s'est prise de passion pour toi, dit la jeune femme.

— Oui, on dirait.

Lionel avait l'air ravi. Comme si le fait d'avoir trouvé un ami, fût-ce un chien, était pour lui un plaisir inhabituel. Edeyn voulut caresser la chienne, qui se déroba, trop occupée à donner des coups de patte à Lionel et à glapir sous son nez pour qu'il recommence à lancer la balle. Lionel s'exécuta volontiers, mais la chienne continua à lui donner des petits coups de patte.

— Eh bien, dit Lionel avec philosophie, le moment semble venu de passer à un nouveau jeu.

— Vous n'avez pas encore vu la roseraie ? demanda Edeyn à Frevisse. Il le faut absolument ! Lionel, viens avec nous.

Il les accompagna, Fidelitas trottant sur ses talons, et ils suivirent Edeyn vers la charmille qui constituait le quatrième côté de la pelouse. Exposée au soleil du sud, elle était déjà assez fournie pour former un mur et une voûte de verdure – un univers en soi. Le seul moyen d'y accéder depuis le jardin était une arche à croisillons érigée en son milieu. De là, on pouvait partir à droite ou à gauche pour rejoindre l'un des deux passages qui débouchaient sur ce qui se trouvait derrière. Edeyn marchait du pas enthousiaste de celle qui sait ce qu'elle va trouver. Elle les entraîna vers une autre pelouse, plus petite que la précédente, entourée plus étroitement par les hauts murs du manoir sur trois côtés et par la charmille sur le quatrième. Le milieu de la pelouse parsemée de pâquerettes était agrémenté d'une fontaine à margelle basse. Le long des trois murs courait un banc de verdure assez large pour s'asseoir. Et des rosiers, dans un nombre de variétés comme Frevisse n'en avait jamais vu, grimpaient sur une treille à l'assaut des murs. Ils ne seraient pas fleuris avant un bon mois, mais quand le moment viendrait, avec ces murs pour les soutenir dans la lumière du soleil et la chaleur, le jardin se remplirait de couleurs et de parfums. Son imagination se laissa emporter par la beauté du spectacle. La fontaine, muette pour l'instant, chanterait dans le soleil, tandis que retentiraient la musique, les rires et les conversations légères de gens détendus qui se sentaient ici chez eux.

À ce moment-là, Frevisse serait de retour à Sainte-Frideswide, obligée de se soumettre à nouveau au regard dur et aux remarques cinglantes de mère Alys. Un tel contraste l'agaça un instant, mais avant qu'elle ait eu le temps d'aller au bout de son sentiment, Edeyn s'exclama :

— N'est-ce pas extraordinaire ? Lord Lovell s'est fait préparer une tombe dans l'église, sur laquelle figurent son effigie et ses armes. Mais lady Lovell a dit qu'elle préférait consacrer l'argent à son jardin de plaisance plutôt qu'avoir son effigie, et il le lui a donné.

— Et elle a fait ceci ? demanda Frevisse, subjuguée.

Edeyn acquiesça avec ardeur.

— Elle dit qu'elle préfère avoir de la beauté autour d'elle de son vivant qu'une effigie de pierre froide que seuls les autres pourront voir une fois qu'elle ne sera plus là.

— Un rappel des splendeurs du ciel, afin qu'elle fasse de son mieux pour y accéder, ajouta Lionel.

— Je crois volontiers aux splendeurs du ciel, répliqua Frevisse. Mais, et c'est fort regrettable pour le salut de mon âme, cet endroit me fait penser au *Roman de la rose.*

— La rose n'est-elle pas un symbole du pur amour du Christ ? demanda Lionel.

— Sur ce point, les opinions divergent, répondit sobrement Frevisse.

Lionel et Edeyn éclatèrent de rire, comprenant aussitôt le sous-entendu. *Le Roman de la rose*, long et célèbre poème, pouvait en effet être interprété de deux manières très différentes. La quête de la rose entreprise par l'amant pouvait se voir comme la recherche de l'amour du Christ ou comme l'expression de son désir charnel pour une dame. Tout dépendait de la lecture que l'on choisissait de faire du poème.

Ils avaient marché dans une allée de gravier qui longeait la pelouse. Fidelitas avait sauté sur le banc de verdure pour courir à la hauteur du coude de Lionel, continuant à lui donner des coups de patte pour réclamer son attention. Comme la petite chienne n'était pas lourde, Lionel la prit dans ses bras.

— Toi, tu es une coquine, lui dit-il.

Fidelitas lui lécha copieusement le visage.

— Non, j'ai déjà fait ma toilette ! Inutile de recommencer !

Il avait ramassé la balle près de la charmille et la lança devant eux. La chienne se tortilla pour sauter hors de ses bras et courut la rattraper. Ils avançaient en bavardant, Frevisse et Edeyn de chaque côté de Lionel. Celui-ci revint sur le thème de la rose en se tournant vers les rosiers qui grimpaient le long du mur.

— Malgré les pieuses pensées que nous-mêmes pouvons avoir ici, dit-il avec un ample geste qui les englobait tous les trois, à propos de rose, des amours terrestres et des joies célestes, croyez-vous que nous devrions avertir lady Lovell que d'autres risquent de se laisser tenter par des pensées plus terre à terre que les nôtres, et bien entendu les siennes ?

— Ou faut-il seulement accepter qu'on ne saurait être responsable des pensées d'autrui ? interrogea Edeyn avec un sourire chaleureux. Et garder les nôtres aussi pieuses que possible ?

Frevisse l'imita en soupirant d'un air moqueur.

— Hélas, cela vaut peut-être mieux ! Il est rare de pouvoir répondre des autres en ce domaine.

Lionel, perdant soudain toute légèreté, dit :

— Mais nous sommes tenus de répondre de nos actes envers eux. Et peut-être même de répondre sur nos âmes de ce que nous les poussons à faire.

Il regardait vers l'arche creusée dans la charmille. Frevisse suivit son regard et aperçut Giles, qui semblait les épier depuis un certain temps. Regardant tour à tour les deux hommes s'observer, Frevisse remarqua qu'il passait quelque chose entre eux qu'elle était dans l'incapacité de deviner.

Edeyn, trop concentrée sur Lionel, vit seulement la joie s'effacer de son visage et posa une main affectueuse sur son bras.

— Edeyn ! l'interpella Giles.

Son ton rieur était aussi difficile à interpréter que le regard échangé avec son cousin.

Edeyn lui répondit par un sourire, et sa main retomba du bras de Lionel lorsqu'elle demanda :

— Viens-tu nous chercher pour souper ?

— Oui, répondit Giles. Enfin ! Et nous sommes conviés à nous asseoir à la haute table avec la châtelaine. Ainsi que les religieuses.

— Je ferais mieux d'aller voir si mère Claire... commença Frevisse.

Mais Lionel, qui était près d'elle, se figea brusquement en fixant sa main gauche, la brandissant devant lui comme si elle ne faisait tout à coup plus partie de son corps. Fidelitas, qui avait lâché et oublié la balle, gémissait à ses pieds. Edeyn, debout de l'autre côté, regarda d'abord son visage et ensuite sa main, puis murmura :

— Oh, Lionel…

Il l'arrêta en secouant brièvement la tête, gardant l'attention fixée sur sa main, et ordonna :

— Allez-y. Il me reste encore du temps. Je vais regagner notre chambre. Il n'y a rien d'autre à faire. Allez-y.

— Je vais t'envoyer Martyn, dit Edeyn.

— Oui, s'il n'est pas là-bas.

Lionel avait parlé d'un ton sec, sans la regarder, les yeux rivés sur sa main comme si elle lui faisait horreur. Ou peur.

Giles attrapa sa femme par le bras.

— Il vient de te dire ce qu'il voulait. Allons, viens !

Quel que soit le sentiment de Giles, ce n'était ni de la peine ni rien qui ressemblât à de la compassion.

— Madame, si vous voulez bien ? ajouta-t-il à l'intention de Frevisse, l'invitant à les suivre.

Frevisse hésita, mais puisque Lionel désirait rester seul, elle s'en alla, se demandant ce qui se passait, et pour quelle raison Edeyn avait pâli, comme Lionel, et demeurait à présent murée dans le silence. Son mari continua à lui tenir le bras, comme pour s'assurer qu'elle le suive, tandis qu'ils traversaient les jardins en direction du manoir, laissant Lionel rentrer seul de son côté.

CHAPITRE V

Le dos appuyé contre la porte, Giles se tenait le plus loin possible de la chose qui gisait sur le sol, tout en demeurant dans la pièce. Ce cher Lionel avait eu le temps de regagner leur chambre avant le début de la crise. Ce qui valait mieux pour lui, et pour tous ceux à qui serait ainsi épargné ce répugnant spectacle. Pendant près de trois ans, Giles avait réussi à éviter de voir Lionel en pleine crise, et aurait continué à le faire si celle-ci n'avait pas représenté la chance qu'il espérait. Un autre lieu que Minster Lovell eût sans doute mieux convenu, mais il n'en saisirait pas moins l'occasion si jamais elle se présentait, car il était fatigué d'attendre. Mais pour savoir si c'était cette crise qu'il lui fallait, il devait rester là et observer.

Il avait attendu d'être certain que Lionel gisait par terre inconscient pour entrer, prétendant être venu là parce que Edeyn s'inquiétait. Martyn ne pouvant lui ordonner de partir, il était donc resté, comme il en avait eu l'intention. La chambre était belle et agréable. À peine arrivé, Giles avait remarqué qu'elle était située à l'écart du reste de la maison, à côté du parloir de lady Lovell et de la chapelle. Cette chambre leur avait été attribuée pour que le moins de gens possible soient au courant si jamais Lionel était victime d'une de ses crises. Le seul inconvénient était l'absence de verrou ou de loquet sur la porte. Pour l'instant, Lionel grognait et se tortillait sur le plancher, Martyn s'efforçant de l'empêcher de se cogner contre le pied du lit ou de heurter trop fort le sol. Et comme il ne pouvait pas surveiller la porte en même temps, il ne paraissait pas déraisonnable que Giles soit resté là à garder la porte par « gentillesse » pour son cousin, ainsi qu'il l'aurait expliqué si quelqu'un le lui avait demandé. Mais ce sale arrogant de Martyn ne s'en était pas donné la peine.

Prenant sur lui, Giles jeta un coup d'œil vers Lionel, puis détourna le regard. La chose recroquevillée par terre n'avait plus rien d'humain. Ce n'était plus qu'une carcasse qui se tortillait, se tordait et grognait entre bave et soubresauts. Si Lionel avait su à quoi il ressemblait quand une crise le prenait, il serait allé s'enfermer pour mourir et en finir une bonne fois pour toutes. Mais il l'ignorait, et sans recours tant que Martyn continuerait d'agir selon son gré. Cette vomissure de chien qu'était Martyn l'empêcherait de le savoir jusqu'à la fin des temps et le protégerait de son mieux, certain qu'il perdrait sa précieuse place si jamais quelque chose de fatal arrivait à Lionel – qu'ils soient maudits tous les deux !

À eux deux, Martyn et Edeyn s'arrangeaient toujours pour que Lionel ne se voie pas dans cet état – un homme grotesque affublé d'une longue mâchoire, au visage couturé de cicatrices, qui vivait un semblant de vie et empoisonnait tout le monde. La raison qui poussait Martyn à se comporter ainsi était assez limpide. Lionel représentait pour lui un revenu et une place stable dans la vie. La motivation d'Edeyn, par contre, était plus difficile à comprendre. Pour elle, Lionel était… Qu'était-il exactement ? Giles n'en avait jamais été sûr, mais ce dont il était certain, c'était qu'elle ne l'avait jamais vu se tordre et baver par terre, jamais vu tel qu'il était vraiment. Elle savait seulement qu'il souffrait d'une « affliction » et qu'il avait besoin de la compassion de son cœur de femme. Mais elle était si tendre qu'elle avait passé des heures à soigner sa chienne lévrier l'hiver précédent, alors qu'il était évident qu'elle allait mourir. Quand il en avait eu assez, Giles avait libéré la chienne de ses misères à l'aide d'un gros coussin. Ç'avait été un soulagement pour tout le monde, mais Edeyn avait réagi comme une femme, c'est-à-dire très mal et avec force larmes, pour finir par ne plus y penser du tout au bout de quelques jours. Au point qu'elle avait oublié de lui réclamer le chien qu'il lui avait promis pour remplacer l'autre.

Ce serait pareil avec Lionel. Elle aurait du chagrin et de la peine quelque temps, puis elle l'oublierait. Le bébé lui apporterait une distraction. Ça, c'était le bon côté des femmes : il suffisait de les satisfaire au lit et de les engrosser, et elles s'estimaient contentes jusqu'à ce qu'il soit temps de recommencer.

Il jeta un nouveau regard vers Lionel. La crise était presque terminée. Les soubresauts s'espaçaient, remplacés par de vagues tortillements. Bientôt, il se calmerait et se relèverait, un peu plus ahuri que d'habitude et épuisé pour un temps, mais sans grand dommage. Lorsque les autres reviendraient en fin de soirée, Martyn lui aurait fait sa toilette et l'aurait mis au lit pour qu'il puisse récupérer. Mais il y aurait le lendemain… Si le schéma demeurait le même, ce serait sans doute dans la soirée. La crise avait été brève, et il était par conséquent presque certain que, le lendemain soir – Dieu fasse qu'elle n'arrive pas plus tôt ! –, Lionel souffrirait d'une crise majeure, une de ces crises violentes qui le laissaient proche de l'abrutissement et exténué pendant des heures.

Dans l'état exact que Giles attendait.

CHAPITRE VI

Lorsqu'ils eurent terminé de souper dans la grande salle, les hôtes et leurs invités se levèrent et se dispersèrent afin de laisser les domestiques débarrasser les plats, les nappes et ensuite les tables, de manière à préparer la salle selon le loisir que les maîtres des lieux auraient choisi pour leur soirée – discuter, chanter ou danser.

S'il n'avait tenu qu'à elle, Frevisse se serait contentée d'aller dire complies dans la chapelle avec mère Claire, heureuse de mettre enfin un terme à cette journée. Mais il ne tenait pas qu'à elle. Lady Lovell avait eu l'amabilité de les convier à la table d'honneur. Elles se devaient d'être aimables en retour en prenant part à la conversation du soir. Pas au chant ni à la danse, mais au moins à la conversation.

Dans le mouvement de foule général qui s'amorça pendant que les domestiques s'activaient, ne laissant pour leur confort que les chaises et les bancs, Frevisse s'éloigna de mère Claire, qui discutait avec l'une des plus anciennes dames de compagnie de la châtelaine sur les bienfaits reconnus de certaines herbes. Pour l'heure, un joyeux désaccord semblait les opposer afin de savoir si la camomille était préférable au pissenlit pour purifier le corps de certaines mucosités. Mais comme elle n'avait aucune idée sur la question, Frevisse décida de ne pas s'en mêler. Mère Claire, qui se sentait en bien meilleure forme d'avoir dormi, avait repris des couleurs, et la raideur qui l'avait fait boiter à son lever avait disparu le temps de descendre l'escalier. Ne sachant plus à quand remontait la dernière fois où mère Claire était sortie de Sainte-Frideswide pour aller plus loin que Prior Byfield, Frevisse s'était inquiétée de la voir entourée par beaucoup plus de monde et de franche gaieté que de coutume. Au cours de ces quelques jours de voyage, elles avaient croisé plusieurs étrangers, mais elles n'avaient pas connu une telle agitation, ni un aussi grand rassemblement de gens pressés de profiter des plaisirs de la soirée, à une heure où les religieuses de Sainte-Frideswide s'en remettaient à la sérénité des prières de complies avant d'aller au lit.

Cependant, comme mère Claire semblait s'amuser, ainsi que son interlocutrice, Frevisse les laissa bavarder et partit à la recherche de John Naylor. Il avait soupé à une table inférieure, liant conversation avec un homme plus âgé dont l'autorité tranquille et la présence auprès du jeune homme avaient fait supposer à Frevisse qu'il s'agissait de l'intendant de lord Lovell. Elle avait alors espéré que le jeune John se rendrait compte que tout ce qu'il pourrait dire risquait d'affecter leurs futures négociations concernant l'affaire du prieuré. Mais à mesure qu'elle l'observait, elle avait eu le sentiment qu'il parlait moins qu'il n'écoutait et s'était sentie rassurée. Ses chances de faire bonne impression étaient plus grandes en agissant ainsi.

Curieuse toutefois de ce qui lui avait été dit, Frevisse se glissa vers l'endroit où elle avait aperçu John la dernière fois lorsque le franc-tenancier, maître Geffers, l'intercepta. Sans son affreux chapeau, il perdait en prestance ce qu'il gagnait en âge, mais sa manie de parler pour rien demeurait la même. Il se faufila entre deux hommes pour rattraper Frevisse.

— Mère Frevisse, comme nous nous retrouvons !

Frevisse approuva cette évidence d'un bref hochement de tête et tenta de s'éclipser. Mais il était déjà en travers de son chemin et s'exclamait avec force enthousiasme sur les splendeurs de Minster Lovell.

— Je crois comprendre que mère Claire et vous-même logez chez les demoiselles de lady Lovell. C'est très gentil de sa part, très gentil.

De crainte que se prolonge la conversation, Frevisse ne lui demanda pas où lui-même avait ses quartiers, mais cela ne l'empêcha pas de préciser qu'il était hébergé au-dessus et derrière les cuisines.

— Et c'est fort plaisant. Moins cependant que lorsque l'aile ouest sera terminée. Il y aura là de nombreuses pièces agréables, crois-je savoir.

Frevisse songea que maître Geffers *savait* sans doute très peu de chose. Il avait en revanche un réel talent pour récolter des bribes d'informations les coller bout à bout et faire passer le tout pour de la conversation. Connaissant bien ce genre de personnage, elle savait qu'elle avait peu de chances de lui échapper tant qu'elle ne lui aurait pas adressé quelques mots.

— Et les Stenby ? s'enquit-elle. Où sont-ils ?

Elle n'avait pas repensé à eux depuis qu'ils s'étaient séparés sur la route, mais ils allaient lui servir à distraire maître Geffers.

— Ah, les Stenby ! Voilà des gaillards comme j'en aimerais sur mes terres ! De robustes fermiers. Jamais un mot de trop, et durs à la tâche, autant que je puisse en juger. Ils ne sont pas au manoir. Ils ont trouvé un endroit où séjourner au village. Chez une matrone contente de gagner quelques sous en échange du gîte et du couvert. Ils iront faire leurs dévotions au sanctuaire dans la matinée et repartiront chez eux juste après.

Maître Geffers se pencha à l'oreille de Frevisse,

comme si le grand secret qu'il s'apprêtait à lui révéler pouvait intéresser quelqu'un alentour.

— Un choix judicieux de leur part… Ici, ils n'auraient pas été à leur place. Mieux vaut rester entre soi.

Frevisse signifia mezza voce – « murmurer » eût été trop doux, « maugréer » était plus proche de la vérité – son assentiment. Puis elle se dirigea vers un groupe de gens qui discutaient en attendant qu'on emporte les derniers tréteaux, moins déterminée cette fois à repérer le jeune John qu'à échapper à maître Geffers. Mais le franctenancier, qui avait dû acquérir une longue expérience des gens qui cherchaient à le fuir, lui emboîta le pas en disant :

— Et vous aurez remarqué que maître Knyvet n'est pas là non plus !

L'excitation qui vibrait dans sa voix avertit Frevisse qu'un morceau de choix allait suivre. Elle réfléchit en hâte à un moyen de se dérober. Le peu qu'elle avait vu de Lionel Knyvet lui avait plu, et elle n'avait aucune envie d'entendre maître Geffers se répandre en commérages à son sujet, mais il la prit de vitesse. Secouant la tête, et affichant un air désolé que Frevisse soupçonna de ne pas aller plus loin que la mimique affligée de sa bouche, il ajouta :

— Un bien triste cas. Le pauvre homme… Nous étions prévenus, mais on espère toujours, et son absence au souper me fait craindre le pire.

— Prévenus ? répéta Frevisse sans même s'en rendre compte.

— Oui, de sa maladie.

Soudain, maître Geffers baissa la voix de façon radicale, comme si tout le monde alentour était curieux d'entendre ce qu'il allait dire.

— Il est possédé. Et affreusement. Depuis l'enfance.

Frevisse se signa en demandant :

— Possédé ? De quelle façon ?

76

— Par un démon.

Je m'en doutais ! faillit rétorquer Frevisse. Par quoi d'autre, sinon ? Mais maître Geffers continuait à pérorer, et son débit s'accéléra en voyant qu'il avait réussi à capter son attention.

— C'est la raison de ce pèlerinage qu'il effectue dans les sanctuaires de saint Kenelm. Les années passées, il est allé prier un peu partout, a versé des dons à des saints d'un bout à l'autre de l'Angleterre, mais rien ni personne n'a été capable de le libérer.

Le franc-tenancier hocha la tête, affectant une expression solennelle à la mesure du fardeau, mais ses yeux brillaient d'un malin plaisir.

— Des crises. Il a des crises. Il est atteint du haut mal. Quand le démon s'empare de lui, il perd tout contrôle de lui-même. Il se débat et s'agite, crache et blasphème le nom de Dieu et de tous ses saints. Il…

— Vous l'avez vu ?

Maître Geffers se signa en hâte.

— Dieu m'en garde, non ! Mais je le tiens de quelqu'un qui l'a vu des centaines de fois et s'efforce de son mieux de lui venir en aide.

— Qui ? rétorqua Frevisse, furieuse que les tourments de Lionel Knyvet se retrouvent réduits à des propos mesquins dans la bouche de maître Geffers par la faute d'un indiscret.

Le ton de sa question échappa au franc-tenancier. Encouragé par l'intérêt qu'elle lui témoignait, il répondit :

— Son propre cousin, maître Giles. Qui mieux que lui saurait ? Il a vu de ses yeux le démon s'emparer de lui.

— Et il vous en a parlé ? Maître Knyvet veut-il qu'on le sache partout ? J'en doute.

Maître Geffers tomba d'accord immédiatement.

— Oh, non, bien sûr que non ! Il fait de son mieux pour garder le secret. Mais nous avons voyagé ensemble, voyez-vous. Et s'il avait été pris d'une attaque sans que nous ayons été prévenus ? Maître Giles voulait nous y préparer. Pour notre propre sécurité. Les attaques sont si violentes, elles arrivent de manière si soudaine… Quoique, d'après maître Giles…

Le franc-tenancier se pencha davantage, ne résistant plus à l'envie de tout lui raconter.

— … il reçoive d'abord une sorte de mise en garde. Le démon le nargue, ne faisant qu'aggraver son tourment. Juste avant la crise, il est pris d'une sensation de chatouillis dans la main gauche. Si jamais vous voyez maître Knyvet regarder sa main gauche d'un air bizarre, éloignez-vous au plus vite !

Frevisse repensa à l'expression qu'avait eue Lionel dans le jardin lorsqu'il avait fixé sa main tendue, comme si elle était étrangère à son corps. Il avait dû sentir venir le démon.

— Où se trouve-t-il, à présent ? demanda-t-elle avec prudence.

— C'est toute la question, n'est-ce pas ? Il prend acte de la mise en garde et cherche un endroit où se retirer avant que la crise survienne. Seul son homme, Martyn Gravesend, reste pour s'occuper de lui. Un drôle de bonhomme, ce Martyn, qui profite du malheur de son maître pour se mettre en avant ! Et aussi damné que le démon, pour oser affronter les crises comme il le fait ! C'est ce que dit maître Giles.

Et cela lui ressemblait bien, songea Frevisse. Maître Giles n'avait pas traîné, préférant laisser son cousin seul alors qu'il n'ignorait rien de ce qui allait se passer.

Mais Lionel leur avait demandé de s'en aller. Il avait souhaité qu'on se retire afin que personne ne le voie. Le signe avant-coureur qu'il ressentait dans la main lui en avait donné le temps, ce qui était en soi une bénédiction.

Pourtant, ce n'était pas ainsi que Giles avait présenté les choses quand il avait jugé bon d'en parler à maître

Geffers et, semblerait-il, aux Stenby. À moins que maître Geffers n'ait mal compris.

Autant révoltée par l'idée que Lionel soit la proie d'un démon que par les bavardages du franc-tenancier, Frevisse demanda :

— Giles a raconté cette histoire à tous ceux qui voyageaient avec vous ? Aux Stenby aussi ?

— À tous, assurément. Il m'a même demandé d'en avertir mon domestique, au cas où.

Un domestique qui devait avoir la langue aussi bien pendue que celle de son maître ! Par conséquent, d'ici peu, plus personne ici ne regarderait Lionel sans s'attendre à le voir fixer sa main gauche d'un œil bizarre, les pires d'entre eux attendant ce moment. Et même si maître Geffers partait de son côté le lendemain matin, il raconterait l'histoire de Lionel en chemin. Avoir voyagé en compagnie d'un homme possédé par un démon était une chose trop extraordinaire pour la garder secrète. Frevisse se demanda si Giles se rendait compte que « prévenir » ainsi les autres était cruel envers son cousin.

D'après le peu qu'elle avait vu, elle avait tendance à croire qu'il le savait.

Un domestique en livrée aux couleurs des Lovell s'inclina devant elle.

— Lady Lovell demande si vous voulez bien vous joindre à elle pour la soirée, madame.

Frevisse accepta très volontiers, ravie de pouvoir à la fois profiter de la compagnie de la châtelaine et échapper à maître Geffers. Murmurant ses adieux au franc-tenancier, elle suivit le domestique au milieu de la joyeuse foule et lui demanda :

— Deviez-vous aussi aller chercher ma compagne, mère Claire ?

— Elle est déjà partie, madame. Avec lady Elizabeth.

Frevisse remarqua que la plupart des gens encore présents avaient soupé aux tables inférieures. Lady Lovell, ses dames de compagnie et les quelques gentilshommes qui les accompagnaient s'étaient retirés, comme ils en avaient sans doute l'habitude. Le domestique se fraya habilement un passage, retournant vers l'estrade et la porte située au bout de la salle, par où Luce les avait emmenées l'après-midi. Derrière, se trouvait une petite antichambre avec des portes donnant de chaque côté ; celle de gauche était fermée, celle du fond menait à un escalier en spirale qui se perdait dans des profondeurs obscures, tandis que celle de droite était ouverte sur une pièce éclairée. Le domestique frappa un coup discret sur le chambranle, puis s'écarta pour la laisser passer.

La pièce dans laquelle Frevisse entra était vaste, basse de plafond, de proportions agréables, dotée de trois larges fenêtres à meneaux en pierre dominant le jardin, où s'attardait la lueur bleutée du crépuscule. Les lampes disposées sur des portants en fer forgé à hauteur d'épaule éclairaient le tapis de joncs dorés qui recouvrait le sol, ainsi que les poutres du plafond peintes d'un entrelacs de feuilles de vigne et de fleurs aux couleurs vives. Des coussins agrémentés de jolies broderies étaient disséminés sur le large banc qui courait sous les fenêtres. Des dames et des jeunes filles aperçues dans l'après-midi au jardin, ainsi que plusieurs hommes que Frevisse se souvenait d'avoir croisés dans la salle au souper, étaient assis sur ce banc ou sur de gros coussins posés par terre, bavardant et riant. Face aux fenêtres, une cheminée au manteau de pierre délicatement sculpté ornait le mur. Lady Lovell était assise devant l'âtre sur un long banc en bois au dossier capitonné, en compagnie d'Edeyn. Giles, le père Henry, l'aumônier du manoir et mère Claire se tenaient debout à leurs côtés.

Le guide de Frevisse s'inclina avec déférence sur le seuil et dit :

— Madame.

Lady Lovell sourit en tendant une main accueillante.

— Ah, bien ! Il vous a trouvée. Venez vous joindre à nous, je vous prie. Nous vous avions perdue dans la salle.

Rejoignant le petit groupe avec plaisir, Frevisse nota que mère Claire paraissait à son aise et que le père Henry et le père Benedict discutaient un peu à l'écart. D'après ce qu'elle crut percevoir, il était question de saint Augustin. Elle n'aurait jamais imaginé que le père Henry ait gardé le souvenir de ses études au point de se rappeler saint Augustin, et encore moins qu'il soit capable d'en discuter.

C'était là une pensée désobligeante, réalisa-t-elle aussitôt. Mais avant même qu'elle ait pu en rechercher la cause, John Naylor entra en compagnie de l'homme près duquel il avait soupé. Après avoir salué de loin lady Lovell, ils allèrent rejoindre l'un des groupes qui s'étaient formés à l'autre bout de la pièce. Frevisse nota lequel dans l'intention d'aller parler au jeune John avant la fin de la soirée. Pour l'heure, et c'était la première fois depuis leur arrivée à Minster Lovell, il lui suffisait de savoir où se trouvait chacun des membres de leur compagnie, et comment ils allaient.

Comme un écho à ses pensées, lady Lovell dit alors :

— Nous ne sommes hélas pas au complet. Mon époux et bon nombre de ses hommes sont partis, sans qu'il soit possible d'avoir une idée du temps pendant lequel ils resteront absents.

— L'affaire s'annonce compliquée ? demanda Edeyn.

— Quand la France et de l'argent sont en jeu, ça l'est toujours ! fit remarquer son mari, déclenchant quelques rires d'approbation narquois au sein de l'assistance.

— Mère Frevisse m'a expliqué un peu ce qui se passait, dit mère Claire. Y a-t-il des problèmes ?

— Essentiellement pour notre seigneur de Warwick, répondit la châtelaine. Il refuse de prendre ses fonctions ou d'aller en France. La rumeur prétend qu'il est malade et qu'il préférerait garder le lit. Mais le roi Henry insiste. Aussi a-t-il envoyé quérir plusieurs de ses amis qu'il a chargés de le conseiller sur ce qu'il peut attendre et exiger du roi avant d'accepter. Car, tôt ou tard, il devra accepter. Voilà pourquoi mon mari est parti.

— Votre époux a servi en France, dit mère Claire. Pendant longtemps, n'est-ce pas ?

— Assez longtemps pour savoir qu'il ne souhaite pas y retourner… Mais il en est sorti du bon, poursuivit lady Lovell en embrassant d'un geste la salle superbe et les alentours du manoir. Les bénéfices que lui a rapportés la France ont permis de reconstruire tout ceci, sans que nous ayons eu à puiser trop lourdement dans les revenus réguliers de nos terres, ce dont nous ne saurions nous plaindre. À condition bien sûr qu'il ne soit pas obligé d'y retourner ! ajouta-t-elle en riant.

La conversation passa ensuite à des sujets d'ordre plus général. Le temps, les récoltes, les pèlerinages, l'état des routes… Le père Henry et le père Benedict s'éloignèrent pour continuer à discuter, et Frevisse se retrouva assise au bout du banc, à côté d'Edeyn. Celle-ci se détourna de mère Claire et de lady Lovell, toutes deux en grande discussion sur les herbes qui s'harmonisaient le mieux dans un jardin.

— Vous vous êtes remise de votre marche ? demanda la jeune femme.

— Très bien, je vous remercie. Je dois avouer que nous n'avons pas cherché à savoir combien de lieues nous pouvions parcourir, mais que nous avons pris tout notre temps.

— Marcher ainsi ne doit pas être aussi facile pour mère Claire, n'est-ce pas ? s'inquiéta Edeyn. Elle n'en a pas l'habitude ?

La perspicacité de la jeune femme étonna Frevisse. Elle l'avait d'abord considérée comme une jeune fille plus que comme une femme, tant elle lui avait semblé inconsciente des souffrances que lui apporterait la vie, et encore accrochée à cette merveilleuse conviction qu'a la jeunesse que le pire lui sera épargné. Une certitude qui ne durait pas, mais qui allait grandissant jusqu'à la désillusion. Sans doute l'innocence de la jeune femme tenait-elle en grande partie au fait qu'elle n'avait pas encore d'enfant. Et Giles, mais aussi Lionel, devait la protéger et l'empêcher de saisir pleinement la gravité de son mal, bien qu'elle et son mari vivent avec lui.

À la question d'Edeyn sur mère Claire, Frevisse répondit d'un ton léger :

— Non, elle n'en a pas l'habitude. À la vérité, moi non plus. Cela faisait longtemps. Mais comme j'ai beaucoup marché dans mon enfance, cela me revient quand il le faut.

Edeyn l'interrogea plus avant, posant des questions avec une délicatesse qui montrait qu'elle était prête à faire machine arrière si on lui faisait comprendre qu'elle allait trop loin. Mais Frevisse lui parla un moment de son enfance passée sur les routes d'Angleterre et d'Europe, jusqu'au moment où Edeyn soupira :

— Moi, je ne suis jamais allée nulle part. En dehors de notre maison et d'ici, ou dans les manoirs de mon suzerain et de sa dame, et une fois à Londres. Mais notre année se partage désormais entre Knyvet et Langling, et c'est tout.

— Et tu oublies que, depuis trois ans que nous sommes mariés, nous nous rendons ici et là en pèlerinage avec Lionel, glissa son mari, appuyé les bras croisés sur le haut dossier du banc derrière elle. Non que nous y prenions grand plaisir. Rien que des moines et des sanctuaires, et des prières en pagaille !

Il s'inclina légèrement vers Frevisse et ajouta dans un sourire :

— Veuillez me pardonner.

Repensant à ce que maître Geffers lui avait raconté, Frevisse ne trouva de charme ni à Giles ni à son sourire.

— Il est dommage que ces pèlerinages lui aient fait si peu de bien, dit-elle. Maître Geffers m'a raconté tout à l'heure ce qui lui arrivait. Ce qu'il a eu dans le jardin, c'est une crise, n'est-ce pas ?

Elle avait mal jugé Edeyn. Son expression affligée et la façon involontaire dont elle se retourna vers son mari, comme si elle était furieuse, donnaient la preuve qu'elle n'était pas indifférente à ce que vivait Lionel.

Mais puisque c'était Giles qu'elle avait entrepris pour l'instant, Frevisse insista :

— Comment va-t-il ?

La franchise de sa question n'impressionna pas particulièrement Giles. Il se contenta de hausser une épaule.

— Plutôt bien. La crise a été brève. Il se remet en dormant, et son valet Martyn lui tourne autour. Cet homme est un infirmier-né. Et un charognard. Il est vrai qu'il a trouvé en Lionel son tombereau de détritus !

Ses propos évoquaient une rengaine maintes fois répétée, ce dont il ne se serait pas privé si Edeyn ne l'avait pas interrompu pour demander à Frevisse :

— Maître Geffers vous a parlé de Lionel ?

— Lorsque j'ai discuté avec lui dans la salle après souper. Il semblait tout savoir sur lui.

— C'est toi qui lui as raconté, n'est-ce pas ? fit Edeyn en levant les yeux vers son mari.

Giles haussa les épaules, esquivant ce qui avait tout l'air d'une furieuse accusation.

— Ce n'est pas gentil, déclara cette fois Edeyn sans détour. Cet homme est un odieux bavard. Tout le monde va être au courant.

— Tout le monde ici l'est déjà. Pour quelle raison crois-tu qu'on nous a donné cette chambre ?

— Parce que, tant que l'aile ouest n'est pas terminée, je n'ai pas mieux à offrir à une invitée aussi délicieuse qu'Edeyn, répondit lady Lovell, interrompant sa conversation avec mère Claire.

Giles et Edeyn s'étaient exprimés d'un ton mesuré et poli. La capacité à garder les conversations privées sans se préoccuper de ce que racontaient les autres était indispensable quand on vivait ensemble si nombreux. Mais ils se trouvaient trop près de la châtelaine pour qu'elle ne les ait pas entendus. Et parce qu'elle était leur suzeraine, rien ne l'obligeait à faire semblant de les ignorer, à moins de le décider. Leur souriant à tous deux, elle ajouta :

— Vous vous inquiétez pour Lionel ?

— Il a été pris d'une nouvelle crise, répondit doucement Edeyn. Cela faisait plus de deux mois. Nous avions espéré…

— *Tu* avais espéré, rectifia Giles. Nous autres savons à quoi nous en tenir.

Lady Lovell le fixa d'un regard glacial que Frevisse n'aurait pas aimé voir pointer sur elle, mais ce fut d'une voix suave qu'elle rétorqua :

— Nous prions et nous espérons, maître Giles. C'est ainsi que l'on peut changer les choses en ce monde.

Giles inclina aussitôt la tête en signe de révérence.

— Vous avez raison, madame. Mais je vis près de lui depuis trop longtemps. Après tant de déceptions, les plus grands espoirs s'amenuisent. Voilà tout.

— Maître Knyvet est malade ? s'enquit alors mère Claire. De quoi souffre-t-il ?

— Du haut mal, l'informa lady Lovell.

— Ah, le pauvre homme ! Depuis combien de temps ? Qu'a-t-on fait pour lui ?

— Tout ce qui est connu, répondit la châtelaine.

— Breuvages, décoctions, pèlerinages, prières... tout a été tenté, précisa Giles. Une fortune a été dépensée, d'abord par son père et maintenant par lui.

— Et rien de tout cela n'a servi ? demanda mère Claire.

— Comme vous le voyez, ce soir, Lionel n'est pas parmi nous.

— A-t-on essayé le pouliot ? On prétend que le safran est efficace. C'est onéreux, mais il en faut très peu.

Comme si elle réfléchissait à voix haute, mère Claire ajouta :

— Je crois d'ailleurs savoir qu'il est prudent de ne pas trop en absorber.

— Si nous pouvions venir à bout de son démon grâce à une potion, tout serait différent, répliqua Giles d'un ton sec. Sur Lionel, elles sont toutes restées sans effet.

À cet instant revinrent les deux prêtres qui s'étaient éloignés pour discuter.

— Démon ? Sans effet ? répéta le père Henry, qui en avait assez entendu pour être piqué dans sa curiosité. De quoi s'agit-il ?

— De mon cousin, répondit Giles. Il est...

— Giles ! protesta Edeyn.

Il lui jeta un regard affectueux un tantinet moqueur.

— Tu penses qu'il n'en entendra jamais parler ?

Lady Lovell prit la main de la jeune femme avec compassion, sans reprendre Giles, sachant pertinemment qu'il avait raison. Le plus surprenant était que le père Benedict n'ait encore rien dit. Pourtant, personne ne s'en privait à la première occasion, songea Frevisse avec colère. Puis elle se reprocha d'être aussi injuste et de laisser sa mauvaise humeur à l'égard de Giles prendre le dessus. Il s'amusait et ne cherchait même pas à s'en cacher.

— Mon cousin souffre du haut mal. De temps à autre, il est victime d'une attaque du démon. Il en subit une en ce moment. Raison pour laquelle il n'était pas présent au souper.

— Mais la crise est finie ! s'insurgea Edeyn. Il est juste épuisé de s'être battu avec une telle intensité.

Sa protestation passa inaperçue auprès du père Henry, qui demanda en se signant :

— C'est pourquoi il fait un pèlerinage ? Mais j'aurais pensé qu'il s'en remettrait à saint Vitus plutôt qu'à Kenelm. N'est-ce pas ce que vous feriez, pour le haut mal ? reprit-il en s'adressant au père Benedict. Je serais cependant incapable de citer un sanctuaire au pied levé.

— Je crois qu'il y en a un à Corvey, dit l'aumônier.

— Vous voulez dire Corby, dans le Lincolnshire ? fit le père Henry d'un air sceptique.

— Non, Corvey. C'est à l'étranger. Quelque part au-delà de la France...

Le père Benedict n'était pas très sûr de lui non plus. De toute façon, c'était plus loin que quiconque se déclarerait prêt à aller.

— Et l'exorcisme ? En a-t-on pratiqué un ? s'enquit le père Henry.

— Plusieurs, répondit Giles. C'est aussi efficace que le reste.

— Mais pendant quelle phase de la lune ? demanda le père Henry. Pas pendant la nouvelle, j'espère ? On m'a un jour parlé d'une maison exorcisée pendant la nouvelle lune qui a brûlé une semaine plus tard, avec tous ses occupants !

— Le corps servant de maison à l'âme le temps de la vie, il se produirait la même chose, renchérit le père Benedict. Cela n'a pas été fait à la nouvelle lune, dites-moi ?

— Je ne me souviens plus, dit Giles, prenant un air plus sérieux. Mais, maintenant que j'y pense, c'est après le dernier exorcisme qu'il a failli tomber la tête la première dans le feu. C'est de ce jour-là que date la cicatrice qu'il a au front.

Les deux prêtres secouèrent la tête, et le père Benedict fit claquer sa langue.

Giles n'était pas seul à s'amuser, songea Frevisse avec amertume. À en croire le récit éloquent que lui avait fait maître Geffers sur toutes ces tentatives de le guérir à coup d'herbes, de prières et d'exorcismes, chacun tirait plaisir à sa manière de la malédiction de Lionel. À part Edeyn, et peut-être lady Lovell, personne ne semblait voir en lui l'homme charmant qui avait accueilli des inconnus sur la route cet après-midi-là, qui riait de blagues naïves et déambulait dans un jardin de roses en se remémorant un poème. Personne ne semblait se souvenir de rien, sinon qu'il était rongé par un démon. La chose qui le définissait le moins était la seule qui intéressait les gens.

Sauf Edeyn et lady Lovell, ce qui parlait en leur faveur. Mais Lionel était très proche de la jeune femme, et leurs rires et leurs plaisirs s'accordaient. À quoi cela pouvait-il mener, si ce n'était déjà fait ?

D'un seul coup, Frevisse se rendit compte qu'elle-même se perdait en conjectures et en malveillance. Et peu importait si c'était en pensée et non en parole. C'était une tentation à laquelle elle ne devait pas céder. Pas plus que les discussions empressées qui se tenaient autour d'elle – celle qui avait lieu à l'instant entre mère Claire et le père Benedict portait sur les herbes les plus efficaces conjuguées aux efforts de l'exorcisme – n'auraient dû l'amener à ressentir de la colère envers qui que ce soit. Giles y compris.

— Excusez-moi, dit-elle en se levant.

Frevisse fit la révérence à lady Lovell avant d'aller rejoindre John Naylor et son compagnon qui bavardaient toujours au fond de la salle.

Les deux hommes cessèrent de discuter et s'écartèrent l'un de l'autre pour la saluer. Frevisse leur adressa un signe de tête, s'inclinant davantage devant le plus âgé tandis que le jeune John les présentait.

— Mère Frevisse. Maître Holt, intendant général de lord Lovell.

Sur ce point, elle ne s'était pas trompée. C'était bien l'homme qui commandait tous ceux qui s'occupaient des nombreuses propriétés des Lovell. Âgé d'une cinquantaine d'années, il avait les cheveux poivre et sel, et le passage du temps avait marqué son visage, mais il avait l'air satisfait d'un homme se consacrant sans partage à un travail qui lui plaisait.

Elle leur sourit à tous deux et dit :

— Je n'ai pas encore eu l'occasion de prendre de vos nouvelles, John. Vous a-t-on bien traité ?

— Très bien, répondit-il avec enthousiasme. Maître Holt s'est occupé de moi personnellement.

— Merci de votre courtoisie, dit Frevisse.

— Je connais un peu son oncle, précisa l'intendant. Aussi est-ce autant par plaisir que par courtoisie.

Il jeta un regard vers le siège qu'elle venait de quitter.

— La conversation ne vous plaisait pas, me semble-t-il ?

Ne voulant pas recommencer à parler de Lionel, Frevisse se contenta d'une demi-vérité :

— Giles Knyvet m'agace, je crains de devoir l'avouer. Comme je me suis aperçue que j'avais envie d'être désagréable avec lui, j'ai pensé qu'un changement de conversation m'éviterait de commettre des impolitesses. Au moins puis-je être grossière en parlant de lui plutôt que devant lui.

Les deux hommes approuvèrent d'un sourire.

— Vous n'êtes pas la seule à ne guère l'apprécier, remarqua maître Holt.

Et il en serait sans doute resté là, mais le jeune John ajouta :

— Quand nous sommes entrés dans l'écurie pour panser les chevaux, Petir s'est plaint que maître Giles était arrivé. À l'époque où il était employé aux écuries Knyvet, maître Giles a prétendu qu'il incommodait maîtresse Edeyn en s'intéressant à elle de trop près, et il l'a fait renvoyer alors que ce n'était pas vrai.

— C'est ce que raconte Petir, dit maître Holt. En ce moment, il fait la cour tous les jours à l'une des filles de la laiterie. Il a un faible pour les femmes. Il se peut très bien qu'il ait eu trop d'attentions pour maîtresse Edeyn aux yeux de maître Giles.

— Petir affirme pourtant que ce n'était pas vraiment à cause de ça, mais parce qu'il a vu Giles tailler une branche de houx, et parce qu'il a prévenu maître Gravesend quand il a deviné ce que son maître comptait en faire.

— Et, d'après lui, que comptait-il en faire ? demanda Frevisse.

— À l'en croire, il est prompt à rosser les domestiques qui lui déplaisent, et il cherche des raisons d'être mécontent. Il s'en prend en général à ses propres serviteurs, mais pas toujours. Et si jamais quelqu'un se plaint, il s'arrange pour qu'il lui arrive un nouvel ennui. Il n'utilise jamais autre chose qu'une badine, mais quand Petir l'a vu tailler un bâton de houx, il l'a rapporté à maître Gravesend.

Frevisse et maître Holt échangèrent un regard. Un coup de badine en bouleau, ou un coup de canne s'il était mérité, était une chose, un bâton de houx en était une autre. Cela lacérait et meurtrissait la peau, infligeant des blessures si profondes que la loi interdisait de frapper les cochons avec, parce que la chair blessée n'absorberait pas le sel et pourrirait au lieu de se conserver durant l'hiver. La blessure laisserait des traces identiques sur la chair humaine, profondes et durables.

— Petir l'a donc répété à maître Gravesend, et c'est là qu'ont commencé ses ennuis, tant et si bien qu'il a fini par être congédié, devina maître Holt.

— C'est ce qu'il dit. Il prétend même qu'il était content de partir, parce qu'il préférait ne pas savoir ce que maître Giles aurait inventé pour le punir.

Aux yeux de Frevisse, ce récit correspondait en tout point à ce qu'elle savait de Giles. Il se montrait cruel envers son cousin dans son dos, et plus encore envers ceux qui n'avaient aucun moyen de défense contre lui.

Mais voilà qu'elle se laissait de nouveau entraîner dans une conversation à propos de gens dont elle n'avait que faire ! Frevisse vit alors avec soulagement que mère Claire venait les rejoindre. On la présenta à maître Holt, ils échangèrent des salutations, puis elle dit :

— Je me demandais si nous ne devrions pas aller à la chapelle pour complies, mère Frevisse ?

Elles le devaient absolument. C'était une bonne idée, et une sortie honorable que Frevisse s'empressa d'accepter. Elles pourraient même continuer à prier jusqu'à ce qu'elles entendent les gens de la maison aller se coucher et échapperaient ainsi à d'autres conversations. Elle prit congé de maître Holt et du jeune John avant de suivre sa compagne.

— Lady Lovell m'a expliqué le chemin, dit mère Claire en sortant du parloir. La chapelle se trouve en haut de cet escalier.

Celui que Frevisse avait remarqué en arrivant, au bout de l'antichambre.

— C'est là que Lionel Knyvet a sa chambre, ajouta mère Claire à voix basse en montrant la porte située à l'opposé du parloir.

Frevisse acquiesça, mais réussit à tenir sa langue.

Le doux brouhaha des voix et de la musique s'atténua lorsqu'elles s'engagèrent dans la courbe de l'escalier plongé dans la pénombre. En haut, elles débouchèrent dans une autre petite antichambre, aussi peu éclairée que celle du bas. Mais comme la double porte de la chapelle était ouverte, elles se laissèrent guider par la faible lueur que diffusait la lampe de l'autel.

Mère Claire tendit la main vers l'autre bout de la pièce, où l'on distinguait vaguement la forme d'une porte.

— Cette porte permet de rejoindre le solar et les appartements des dames situés derrière, expliqua-t-elle. Aussi n'aurons-nous pas à redescendre pour remonter ensuite.

C'était certes très appréciable, mais Frevisse avait sincèrement envie de tout oublier pour se concentrer sur les prières du soir. Elle entra la première dans la chapelle. À la lueur de la lampe de l'autel, elle devina un haut plafond, des murs peints de scènes qu'elle ne chercha pas à distinguer et trois hautes fenêtres en verre coloré et en pierre sculptée derrière lesquelles s'étendaient les ténèbres. La musique et les voix qui leur parvenaient d'en bas étaient trop faibles pour les déranger. Se laissant gagner par la paix de ce lieu réservé à la prière, mère Claire poussa un soupir, exprimant un soulagement aussi profond que celui qu'éprouvait Frevisse. Ensemble, elles s'avancèrent au pied des deux marches qui montaient à l'autel, s'agenouillèrent sur le tapis où s'entremêlaient des tons de rouges, de bleus et d'or précieux et firent le signe de croix. Puis, inclinant la tête, elles s'abîmèrent dans la familiarité rassurante des psaumes de complies.

CHAPITRE VII

Une fois calmés les bavardages qui entourèrent l'heure du coucher, la nuit dans la chambre des dames ne s'avéra guère différente de celles passées dans le dortoir du prieuré. À ceci près qu'elle n'avait pas l'habitude de partager un lit, Frevisse dormit comme une souche et se réveilla en pleine forme, alors que les dames commençaient à remuer et à s'éveiller dans la douceur des premières lueurs de l'aube.

Frevisse et mère Claire n'eurent aucun mal à terminer de s'habiller avant les autres, car elles pouvaient enfiler leurs robes et leurs coiffes rapidement, et sans l'aide de personne. Une fois prêtes, elles s'assirent sur leur lit et attendirent tranquillement que les autres finissent de se préparer. Au bout d'un moment, lady Lovell sortit de sa chambre, et toutes ses dames la suivirent, traversant le solar pour se rendre à la chapelle où elles assisteraient à la messe du matin. D'autres personnes de la maison étaient déjà présentes, et ce fut dans une chapelle quasi pleine que le père Benedict, assisté du père Henry, commença à célébrer l'office. D'un bref regard circulaire, Frevisse aperçut Lionel à côté de Giles et d'Edeyn, debout à droite de la porte, tout au fond. Inclinant la tête, elle se concentra sur la prière, heureuse de s'absorber dans une béatitude où les affaires courantes et les soucis du quotidien étaient mis de côté, où l'esprit et le cœur se consacraient au culte, prenaient la mesure de l'amour divin et de l'éternité par-delà la vie terrestre.

Le père Benedict célébra la messe sans hâte ni grandiloquence, sa voix ferme et précise s'accordant au mystère solennel dont il témoignait. Lorsqu'il eut fini, le bruissement des amen et des signes de croix laissa place à un mouvement général hors de la chapelle, en direction de la grande salle où serait servi le déjeuner. D'un accord tacite, mère Claire et Frevisse restèrent à l'écart et attendirent que tout le monde soit sorti, y compris les deux prêtres. Lorsqu'elles disposèrent de la chapelle pour elles seules, elles allèrent s'agenouiller devant l'autel, comme la veille, pour dire l'office de prime.

Les prières accueillaient la journée avec joie dans un mélange de gratitude et d'espoir. À la fin, revigorée, Frevisse se releva et s'aperçut qu'elle avait les genoux endoloris à force d'être restée agenouillée. Comme toujours, elle s'en étonna, comme si elle s'attendait que son corps adoptât la même attitude de retrait que son esprit. Mais il n'en allait jamais ainsi. Jour après jour, ce corps s'accrochait de manière fastidieuse à ses besoins et insistait pour qu'elle en tînt compte elle aussi. Frevisse s'était depuis longtemps habituée à passer du ravissement que procuraient la quête de l'amour de Dieu et l'oubli de ce bas monde aux tracas que causaient le corps et ses exigences, tracas dont elle se serait volontiers dispensée.

Pour l'heure, son estomac réclamait son attention. Sans doute en proie aux mêmes affres, mère Claire sourit en mimant le signe du déjeuner. L'habitude d'observer le silence étant profondément ancrée en chacune d'elles, Frevisse acquiesça d'un hochement de tête en lui souriant à son tour.

Elles arrivèrent à temps pour prendre du pain et de la bière sur l'unique table dressée dans la grande salle qu'on s'apprêtait à débarrasser. Aucun banc n'avait été installé, personne ne prenant la peine de s'asseoir pour un repas aussi bref. Frevisse et mère Claire mangèrent debout dans un coin, tandis qu'on emportait la table et que les dernières personnes à s'être attardées s'en allaient. Le soleil n'était pas encore assez haut pour atteindre les fenêtres, mais la lumière d'une aube resplendissante emplissait la salle et, à en juger d'après les bruits qui montaient de la cour, une sortie à cheval se préparait.

Par curiosité, et parce qu'elles n'avaient rien de mieux à faire, Frevisse et mère Claire sortirent dans la cour. Elles terminèrent de manger en marchant et remirent leurs bols à une servante qu'elles croisèrent dans le passage. Arrivées sur le perron, elles découvrirent une vingtaine de cavaliers grouillant au centre de la cour, déjà en selle et prêts à partir. Leurs tenues et les harnais des chevaux étaient d'un style plus pratique que flamboyant, signe qu'ils partaient à la chasse et non en promenade. Frevisse repéra John Naylor parmi eux, ainsi que Giles Knyvet. Lionel, en revanche, n'était nulle part en vue.

Les nuages du petit matin, le ventre doré par le soleil levant, dérivaient vers l'est au gré d'une légère brise, découvrant peu à peu un ciel bleu pâle. L'air matinal était vif et frais après l'averse de la nuit. Lady Lovell se tenait au milieu de ses dames dans l'allée pavée juste derrière la porte. Elle observait les cavaliers, semblant ne rien perdre de ce qui se passait autour d'elle. Au moment où les deux religieuses arrivèrent, elle se tourna et agita la main pour leur souhaiter la bienvenue. Ce jour-là, elle portait une robe vert clair, une couleur qui seyait à ce matin printanier comme à ses yeux d'un noir profond et à son teint pâle. Son voile et sa guimpe, plus simples et plus couvrants que ceux de la veille, semblaient indiquer qu'elle s'apprêtait à monter en selle. Mais les cavaliers se regroupaient à présent derrière le veneur et s'éloignèrent sur les pavés dans un fracas de sabots impatients. Ils disparurent en quelques minutes, laissant paraître la cour soudain beaucoup plus grande et résonner d'un étonnant silence.

— Voilà ! s'exclama lady Lovell en souriant aux deux religieuses. C'est fait. Ils sont partis chasser le chevreuil. C'est la pleine saison, et nous ferions bien de leur souhaiter bonne chance, car le garde-manger sera bientôt vide.

Elle se tourna vers l'aile ouest du manoir où les ouvriers s'activaient déjà entre les fondations d'un mur et un empilement de pierres.

— Rien que nourrir ces hommes représente un défi, sans compter le reste de la maisonnée !

Elle avait fait cette remarque d'un ton joyeux. Et d'après ce que Frevisse avait pu voir de Minster Lovell et de sa châtelaine, les choses indispensables devaient toujours être réglées comme il le fallait et en temps voulu. Cependant, mère Claire, qui avait été cellérière et responsable des entrepôts et des cuisines à Sainte-Frideswide, mesurait les complications que représentaient de nombreuses bouches à nourrir sur de longues périodes.

— Qu'avez-vous fait pendant le carême ? Devez-vous effectuer vos achats au jour le jour ? Ou bien avez-vous la possibilité de constituer des réserves en quantité suffisante ?

— Deux cents barils de poisson salé, dans autant de variétés qu'il en existe, ont été achetés et livrés à la Saint-Martin, répondit la châtelaine. Avec assez d'épices et d'herbes pour l'accommoder d'une façon différente chaque jour à partir de carême-prenant.

Une période pendant laquelle il fallait cesser de chasser et de manger de la viande jusqu'au jour de Pâques.

— Et du pain pour compléter le tout. Dieu merci, les dernières récoltes ont été bonnes !

Mère Claire put dire amen à cela sans hésiter. Il y avait seulement deux ans qu'on avait vu la fin de trois années humides de mauvaises récoltes, où tout ce qui avait poussé avait pourri. Les champs de Sainte-Frideswide n'avaient pas produit assez pour les besoins du prieuré. En raison des coûts élevés, l'achat du peu qu'il avait fallu se procurer s'était avéré ruineux. Et tous les foyers avaient été logés à la même enseigne, même quand ils étaient aussi riches que les Lovell. L'argent ne permettait pas d'acheter une denrée qui n'existait pas.

Mais ces mauvais souvenirs appartenaient au passé. Les gens étaient de nouveau bien nourris, et l'année s'annonçait plutôt bonne.

— J'espère que vous me pardonnerez si je remets à cet après-midi notre discussion concernant les affaires de notre village. Je dois sortir ce matin pour aller voir où en est le labourage de la jachère et féliciter les demoiselles de la laiterie pour leur travail. Le cuisinier se plaint de ne plus savoir quoi faire de tout ce lait ! Préparez davantage de flans, lui ai-je dit. Si vous prenez le flan en horreur pendant votre séjour chez nous, sachez que ce sera la faute des demoiselles de la laiterie !

D'autres chevaux furent amenés de l'écurie, plus racés que ceux sur lesquels étaient partis les chasseurs. Des palefrois faits pour chevaucher autour du manoir et des champs attenants, pas pour galoper dans les bois. Au lieu d'un simple harnachement, les brides arboraient du vert, du rouge et du bleu vif, certaines agrémentées de petits grelots. Quatre des dames de compagnie de lady Lovell, maître Holt et deux écuyers traversèrent la cour au pas en venant dans leur direction. Lady Lovell attendit qu'on lui amène sa monture. Mère Claire dit alors qu'elles étaient tout à fait prêtes à attendre le moment qui conviendrait à Sa Seigneurie.

— Mais vous pouvez compter sur moi cet après-midi, répliqua lady Lovell.

Elle monta en selle et ajouta avec bonne humeur :

— Luce, je confie nos invitées à vos bons soins.

Luce, mère Claire et Frevisse lui firent la révérence, mais elle avait déjà fait faire demi-tour à son cheval. Les grelots tintèrent sur le harnais quand il s'éloigna d'un pas léger, entraînant la petite troupe aux tenues et aux caparaçons de couleurs éclatantes vers la grille.

Lorsque les femmes restées au manoir rentrèrent dans la maison, mère Claire et Frevisse suivirent Luce. Certaines ayant évoqué les tâches qu'elles devaient accomplir en l'absence de la châtelaine, Frevisse en déduisit qu'elle ne les laissait jamais oisives. Quelques-unes se dispersèrent dans la demeure pour vaquer à leurs occupations, tandis que Luce, suivie des deux religieuses, emboîta le pas à trois dames qui traversèrent la grande salle pour se rendre dans le parloir de lady Lovell. Ces dames n'étaient cependant pas désœuvrées ; chacune alla chercher un ouvrage de couture dans un coffre rangé contre le mur. Pendant que les autres allaient s'asseoir près des fenêtres en pleine lumière, Luce s'adressa à Frevisse et à mère Claire :

— Voulez-vous vous joindre à nous ? Nous cousons des pièces de mon trousseau. Lady Lovell nous a autorisées à y travailler ce matin, avec votre permission.

La couture et Frevisse n'avaient jamais fait très bon ménage, mais mère Claire s'empressa de répondre qu'elles en seraient ravies, si bien qu'elle ne put y échapper. Elle se retrouva à bâtir l'ourlet d'un sarrau de lin blanc, tandis que mère Claire commençait avec joie à rapporter la manche d'une robe et que Luce travaillait sur un corsage.

Mère Claire s'extasia sur la belle qualité du tissu. Luce lui expliqua que c'était un cadeau de la châtelaine.

— Elle est très bonne avec nous lorsque nous sommes sur le point de nous marier.

— Vous vous rappelez ? demanda l'une des dames. Après tout ce qu'elle avait déjà donné à Constance, elle lui a fait cadeau d'un jeu de cordes pour son luth, parce qu'elle pleurait à chaudes larmes et était persuadée qu'elle n'en trouverait jamais là où elle partait vivre, dans les marches galloises !

— Mais les choses ont mal tourné, commenta une deuxième femme. Son mari est mort à peine deux ans plus tard sans qu'ils aient eu de bébé.

— Ne me porte pas malheur ! s'empressa de dire Luce, traçant une croix dans le vide entre elle et son interlocutrice.

Plusieurs s'arrêtèrent pour croiser et décroiser les doigts avant qu'une troisième prenne la parole :

— Mais je ne crois pas que Constance l'ait ressenti comme un malheur, en fin de compte. Et puis ton promis est jeune, tandis que le mari de Constance avait déjà un pied dans la tombe. Il avait enterré deux épouses avant que leur union soit décidée.

— Les Lovell aident volontiers leurs gens à se marier, quand nos familles le demandent, expliqua Luce. Ils possèdent des propriétés dans tellement d'endroits et connaissent tant de monde qu'ils peuvent toujours recommander une union à défaut de l'arranger.

— En voilà une pour qui ils ont bien réussi ! observa la femme assise sur la banquette qui longeait la fenêtre en regardant vers le jardin.

Levant les yeux de son ourlet laborieux, Frevisse aperçut Edeyn qui se promenait dans une allée. Lionel marchait à ses côtés, Martyn et la petite chienne blanche derrière eux.

— Sauf qu'il y a lui, bien sûr ! soupira une autre dame en jetant un regard entendu vers Lionel.

— Mais ce n'est pas comme si elle était mariée avec lui, dit Luce avec chaleur. Personne n'a essayé de lui imposer ça.

— Personne n'aurait osé ! s'exclama l'autre femme. De toute façon, ce ne serait pas possible. Il paraît qu'il a juré de ne jamais se marier. Et puisque son cousin héritera de lui un jour, c'est comme si elle était déjà la maîtresse du domaine Knyvet.

— Et elle a un mari que ça ne me dérangerait pas d'emmener au lit ! s'esclaffa la femme près de la fenêtre.

— Il faut croire que ça ne la dérange pas non plus. En tout cas, elle porte son enfant.

Des exclamations ravies accueillirent la nouvelle.

— Mais vous imaginez avoir un bébé dans une maison où vit un homme comme lui ? demanda Luce, la voix frémissant d'une horreur qui n'était supportable que parce qu'elle n'y serait jamais confrontée.

— Et vous promener en sa compagnie comme elle le fait ? renchérit la femme près de la fenêtre. Ça, elle est plus courageuse que moi, je vous le dis !

S'apercevant tout à coup que ce dont elles parlaient pouvait sembler mystérieux aux religieuses, Luce demanda :

— Savez-vous ce qu'a maître Knyvet ? Qu'il a des crises de démon ?

— Oui, on nous l'a dit hier soir, répondit mère Claire sur un ton exempt de curiosité avant de reporter son attention sur son ouvrage.

Frevisse s'abstint de tout commentaire, se méfiant de ce qui risquait de sortir de sa bouche si elle n'y prenait pas garde. Mais elle continua à regarder par la fenêtre. Malgré les échanges passionnés qui fusaient autour d'elle, il n'y avait rien d'autre à voir que deux hommes et une femme qui marchaient dans un jardin accompagnés d'une chienne blanche par un beau matin de printemps. Une part d'elle savait que les choses n'étaient pas aussi simples, une autre regrettait qu'elles ne le soient point, et une troisième en voulait de façon irrationnelle à Luce et à ses compagnes de parler ainsi de ce que Lionel vivait comme un interminable cauchemar, impliquant immanquablement toute personne qui lui était proche et avait de l'affection pour lui.

À quel point Edeyn l'aimait-elle ? s'interrogea soudain Frevisse.

Surprise, elle chercha d'où lui venait cette question étrange, puis elle la refoula soigneusement, en même temps que l'image qu'elle gardait des deux jeunes gens assis sous le chêne la veille, ou marchant de conserve dans la roseraie le soir précédent. Les vies d'Edeyn et de Lionel ne la regardaient en rien. Il resterait présent un moment dans ses prières une fois qu'elle aurait quitté Minster Lovell, le temps que de nouvelles préoccupations et la routine recouvrent son souvenir, puis elle n'y penserait plus. Ou bien elle s'en souviendrait et prierait pour lui ; mais ce ne serait plus qu'un nom et la pensée qui s'y rattachait, rien de plus.

Devant le manque d'intérêt flagrant de mère Claire, la conversation abandonna Lionel et Edeyn pour revenir à Luce et à ses espoirs de mariage. On passa ensuite au prix que coûterait le drap de Bourgogne cette année, puis à ce qui avait servi à teindre le fil avec lequel l'une des dames était en train de broder, d'un jaune si resplendissant qu'on eût dit de l'or.

Frevisse ne se mêla pas à la conversation. Elle n'avait pas à se forcer pour que l'ourlet requière toute sa concentration, vidant son esprit de toute pensée, hormis celle qu'il lui fallait coudre à points réguliers et ne pas se piquer si elle ne voulait pas tacher l'étoffe. Lorsque mère Claire noua son dernier point, Frevisse termina non sans peine l'ourlet du sarrau. N'en pouvant plus, et de crainte qu'on lui propose de coudre une seconde pièce, elle déclara :

— Il doit être bientôt sexte. Si nous allions à la chapelle, mère Claire ?

Sa compagne se tourna vers la fenêtre, admirant la belle journée et le jardin d'où Lionel et les autres avaient depuis longtemps disparu.

— Mieux vaudrait aller à l'église, dit-elle. Nous ne sommes pas encore allées faire nos dévotions à saint Kenelm. Nous pourrions en profiter. Vous pensez que nous en avons le temps ? demanda-t-elle à Luce.

— Oh, oui ! L'heure du dîner est encore loin, répondit, joyeuse, la jeune femme. Avez-vous vu qu'une porte permet de passer directement du jardin au cimetière de l'église ?

Mère Claire répondit qu'elles l'avaient remarquée la veille.

— Cela vous convient-il, mère Frevisse ?

Pour Frevisse, c'était encore mieux, puisqu'elle aurait l'occasion de bouger en même temps que de sortir. Elle parvint à tempérer sa réponse en murmurant son accord, mais comme elle était déjà devant la porte alors que mère Claire montrait à Luce où elle en était de son ouvrage, elle dut patienter dans l'antichambre. Les mains croisées et glissées dans leurs manches, la tête légèrement inclinée, les yeux fixant le sol à quelques mètres devant elles, elles traversèrent la grande salle et sortirent dans le jardin. Frevisse s'obligea à réduire son pas, plus long que celui de mère Claire, convaincue d'avoir réussi cette fois à dissimuler son humeur. Cependant, dès qu'elles arrivèrent sur les allées de gravier menant à la porte du cimetière, mère Claire lui demanda :

— Vous vous sentez mieux ?

Agacée et amusée d'être à ce point transparente, Frevisse répondit :

— Mieux. Merci.

— Luce devrait me remercier elle aussi, dit mère Claire d'un ton rieur. Vous paraissiez sur le point de malmener ce malheureux sarrau.

Frevisse rit discrètement, soulagée déjà de se retrouver dehors. Après la pluie de la nuit, les allées avaient séché, et les innombrables nuances de vert scintillaient d'un éclat plein de fraîcheur dans la lumière matinale. Le passage vers le cimetière était surmonté d'un petit toit en chaume, et la porte n'était pas fermée à clé. Au-delà, l'allée traversait le cimetière paisible jusqu'au porche de l'église. Le temps qu'elles arrivent devant la porte encastrée au fond du porche, Frevisse se sentait pleinement apaisée, prête à se tourner vers la prière.

Aucune église ne se ressemblait, chacune répondant aux désirs de celui qui la bâtissait, mais toutes avaient en commun d'être un lieu où la distance qui séparait les hommes de Dieu semblait moindre, et le salut de l'âme plus facilement accessible. L'intérieur de l'église de Minster Lovell baignait dans la lumière qui provenait des fenêtres à claire-voie. Comme au manoir, il régnait une odeur de neuf, de pierre extraite depuis peu de la carrière, de plâtre et de peinture encore frais. Frevisse jeta un coup d'œil aux murs peints de fresques spectaculaires représentant d'immenses saints et un *Jugement dernier* grouillant de démons, le tout dans des couleurs assez vives pour attirer l'attention des fidèles et leur rappeler leur devoir de prière. Frevisse et mère Claire se dirigèrent vers l'autel et le sanctuaire de saint Kenelm érigé derrière. Placée en hauteur pour être vu du fond de la nef, finement sculptée dans la pierre et peinte dans des bleus, des rouges et des verts parsemés de touches d'or, éclairée par la lumière de la claire-voie et de la fenêtre située à l'est, la statue semblait resplendir de toute sa sainteté. Frevisse se fit la réflexion que lord Lovell ne négligeait pas son saint.

Les yeux rivés sur la statue, elle avait déjà parcouru la moitié de la nef lorsqu'elle se rendit compte qu'elles n'étaient pas seules. Agenouillé au pied de l'autel, Lionel leur tournait le dos, mais elle avait reconnu la houppelande bleu foncé qu'il portait au jardin. Et, comme pour confirmer son impression, la chienne blanche couchée à ses côtés leva la tête dans leur direction. Frevisse regarda alentour, s'attendant plus ou moins à apercevoir Martyn ou Edeyn, mais elle ne vit personne. Mère Claire lui saisit le bras et lui montra Lionel d'un mouvement du menton. Elles échangèrent un regard en silence, se comprenant sans peine. Lionel avait tant besoin de prier que c'eût été une honte de le déranger. Après avoir fait le signe de croix, les deux religieuses s'agenouillèrent à l'endroit où elles se trouvaient afin de réciter leurs prières, partageant le psautier que mère Claire portait à sa ceinture.

Chacun des neuf offices de la journée était différent des autres, et changeait de jour en jour selon la saison et le jour de la semaine, mais ils restaient immuables d'année en année et avaient pour point commun le désir de se rapprocher de Dieu et le salut de l'âme. Sexte, l'office célébré en fin de matinée, était bref, mais Frevisse avait appris depuis longtemps à l'apprécier, comme un rappel de l'éternité au milieu des soucis du quotidien. Ce jour-là, consciente jusque dans ses prières de la présence de Lionel et de la malédiction qui pesait sur lui, elle récita la réitération du jour avec plus de compassion que d'ordinaire : *Confer salutem corporum, veramque pacem cordium.* Accorde la santé au corps, et la véritable paix au cœur.

Ou à l'âme. *Cordium* signifiait le cœur ou l'âme. Ou les deux à la fois, ce qui serait aussi bien pour Lionel.

Paix à son cœur et à son âme, puisqu'il semblait rester peu d'espoir pour son corps tourmenté.

Lorsqu'elles eurent fini, il était toujours en prière, mais au moment où elles se relevèrent dans un léger bruissement de robes, Frevisse le vit redresser la tête puis se signer, et comprit qu'il avait lui aussi terminé. S'étant déjà levées, elles s'éloignèrent mais, d'un commun accord, attendirent sous le porche. Leur départ aurait été naturel, mais comme il risquait d'être pris pour une envie de l'éviter, elles décidèrent de rester. Frevisse se demandait s'il lui arrivait souvent de voir des gens l'éviter, par peur ou par dégoût, ou, au contraire, de rechercher sa compagnie de façon délibérée afin de montrer qu'ils n'éprouvaient ni crainte ni mépris. Laquelle de ces attitudes Lionel supportait-il le mieux ?

Il n'y avait pas moyen de le savoir. Pourtant, Frevisse remarqua son hésitation lorsqu'il les aperçut. Au regard qu'il posa sur elles, elle comprit qu'il cherchait à deviner si elles étaient au courant de sa maladie et, auquel cas, l'opinion qu'elles avaient de lui. Et elle réalisa qu'il devait toujours agir ainsi : observer les gens chaque fois qu'il les rencontrait, puis juger de ce qu'ils savaient, ainsi que du comportement qu'ils adopteraient envers lui s'ils en savaient trop.

Elle s'appliqua à ne rien montrer du tout, se contentant de faire la révérence avec mère Claire, qui le salua pour elles deux.

— Maître Knyvet.

— Mesdames, répondit Lionel en s'inclinant.

La petite chienne facilita les choses en trottant d'abord vers mère Claire pour lui renifler les jupes, puis vers Frevisse, agitant sa queue empanachée avec enthousiasme. Lionel sourit, l'air amusé.

— Elle a ses têtes, dit-il.

— Elle s'est prise d'une grande affection pour vous. Que va-t-il se passer quand vous repartirez ? demanda mère Claire.

Fidelitas revint vers Lionel qui se pencha pour la flatter derrière les oreilles.

— Je vais peut-être devoir l'acheter à lady Lovell.

Il ne semblait pas rebuté par l'idée, ni se soucier que la châtelaine puisse s'y opposer ; sans doute était-il convaincu de sa générosité, comme commençait à l'être Frevisse.

L'allée était assez large pour marcher à trois de front. Fidelitas gambada devant eux vers la porte du cimetière. À la lumière du jour, Frevisse nota que le visage de Lionel accusait la fatigue, que ses yeux étaient cernés et qu'il avait un bleu au front qui ne s'y trouvait pas la veille.

Mère Claire fit quelques commentaires sur le temps, et Lionel reconnut qu'il était fort plaisant. Puis il les précéda pour ouvrir la porte et s'écarta pour les laisser passer. Un peu plus loin, sur l'allée qui contournait la pelouse, ils virent Edeyn et Martyn Gravesend arriver. Martyn venait de dire quelque chose qui faisait rire Edeyn lorsque tous deux aperçurent Lionel et les religieuses. Le visage radieux de la jeune femme s'illumina plus encore. Levant la main pour les saluer, elle accéléra le pas en les interpellant de sa voix enjouée :

— Lionel ! Mesdames ! Quelle bonne surprise ! Nous venions vous avertir qu'il serait bientôt l'heure de dîner.

Ensemble, ils repartirent vers le manoir. Frevisse ralentit afin de laisser Edeyn marcher avec Lionel et mère Claire. Comme le voulait l'usage, Martyn s'écarta en les laissant passer, s'inclinant poliment pour les saluer. Plus encore que Lionel, son visage trahissait la nuit éreintante qu'il avait dû passer. Ses yeux étaient cernés, ses joues creusées, comme si l'effort l'avait vidé d'une partie de sa substance.

Au lieu de le laisser seul, Frevisse lui proposa de l'accompagner. Martyn s'inclina de nouveau brièvement. Il lui laissa le choix d'entamer la conversation à son gré, de sorte qu'ils avancèrent un instant en silence, tandis que leur parvenait le doux flot des propos d'Edeyn sur le succès des chasseurs et le retour de lady Lovell.

Mais comme leur allure était légèrement plus lente, ils se retrouvèrent vite distancés. Ce ralentissement ayant été initié par Martyn, Frevisse ne dit rien jusqu'à ce qu'ils soient assez loin pour que personne ne puisse les entendre. Puis elle se tourna vers l'intendant, et il lui rendit son regard en disant :

— Vous êtes au courant… pour Lionel.

C'était une affirmation, pas une question.

— Oui, admit-elle. Comme tout le monde, ajouta-t-elle au bout d'un instant.

— Par l'entremise de maître Giles.

Là encore, ce n'était pas une question, mais un fait constaté à regret.

— Je l'ai d'abord appris de maître Geffers, précisa Frevisse par souci d'exactitude.

— Qui, sans doute, le tenait de maître Giles.

Frevisse acquiesça d'un bref signe de tête.

Martyn eut un sourire amer.

— Où que nous allions, maître Giles veille toujours à ce que personne ne reste longtemps dans l'ignorance.

Et ce n'était pas par bonté d'âme, faillit ajouter Frevisse. Mais Martyn le savait mieux qu'elle. Curieuse de connaître sa réaction, elle préféra dire :

— Il prétend que les gens doivent être au courant pour des raisons de sécurité, au cas où ils assisteraient à une crise.

— La seule personne à courir un danger est alors Lionel lui-même. Il est le seul à en avoir jamais pâti.

— Giles assure que vous aussi.

— C'est tout lui !

Pour la première fois, le ton de Martyn laissait deviner que la haine que lui vouait Giles était pleinement partagée.

— Pendant les crises les plus violentes, Lionel se débat comme un fou. Mais il ne le sait pas. Il ne sait plus rien, quand il est en crise. Il perd tout contrôle de son corps, et c'est comme si son esprit s'absentait. Au début, il m'arrivait de prendre des coups, jusqu'au jour où j'ai fini par apprendre, mais ce n'était jamais délibéré de sa part. C'est en fait parce que j'étais trop près. Depuis, j'ai appris à esquiver. Personne ne court le moindre risque auprès de lui, pas même par hasard, étant donné qu'au moment où survient la crise, personne, à part moi, ne veut rester. Lionel a toujours été le seul à en sortir sérieusement meurtri.

— La cicatrice sur son visage ?

— Ce n'est qu'un exemple. Un jour, il s'est fracturé le bras. Il s'était coincé sous le bord d'un lit et a fait un mouvement brusque avant que j'aie pu le libérer.

Devant eux, Edeyn se tourna vers Lionel avec un grand sourire, leurs rires et celui de mère Claire se mêlant dans l'air transparent. Un instant, Frevisse se demanda si c'était l'une des raisons pour lesquelles Giles détestait son cousin.

— Comment saviez-vous que j'étais au courant ?

— Vous avez passé la soirée d'hier en compagnie de maître Giles. Je ne pense pas qu'il ait changé ses façons d'agir.

— Et c'est une chose que Lionel sait aussi, j'imagine.

— Il le sait.

Frevisse avait déjà remarqué tout ce que Martyn était capable de dire en quelques mots. À quoi ressemblait la vie de Lionel, pris par son démon, mais également entre Martyn et Giles ? De toutes parts, il était cerné.

Par la réalité qui faisait de Giles son héritier et qu'il ne pouvait par conséquent pas ignorer. Par les contraintes que lui imposaient ses crises. Et enfin, par le besoin indispensable qu'il avait de Martyn, puisque personne d'autre ne voulait prendre le risque de s'occuper de lui.

— Et une fois que les gens sont au courant, que se passe-t-il ?

— Qu'est-ce qu'ils font ? Cela dépend. Certains le rejettent a priori. Ce sont les plus simples à supporter. D'autres continuent à le fréquenter, mais, malgré leurs belles manières, on voit qu'ils n'attendent que le moment où une crise s'abattra sur lui. D'autres encore s'efforcent de le traiter comme s'il n'y avait là rien d'inconvenant, comme n'importe qui d'autre.

— Ce qu'il est d'ailleurs la plupart du temps, observa Frevisse. Il n'est pas possédé en permanence.

À la différence de son cousin Giles habité par un démon d'un genre plus subtil, et donc pire, puisque moins facile à repérer et à traiter.

— Non, concéda Martyn. Pas en permanence.

Sa voix trahissait une lassitude que confirmaient la fatigue et la tension de son visage. Complétant ce qu'il avait choisi de ne pas dire, Frevisse murmura :

— Sauf par la peur de ce qui risque de s'abattre sur lui à chaque instant.

Le regard que lui jeta Martyn lui fit comprendre qu'il lui savait gré de sa remarque. Ses lèvres esquissèrent un vague sourire.

— Oui, sauf ça. Mais il reçoit en général un avertissement. Parfois une demi-heure auparavant, souvent moins, mais assez en tout cas pour aller se réfugier quelque part où personne ne le verra.

Comme un animal malade ou blessé, songea Frevisse.

Devant eux, les autres venaient d'arriver devant la porte. Lionel s'écarta avec courtoisie pour laisser entrer les dames en leur souriant à toutes deux. Grand et anguleux, il manquait de grâce, et son visage tout en longueur barré d'une cicatrice était loin d'être séduisant, mais il dégageait une chaleur qui, comme son intelligence et son goût du rire, rendait facile de l'aimer. Soudain Frevisse éprouva une souffrance inattendue en imaginant ce que devait être la vie de Lionel, sans cesse rejeté, dans l'attente permanente que le diable prenne possession de lui, malgré tout ce qu'il avait tenté pour s'en libérer, malgré toutes ses prières. En dépit de l'amitié que lui portaient Martyn et Edeyn, cet homme vivait dans une solitude abyssale.

CHAPITRE VIII

Bruyant et enjoué, le repas du dîner se déroula au milieu du brouhaha des conversations. Les chasseurs du matin, apparemment en veine, avaient rapporté du gibier en quantité suffisante pour satisfaire aux besoins de plusieurs jours. Les autres convives discutaient quant à eux de leurs propres affaires pour se lamenter ou en rire.

Habituée au calme du réfectoire de Sainte-Frideswide, où seule résonnait la voix de la religieuse chargée de la lecture du jour, Frevisse écouta plus qu'elle ne parla aux chevaliers assis autour d'elle. Ils racontèrent leur partie de chasse, absorbés par leur récit au point de l'oublier, si bien qu'elle finit par cesser de les écouter.

Plus loin au bout de la table, mère Claire était en grande conversation avec les gentilshommes assis à sa gauche, trop loin toutefois pour que Frevisse puisse deviner leurs propos. D'ailleurs, peu lui importait. Il lui suffisait de constater que mère Claire paraissait en meilleure forme qu'elle ne l'avait été depuis longtemps, sans doute grâce à une bonne nuit de sommeil et à une matinée de détente. Les jours passés loin de mère Alys y étaient pour beaucoup, mais elle décida de ne pas s'inquiéter de ce qu'il adviendrait lorsqu'elles rentreraient au prieuré à la fin de leur pèlerinage. Mieux valait profiter des bonnes choses du jour et s'occuper des soucis le moment venu.

Aussi s'appliqua-t-elle à ignorer ses voisins et à observer la salle. À la table dressée sur la droite, juste au-dessous de l'estrade, elle remarqua notamment un jeune garçon et une petite fille qu'elle ne se rappelait pas avoir vus la veille au souper. Chaperonnés par une gouvernante, tous deux étaient vêtus avec élégance, et si pleins d'assurance dans leurs manières qu'il devait s'agir des enfants de lady Lovell. Frevisse croyait se souvenir que les Lovell avaient quatre fils et deux filles. Elle n'était pas sûre de leurs âges, mais plusieurs d'entre eux étaient assez grands pour avoir été envoyés dans d'autres demeures où l'on se chargerait de leur éducation. Ces deux-là devaient être les plus jeunes, et le garçon, qui avait huit ans environ, partirait bientôt à son tour.

Il avait une vague ressemblance avec sa mère, avait le même visage ovale fort et le teint délicat. La fille, brune et la paupière lourde, tenait peut-être davantage de son père, mais comme Frevisse n'avait jamais eu l'occasion de voir lord Lovell, elle ne pouvait que deviner. Quoi qu'il en soit, ces enfants ne donnaient aucun mal à leurs gouvernantes. Comme toutes les personnes qu'elle avait rencontrées à Minster Lovell, leur mise était soignée, et ils avaient l'air parfaitement bien élevés.

Plus loin, aux tables inférieures, John Naylor était toujours en compagnie de l'intendant, maître Holt. Martyn les avait rejoints, et à en juger par leurs sourires, leurs propos semblaient des plus plaisants. Le père Henry, assis au-dessous de la haute table mais à l'autre bout, était en grande discussion avec le père Benedict. Ils avaient l'air très absorbés, mais paraissaient bien s'amuser. À son grand regret, et bien qu'ils soient à la table d'honneur avec elle, les Knyvet se trouvaient à l'autre extrémité, de sorte qu'elle ne les voyait pas du tout. Maintenant qu'elle en savait plus à leur sujet, observer comment les choses se passaient entre eux eût été intéressant, en même temps qu'une agréable occupation.

Le dîner, repas le plus important de la journée, se composait d'un plus grand nombre de plats que le souper de la veille, et bien que le service soit assuré avec beaucoup de rapidité et de compétence, il durait trop longtemps au goût de Frevisse, qui n'avait pas un gros appétit et ne portait pas grand intérêt à la nourriture. Quand enfin ce fut terminé, elle se leva de table avec une hâte qui frisait l'impolitesse. Si mère Claire se portait mieux loin de Sainte-Frideswide, Frevisse était forcée de reconnaître que son propre problème, sa tendance à la mauvaise humeur et à l'agacement, n'avait en rien diminué.

Malheureusement, s'en rendre compte la fit bouillir d'impatience.

Se moquant in petto de son propre ridicule, elle se faufila vers mère Claire, et elles se tinrent toutes deux à l'écart, sans savoir que faire ni où aller, quelque peu mal à l'aise. Saluée sur son passage par de brèves courbettes et révérences, lady Lovell quitta l'estrade par la porte qui donnait sur la petite salle, d'où l'escalier conduisait au solar et aux chambres adjacentes. Quelques personnes la suivirent, dont le jeune garçon que Frevisse avait remarqué tout à l'heure, accompagné cette fois d'un page au lieu de sa gouvernante. Elle n'apercevait plus la petite fille et, dans le mouvement général, elle avait perdu de vue John Naylor ainsi que le père Henry. Chacun semblait filer vers ses occupations de l'après-midi. Habituée à Sainte-Frideswide à savoir avec certitude où elle devait être et ce qu'elle devait faire à chaque instant du jour, Frevisse trouva exaspérant d'être prise dans une routine connue de tout le monde sauf d'elle.

— Elle a dit que nous discuterions cet après-midi, dit alors mère Claire, sans doute aussi mal à son aise, pour leur rappeler qu'il y avait une raison à leur présence ici.

Sa main se posa sur le petit sac passé à sa ceinture

dans lequel elle transportait les documents relatifs à l'affaire du prieuré.

— Luce va venir nous chercher. Ou quelqu'un d'autre, répliqua Frevisse.

Et vite, j'espère ! ajouta-t-elle dans son for intérieur.

Ce ne fut pas Luce, mais le page qu'elle avait vu accompagner le petit garçon. Revenant par la même porte, il se dirigea sans hésiter sur les religieuses, qui étaient les dernières sur l'estrade en dehors des domestiques occupés à débarrasser les tables.

— La châtelaine vous demande de venir la voir, si vous le voulez bien, dit-il en s'inclinant.

Avant de voir partir lady Lovell, Frevisse avait cru qu'elles iraient dans le jardin ou au parloir. Elle pensait à présent qu'elles allaient monter dans le solar, mais l'homme leur fit traverser la petite salle sans prendre l'escalier et se dirigea vers une autre porte ouverte au fond. Il franchit le seuil, s'inclina, puis se retourna et fit un pas de côté en les invitant à entrer.

La salle dans laquelle elles venaient d'arriver était à l'évidence celle où se traitaient les affaires du manoir. Ou, plus exactement, les affaires de toute la seigneurie Lovell. Au centre trônait une large table couverte de rouleaux d'archives, certains maintenus déroulés par de petites barres en plomb, les autres étiquetés et prêts à l'emploi. Sur un côté, deux bureaux de clercs profitaient de la lumière de la grande fenêtre donnant sur la cour. Le long des murs s'alignaient des coffres et des cabinets destinés à conserver les documents et les archives, ainsi que la porte ouverte de l'un d'eux le laissait entrevoir. Par les mariages, les subventions royales et les acquisitions, lord Lovell possédait des propriétés dans plus de comtés qu'il ne pouvait en visiter en une année, et tous les registres afférents étaient conservés ici dans cette pièce.

Deux clercs étaient assis derrière les bureaux. L'un recopiait un brouillon sur un parchemin neuf, l'autre comparait deux documents en prenant des notes sur une feuille de papier. Lady Lovell était debout derrière la table, toujours vêtue de sa robe verte, une main posée sur un rouleau ouvert où elle montrait quelque chose au petit garçon entrevu au dîner. Lorsque les religieuses entrèrent, elle leva les yeux et les accueillit d'un sourire, mais continua à expliquer à l'enfant combien de moutons pouvaient paître dans une propriété donnée.

— S'ils sont plus nombreux à être enregistrés, c'est que soit on a essarté de nouvelles terres et il doit en exister une trace, soit ils n'ont pas assez de pâtures et l'intendant a intérêt à avoir une bonne raison.

Sa ressemblance avec l'enfant était encore plus frappante lorsqu'on les voyait côte à côte. Habillé avec simplicité d'un pourpoint, de hauts-de-chausse et de souliers en cuir, le garçonnet avait l'air prêt à courir vers des activités plus enthousiasmantes dès qu'on l'y autoriserait. Néanmoins, de façon fort judicieuse, il demanda :

— Et s'il n'a aucune bonne raison ?

— Dans ce cas, mieux vaut que ton intendant général se soit occupé de régler l'affaire bien avant que tu commences à vérifier toi-même les chiffres et que tu l'interroges.

— Mais s'il s'en charge, pourquoi devrais-je m'en occuper ?

— Parce que, comme il travaille pour toi, il relève de ta responsabilité de savoir ce qu'il fait, et de quelle manière. Tu ne vaux pas mieux que celui qui fait un mauvais usage des terres si tu ne sais pas si ton intendant exécute sa tâche correctement ou non.

— Et s'il ne la fait pas correctement ?

La question contenait plus d'effronterie que de véritable curiosité. Sa mère lui sourit, lui tapota le bout du nez et répondit :

— Alors, comme toi, il devra réviser ses leçons, jusqu'à ce qu'il les comprenne et les applique correctement. Ou plutôt, puisqu'il est assez grand pour les avoir déjà apprises et qu'il ne l'a apparemment pas fait, nous ne le garderons pas à notre service.

Le petit garçon lui sourit. Elle posa la main sur son épaule et hocha la tête vers les deux religieuses.

— À présent, passons à un autre genre d'affaire. Ces dames viennent du prieuré de Sainte-Frideswide, à côté de notre village de Prior Byfield, près de Banbury. Tu te rappelles où ça se trouve ?

— Au nord d'Oxford, s'empressa de répondre l'enfant d'un ton fier.

Sa mère lui décocha un regard sévère.

— Le nord d'Oxford couvre une grande partie de l'Angleterre. Sois plus précis, je te prie.

L'enfant plissa le front pour réfléchir.

— C'est à deux jours de chevauchée en allant vers Coventry, finit-il par dire. Nous sommes passés par là en allant voir les pièces de théâtre !

— C'est exact, le félicita sa mère, l'air satisfait. Et maintenant, salue mère Claire et mère Frevisse, veux-tu ? Voici mon plus jeune fils, Henry, ajouta-t-elle à l'intention des religieuses. Mais nous l'appelons le plus souvent Harry.

Mère Claire et Frevisse firent la révérence, et le petit garçon s'inclina poliment.

— Elles sont ici à cause d'un différend qui concerne le puits de Prior Byfield et que notre intendant n'a pas pu résoudre.

Mère Claire, qui avait sorti les papiers du sac passé dans sa ceinture, s'avança pour les remettre à lady Lovell.

— Voici une copie de ce qui est consigné sur le puits dans le registre coutumier. Notre mère supérieure a pensé qu'en prendre connaissance vous aiderait à clarifier les choses.

— Mieux que ne l'a fait mon intendant ?

C'était une simple question, non une réprimande, mais

elle dissimulait une légère ironie. Mère Claire répondit sur le même ton.

— Notre supérieure a pensé que votre intendant risquait de représenter son camp avec plus d'efficacité que le nôtre.

Lady Lovell prit le document, brisa le sceau et l'ouvrit.

— Votre prieure a la réputation d'être une femme querelleuse, dit-elle.

Mère Claire jeta un coup d'œil à Frevisse, l'implorant en silence de venir à son aide. Il eût été trop facile de répondre en disant des quantités de choses sur mère Alys, et très peu en sa faveur. Et si dire du mal de sa prieure entre nonnes dans l'enceinte du prieuré était malvenu, le faire à l'extérieur en présence d'étrangers était pire encore. Mais le mensonge n'était pas une solution honorable. Et comme mère Claire avait choisi la franchise et ne savait plus comment se comporter, elle fit comprendre à Frevisse qu'elle avait besoin de son aide pour répondre avec diplomatie plutôt qu'avec franchise. Frevisse, qui était restée près de la porte, préférait ne pas se mêler de ce qui se passerait entre mère Claire et lady Lovell dans cette affaire, d'autant qu'elle n'avait pas reçu consigne d'agir autrement. Rassemblant ses esprits, elle répondit, marquant une pause à peine perceptible :

— Notre prieure est… quelque peu ferme dans ses opinions.

— Et je devrais préférer la sienne à celle de mon intendant ?

— Non pas son opinion, madame, rétorqua Frevisse en s'avançant, mais la preuve que constitue le registre coutumier, sur lequel figurent les droits et les obligations du prieuré depuis la fondation de Sainte-Frideswide.

— Ne l'a-t-on pas porté à l'attention de mon intendant ?

— Si, madame, il l'a été, répondit mère Claire, qui en avait été témoin.

— Et il n'en est pas arrivé à la même conclusion que vous ? Que votre prieure ?

La question n'avait rien d'inconvenant. Lady Lovell cherchait simplement à savoir sur quelles bases les religieuses contestaient l'avis de son intendant.

Avec autant de politesse, Frevisse répondit :

— Il sert au mieux vos intérêts, madame, et peut-être voit-il les choses avec partialité malgré lui.

— Est-ce que je ne risque pas de les voir avec la même partialité ?

— Sa fonction l'oblige à vous rendre des comptes, alors que vous n'avez à en rendre à personne, à part Dieu.

— Et mon époux.

— Et votre époux, convint Frevisse. Qui ne fait qu'un avec vous dans ce genre d'affaires, ajouta-t-elle en inclinant la tête avec respect.

Lady Lovell réprima l'amorce d'un sourire. Les deux femmes étaient on ne peut plus sérieuses, mais ce sourire fit comprendre à Frevisse que lady Lovell appréciait les jeux de mots et l'esprit autant qu'elle. Imitant son attitude respectueuse, la châtelaine confirma :

— Nous ne faisons qu'un.

— Par conséquent, si vous lésez le prieuré, vous vous priverez, vous-même et votre époux, de l'estime de Dieu, ce que vous ne sauriez faire de bon gré. Il vaudrait donc mieux juger l'affaire avec moins de partialité que ne le fait votre intendant, qui ne cherche qu'à vous servir. Et même si vous pensez être dans votre droit, rien ne vous empêche de décider de prendre le coût du nouveau puits à votre charge, par charité envers un foyer de pauvres religieuses en difficulté qui, en signe de gratitude, diront de nombreuses prières pour vous, votre époux et vos enfants.

Cette dernière phrase lui était venue après coup. Mais puisqu'elle était d'avis que chacun des deux camps avait des arguments – même si mère Alys se refusait à le reconnaître –, Frevisse estimait raisonnable d'avancer une proposition qui donnerait un léger avantage à Sainte-Frideswide. Toutefois, les prières n'étaient pas une chose qu'on offrait à la légère au nom du prieuré. Et comme mère Alys ne les avait nullement autorisées à le faire, mère Claire protesta en s'exclamant :

— Mère Frevisse !

Lady Lovell rit cette fois de bon cœur, manifestant sa sympathie et son amusement face à la réaction de mère Claire et à l'audace de Frevisse, comprenant toutefois que celle-ci avait exagéré en faisant une telle proposition.

Étant déjà allée plus loin qu'elle ne l'aurait dû, Frevisse suggéra :

— Vous pourriez aussi vous entretenir avec John Naylor, le jeune homme qui voyage avec nous. Son oncle est l'intendant du prieuré. John travaille avec lui et sait sans doute ce qui s'est passé entre notre homme et le vôtre avec plus de détails que nous.

Lady Lovell approuva.

— Je n'y manquerai pas. Et ensuite, nous en reparlerons. Sans doute demain, étant donné ce qui me reste à régler aujourd'hui.

D'un geste de la main, elle indiqua les rouleaux entassés sur la table.

— En l'absence de mon époux, c'est à moi qu'il revient de régler les affaires courantes.

Une tâche dont elle avait l'habitude et qui ne lui pesait nullement.

— Profitez de votre séjour chez nous, où vous êtes les bienvenues.

C'était une façon élégante de les congédier. La prenant comme telle, Frevisse et mère Claire firent la révérence et la remercièrent avant de se retirer. Le page avait attendu près de la porte. Quand il s'effaça pour les laisser sortir, lady Lovell l'interpella :

— Je souhaiterais à présent parler à maître Knyvet. Il doit être dans sa chambre ou dans le jardin.

Le page s'inclina, puis les suivit et les ramena dans la grande salle. Dès qu'il s'éloigna, comme elles ne savaient pas quoi faire, mère Claire déclaras, timide :

— Je crois que j'aimerais aller m'étendre et me reposer un moment.

Frevisse ne voyait pas de raison de s'y opposer. La fatigue se lisait de nouveau sur son visage, le bénéfice du repos de la nuit précédente semblant déjà dissipé. Et comme elles reprendraient sans doute la route le surlendemain, mère Claire devait se reposer le plus possible pendant qu'elle en avait l'occasion.

Frevisse l'accompagna jusqu'en haut de l'escalier, mais elle la quitta dans le solar, la laissant regagner seule la chambre à coucher pour se rendre à la chapelle. Son but n'était pas tant cette fois de prier que de se retrouver seule quelque part. À Sainte-Frideswide, la solitude était rare, mais on n'était pas obligé de parler constamment, or Frevisse était lasse de parler. Un moment de silence lui détendrait l'esprit autant que s'allonger reposerait mère Claire.

Elle éprouva une brève déception en apercevant Lionel agenouillé devant l'autel, dans la même position qu'à l'église. Cette fois, Martyn était près de lui, à genoux lui aussi, et tous les deux priaient. Ni l'un ni l'autre ne remarquèrent son arrivée. Seule Fidelitas, enroulée dans les plis de la houppelande de Lionel étalés sur le sol, leva la tête en la voyant entrer. Sachant que le page le cherchait, Frevisse s'avança, prenant soin de traîner légèrement les pieds pour signaler sa présence, et effleura l'épaule de Lionel. Il se retourna.

— Lady Lovell a envoyé quelqu'un vous chercher, l'informa-t-elle. Mais il pourrait se passer un moment avant qu'il pense à venir ici. Elle souhaiterait vous parler.

— Merci, dit Lionel en hochant la tête.

Il tira sur son manteau pour faire bouger Fidelitas et se leva. Martyn l'imita.

Frevisse eut envie de leur demander comment ils se portaient, car leurs traits tirés montraient que les prières ne leur avaient pas apporté le soulagement qu'elle-même ressentait si souvent après avoir prié. Ravalant toutefois sa curiosité, elle répondit par une petite révérence au bref salut de Lionel et à celui plus appuyé de Martyn. Dès qu'ils se furent éloignés, elle s'agenouilla à son tour devant l'autel.

Le cliquetis des griffes de la chienne sur le sol accompagna leur départ. Frevisse récita une courte prière, mais Dieu savait comme elle que la véritable raison qui l'avait amenée ici était un profond désir de solitude.

Cependant, même une fois seule et disposant de tout son temps pour réfléchir, elle eut de la peine à identifier le malaise qui avait grandi en elle. Elle en avait pris conscience, mais n'avait pas eu le temps d'y réfléchir pour mettre un nom dessus. Maintenant qu'elle pouvait méditer, elle découvrit très vite, et en fut déconcertée, qu'il fallait bien appeler cela le mal du pays.

Frevisse s'en défendit, voulant à tout prix trouver une autre cause. N'importe laquelle, mais pas celle-ci, surtout après avoir tant désiré échapper à mère Alys et à l'atmosphère de plus en plus tendue de Sainte-Frideswide. Comment pouvait-elle avoir la nostalgie d'un lieu qu'elle avait eu envie de fuir, alors qu'elle séjournait dans un endroit aussi paisible et charmant que Minster Lovell ?

Frevisse réfléchit à la question, la tournant et la retournant dans tous les sens. Depuis la mort de mère Edith, Sainte-Frideswide avait changé. Mais, pour être juste, il fallait admettre que ce n'était pas uniquement à cause de mère Alys. Quelle qu'eût été la religieuse élue pour succéder à mère Edith, les choses auraient changé, pour la seule raison que l'ambiance d'un prieuré dépendait de sa prieure. Frevisse s'était efforcée d'admettre cette vérité, essayant de se plier à la nécessité d'obéir à mère Alys. Plusieurs fois elle avait cru y être parvenue, avant de découvrir chaque fois qu'il n'en était rien. De sorte qu'elle avait accueilli avec joie l'occasion que lui avait fournie mère Claire d'échapper au regard de mère Alys et au malaise ambiant. Mais il n'y avait aucun espoir que le prieuré redevienne ce qu'il avait été autrefois. Mère Edith n'était plus de ce monde.

Frevisse prit le temps de réciter une prière pour l'âme de l'ancienne prieure. Une âme forte et aimante, dont le départ continuait à la faire souffrir quand elle ne prenait pas garde d'éviter d'y songer.

Pourtant, mère Edith n'avait pas représenté l'ensemble de Sainte-Frideswide, pas plus que ne le faisait mère Alys. Même sous la direction de cette dernière, la prière restait au centre de chaque journée, la règle de silence prévalant la plupart du temps. Et ce silence et ces prières qui permettaient de se rapprocher de Dieu faisaient partie des raisons qui avaient poussé Frevisse à choisir la vie de religieuse. Si elle avait décidé d'accompagner mère Claire dans ce pèlerinage, c'était pour sortir et s'éloigner de mère Alys, pas pour fuir Sainte-Frideswide. Or elle découvrait tout à coup que son désir d'être de retour là-bas était plus fort que celui d'être loin de sa prieure…

Cette conclusion la surprit. Elle tenta de la repousser, mais en vain. C'était la vérité. Une vérité, songea-t-elle en se moquant d'elle-même, qu'elle ferait bien de se rappeler une fois rentrée au prieuré lorsqu'elle devrait de nouveau affronter mère Alys.

CHAPITRE IX

La chasse de la matinée avait offert un agréable passe-temps, mais l'après-midi s'était étiré en conversations oiseuses sans qu'il y ait grand-chose à faire. On était maintenant au début de la soirée, et le souper était terminé. Lady Lovell avait décidé de profiter des derniers moments de lumière dans le jardin. L'influence fâcheuse qu'elle exerçait auprès de son mari justifiait de se donner la peine de lui plaire, raison pour laquelle Giles avait accompagné les autres, histoire de donner l'impression de s'amuser en dépit de l'impatience qui le faisait bouillir. Assis sur un coussin avec Edeyn sur la pelouse sous les arbres, au milieu de ceux qui avaient choisi de tenir compagnie à lady Lovell au lieu de flâner dans le jardin, il participait de son mieux à la conversation. Celle-ci porta pour l'essentiel sur la dernière partie de chasse, le temps idéal et la beauté de la soirée, mais il s'appliqua à y prendre part et, pour faire bonne mesure, accorda une attention toute particulière à Edeyn. Il lui tenait la main, lui souriait de temps à autre et allait jusqu'à faire semblant de s'intéresser à ce qu'elle racontait. Juste assez pour montrer l'affection qui les liait, et pour que lady Lovell, qui adorait sa femme, pense le plus grand bien de lui.

Mais à la vérité, c'était surtout Lionel qui retenait son attention. Jusque-là, tout allait bien. La journée arrivait à son terme, et rien n'indiquait l'approche d'une nouvelle crise. Elle surviendrait bientôt, mais pas tout de suite, exactement comme Giles l'escomptait.

Cet impératif l'avait rongé toute la journée. Chaque heure que Lionel passait tranquille signifiait que le retour de son démon se rapprochait d'autant, chaque heure d'attente augmentait les chances pour que la crise éclate à l'endroit et à l'heure où Giles le souhaitait. Le matin, il était parti à la chasse en sachant que, si la crise était survenue à ce moment-là, elle n'aurait pas servi son objectif, et qu'il valait mieux qu'il se distraie autrement. De même, l'après-midi, il s'était obligé à rester à l'écart de Lionel, parce que, si la crise était survenue, elle ne lui aurait été d'aucune utilité non plus. Il avait passé son temps à proximité des cages à parler faucons, puis aux écuries à parler chevaux, et avait observé les ouvriers qui travaillaient dans la cour, envisageant déjà les transformations qu'il entreprendrait à Knyvet lorsque tout lui appartiendrait. Et pendant ce temps, il avait eu un mal fou à ne pas laisser voir qu'il était nerveux à force de s'interroger sur l'état de Lionel. Il avait même adressé des prières à saint Michel, car qui était mieux à même de s'opposer au démon de Lionel que l'archange qui avait chassé du ciel le Diable en personne ?

Pour faire bonne mesure, si les choses se déroulaient à son gré, il avait promis un don assez généreux pour faire tourner la tête même à un archange. Mais il n'en avait pas moins été extrêmement soulagé de voir Lionel debout et en possession de tous ses moyens au souper.

Depuis lors, plus les heures passaient, plus il était difficile de ne pas le regarder ouvertement, d'autant que Lionel – maudit soit-il ! – ne lui facilitait pas la tâche en allant et venant à travers le jardin au lieu de s'installer quelque part et d'y rester. Non que cela eût de l'importance. Il était impossible qu'il sorte du jardin sans que Giles le voie, ou quelqu'un qui ne manquerait pas d'en faire la remarque. Probablement Edeyn.

La regarder observer Lionel sans en avoir l'air était moins distrayant que d'habitude. Son regard bifurquait un peu trop souvent dans la direction de Lionel. Ce n'était là que cette compassion idiote qu'elle éprouvait pour toutes les pauvres choses malades qu'elle croisait sur son chemin, or Lionel était la pauvre chose malade la plus gravement atteinte qu'elle rencontrerait jamais. Par ailleurs, elle savait comme Giles qu'une nouvelle crise approchait. Mais son inquiétude n'en était pas moins agaçante. Tout en lui caressant la main, Giles lui tordit le petit doigt un peu fort, si bien qu'elle cessa de regarder Lionel, qui se tenait devant l'arche de la roseraie avec les religieuses, et se tourna vers lui.

Elle paraissait toujours un peu étonnée quand il lui faisait mal, une particularité qui ajoutait à son charme. Il déposa un baiser sur le doigt malmené et sourit pour lui faire comprendre qu'il ne l'avait pas fait exprès. Le croyant en toute naïveté, elle lui rendit son sourire, et il regretta de devoir remettre le plaisir qu'il tirerait d'elle ce soir après d'autres – il chercha le mot et décida que c'était le bon – plaisirs.

Edeyn se retourna pour répondre à une question de lady Lovell. Giles regarda de nouveau vers Lionel, qui se comportait comme s'il menait une vie normale en dehors de ses crises. Même en cet instant, il s'y efforçait, alors qu'il était dans l'expectative et savait pertinemment que son démon n'était plus très loin.

Plus que quelques heures, s'encouragea Giles en silence. Plus que quelques heures à attendre, et ce serait la fin de tous ces faux-semblants, et tout irait pour le mieux.

La douceur printanière de la journée se rafraîchit avant même le coucher du soleil. Celles et ceux qui n'étaient pas assis autour de lady Lovell sous les bouleaux se promenaient dans les allées entre les parterres fleuris ou le long de la charmille dans la roseraie. D'autres traversaient la pelouse pour venir se joindre à la conversation, l'air détendu, leurs voix légères fusant dans l'air du soir. Au bout du jardin, se dressait le manoir, dont les murs d'or crème et les fenêtres aux croisillons de pierre scintillaient sous les longs rayons obliques du couchant.

Frevisse et mère Claire marchaient côte à côte, sans rien avoir de particulier à se dire, ressentant à quel point leur sérénité, ainsi que leur habit sombre et leur voile épais les distinguaient du reste de l'assemblée. Les femmes portaient des robes aux couleurs éclatantes, le voile léger des plus âgées se soulevait en flottant lorsqu'elles marchaient, les cheveux souples des plus jeunes cascadaient librement jusqu'à la taille, et les hommes parlaient et riaient avec une belle assurance.

En les observant, Frevisse se surprit à sourire devant leur aisance, ici et maintenant, dans ce jardin serti tel un bijou entre les murs gorgés de soleil, affables jusque dans leurs rires et leurs propos insignifiants.

— N'avez-vous jamais souhaité…

Mère Claire s'interrompit, ce qui n'était pas dans ses habitudes, elle qui était toujours si sûre de ses paroles ou qui sinon, avec autant de conviction, préférait le silence. Frevisse la considéra d'un air perplexe. Mère Claire surprit son regard, lui sourit et reformula sa question :

— Avez-vous déjà songé que tout ceci – ou quelque chose de similaire – aurait pu être notre vie si nous avions fait un choix différent ?

Frevisse y avait pensé. Même si elle n'aurait jamais rien connu d'aussi grandiose, sa naissance et sa dot étant l'une et l'autre insuffisantes pour lui permettre d'épouser un homme d'un tel rang ou d'une telle fortune, elle aurait pu vivre quelque chose d'approchant, quelque chose qui aurait été à elle comme rien ne l'était ni ne le serait jamais, puisqu'elle avait prononcé depuis longtemps ses vœux de religieuse. Mais elle avait su aussi que ce serait une beauté qui passerait, comme tout passait en ce monde, et bien que cette beauté fût d'autant plus précieuse qu'elle était brève, elle n'avait pas plus de valeur que ce qu'elle avait choisi à la place. De sorte qu'elle répondit avec une certitude trop forte pour nécessiter la moindre emphase :

— Non. J'ai fait le choix que je devais faire. Et vous aussi.

— Je sais, rétorqua mère Claire en souriant. Je me demandais seulement s'il en allait de même pour vous.

Absorbées par leur conversation, elles s'étaient arrêtées devant l'arche de la charmille. Derrière Frevisse, Lionel demanda :

— Mesdames, puis-je me joindre à vous ?

Elle se retourna et vit qu'il marchait vers elles, Fidelitas sur ses talons.

— Soyez le bienvenu, dit aussitôt mère Claire. Nous allions faire un tour dans la roseraie.

Frevisse n'en savait rien, mais n'y voyait pas d'objection.

— J'ai peu de chance avec mon allégorie de la rose, dit-elle, faisant allusion à leur conversation de la veille sur le poème et ses diverses interprétations possibles. J'ai beau faire, des pensées très terre à terre s'insinuent dans mon esprit chaque fois que je suis dans ce jardin.

— Adam et Ève ont eu le même problème, il me semble, répliqua Lionel.

Elles rirent, et mère Claire se pencha pour caresser la jolie tête de Fidelitas.

— Nous pensions dire complies en marchant, mais je crains que mère Frevisse ne continue à fredonner le chant du coucou.

— Je ne l'ai fait qu'une seule fois ! se défendit Frevisse.

— Le chant du coucou ? s'étonna Lionel.

Frevisse chantonna quelques notes joyeuses :

— « L'été arrive, chante haut et fort, coucou ! Tandis que pousse la graine, ondoie la prairie et reverdit la forêt… »

Lionel esquissa un sourire qui adoucit son visage émacié. Frevisse réalisa qu'il s'était inquiété de l'attitude qu'elles adopteraient à son égard. Toujours souriant, il confessa :

— Je comptais dire complies moi aussi, mais c'est autre chose qui m'a traversé l'esprit…

Et il entonna, d'une voix étonnamment claire et puissante :

— « Quand le rameau commence à bourgeonner, le petit oiseau sur la branche vient chanter. »

— « Et je vis dans l'amour, dans l'attente de la plus belle de toutes les choses », enchaîna mère Claire, sûre des paroles et de la mélodie.

— Vous n'êtes ni l'un ni l'autre très recommandables pour votre piété, les sermonna Frevisse en affectant un air outré.

— Mais Dieu n'accepte-t-Il pas qu'un cœur joyeux se réjouisse de la beauté du monde qu'Il a créé, en signe d'adoration ? demanda Lionel.

— Après tout, renchérit mère Claire, ce que tout le monde veut dire en chantant cette chanson, c'est que le Christ est la plus belle de toutes les choses, et qu'on se languit de lui.

— Oh oui, bien sûr, c'est ce que tout le monde veut dire ! railla Frevisse avec une solennité exagérée qui les fit éclater de rire tous les trois.

Le silence qui s'installa lorsqu'ils se remirent en marche n'avait rien d'embarrassant. Fidelitas fila devant pour bondir sur un scarabée qui traversait l'allée, mais l'insecte s'envola pesamment, heurtant au passage la truffe de la petite chienne. Elle revint aux pieds de Lionel et redressa la tête pour se faire caresser.

La question lui venant avec plus de facilité après qu'ils eurent partagé ce fou rire, Frevisse demanda :

— Étant donné le nombre de sanctuaires de saints qui existent, quelle raison vous a fait choisir saint Kenelm en particulier ?

Le regard de Lionel passa de Frevisse à mère Claire avant de revenir sur elle. Elle se dit qu'il cherchait à savoir comment elles prendraient qu'il parle ouvertement de sa malédiction. En même temps, son bref sourire montrait qu'il appréciait la franchise de la question, à laquelle il répondit de la même manière :

— Pourquoi Kenelm ? Parce que j'ai essayé la plupart des autres en vain. Sainte Marguerite, bien sûr. Mais aussi saint Pierre. Saint Madron, en Cornouailles. Saint Giles…

Ce nom arracha à Lionel un sourire ironique teinté d'amertume.

— Et je suis même allé jusqu'en Flandres, à Saint-Dympna, en désespoir de cause. Et tout cela sans aucun effet.

— Alors pourquoi Kenelm aujourd'hui ?

Un saint enfant martyrisé pour sa bonté à cause des ambitions de sa sœur semblait un choix étrange…

Le regard que Lionel fixait sur l'allée était lointain, comme s'il voyait un endroit que seule une personne contrainte de vivre comme lui aurait pu voir. Et du fin fond de cet endroit, il répondit :

— Parce que saint Kenelm doit comprendre le chagrin d'une vie qui ne sera jamais réellement vécue. Une vie achevée avant d'avoir vraiment commencé, comme la sienne. Peut-être que, sachant cela, il aura pitié de moi. Je n'ai d'espoir en rien, hormis une sainte pitié.

Frevisse regretta vivement d'avoir posé sa question. Mais ce fut mère Claire qui le ramena à la réalité en disant :

— En tout cas, vous avez trouvé un précieux ami en Martyn Gravesend. Un meilleur ami que ne pourraient se vanter d'en avoir la majorité des hommes, quelle que soit leur existence.

— C'est un excellent ami, il est vrai. Cette grâce m'a été accordée dans mon malheur. Mais je doute que cela justifie qu'il ait gâché sa vie.

— Parce qu'il considère que sa vie est gâchée ? rétorqua aussitôt Frevisse. Ou bien la voit-il comme un choix effectué de son plein gré auquel il se tient en toute liberté ?

Le regard de Lionel finit par revenir des profondeurs lointaines dans lesquelles il avait plongé. Il se tourna vers Frevisse, comme si la regarder en face l'aiderait à mieux comprendre sa réponse, comme s'il était important qu'elle la comprenne.

— Il a fait ce choix en toute liberté, mais il l'a fait voilà maintenant de longues années. Les choses changent pour tout un chacun. Je suis lié par une contrainte dont je ne peux me débarrasser, quoi que je fasse. Martyn, lui, est lié par son choix, chose qu'il peut changer s'il le décide. Mais qu'advient-il s'il a le sentiment que c'est une décision qu'il est dans l'impossibilité de prendre ?

— Souhaiteriez-vous qu'il la prenne ?

— Non. Pour mon propre bien, je ne le souhaite pas. Mais pour son bien à lui, je lui ai dit maintes fois qu'il le pouvait.

— Et qu'a-t-il répondu ?

— Il assure ne rien vouloir changer.

— Mais vous ne le croyez pas.

Les rides qui creusaient le visage de Lionel autour de la bouche s'accentuèrent.

— Si j'en avais l'occasion et le choix, je fuirais le plus loin possible la vie qui est la sienne. Accepter qu'il veuille rester n'est pas facile, dans la mesure où il peut choisir.

— Mais vous lui avez donné le choix, et il a fait celui de rester, résuma mère Claire. Justement, mère Frevisse et moi parlions à l'instant de choix, ajouta-t-elle d'une voix plus douce. Bien que nous sachions que nos vies auraient pu être différentes et plus confortables si nous avions choisi autre chose, nous nous en tenons au choix que nous avons fait sans la moindre réserve. Il en va peut-être de même pour lui.

— Peut-être a-t-il fait ce que très peu de gens font, renchérit Frevisse. Choisir sciemment d'accomplir un devoir qui revêt plus d'importance à ses yeux que ce que d'autres considéreraient comme des plaisirs. Et accepter ce qui est rarement accepté par quiconque, en dépit de ce que nous enseigne le Christ. À savoir que nous sommes tous responsables les uns des autres. Sinon de l'âme de notre prochain, du moins de son bien-être physique. Et que nous devons faire tout notre possible pour que son âme ne se laisse pas corrompre par les souffrances du corps.

— Les souffrances du corps, répéta Lionel.

Frevisse tressaillit intérieurement. Accaparée par la formulation de sa pensée, elle avait oublié que la souffrance physique n'était pas pour Lionel de vains mots, mais quelque chose d'atrocement réel.

La voix joyeuse d'Edeyn qui appelait depuis l'entrée de la charmille les interrompit.

— Lionel ! Mesdames ! Je suis venue vous prévenir que nous rentrions.

Frevisse, qui observait le visage de Lionel, vit le plaisir fugitif qu'il éprouva malgré lui lorsqu'il releva la tête et se tourna vers sa cousine par alliance. Un plaisir aussitôt enfoui derrière un sourire banal et un vague geste de la main, tandis qu'il répondait simplement :

— Nous arrivons !

Mais Frevisse en avait vu assez pour que, ajouté à ce qu'elle avait observé plus tôt, elle puisse deviner qu'un autre chagrin rongeait le cœur du jeune homme. Un chagrin d'amour là où il n'aurait pas dû exister d'amour. Un amour sans espoir. Prise d'une pitié douloureuse, elle se demanda depuis combien de temps Lionel endurait cette peine en plus de son autre mal, et se dit que son âme devait souffrir de la pitié d'autrui.

CHAPITRE X

Ils avaient finalement regagné leur chambre, la soirée était terminée, les volets de la fenêtre fermés pour se protéger de l'air néfaste de la nuit. La pièce n'avait pas été prévue pour recevoir trois personnes et leurs domestiques, d'autant qu'il y avait maintenant, en plus, cette foutue chienne ! S'ils bougeaient tous en même temps, ils se gênaient plus souvent qu'à leur tour, mais il fallait bien sûr s'occuper de Lionel en premier, les autres devant se pousser et patienter.

Mais, pour une fois, la situation convenait plutôt bien à Giles. Assis sur une malle contre le mur près de la porte, une jambe repliée et les bras croisés dessus, il regardait Lionel enlever sa plus belle tenue pour enfiler un pourpoint plus ordinaire. Les domestiques apportèrent de l'eau chaude pour ses ablutions, puis ils lui tendirent une serviette propre et prirent sa ceinture et sa dague qu'ils allèrent ranger.

Pendant ce temps, Martyn s'était changé lui aussi et avait passé un pourpoint plus adapté à ce qui allait suivre. Tout ce petit monde lui faisait penser à une armée de fourmis grotesques, incapables de former un cerveau complet si on les ajoutait les uns aux autres, aucun d'eux n'étant capable de deviner à quel point leurs gestes étaient vains.

La lumière des lampes avait repoussé les ombres dans les replis du rideau de lit et les coins de la pièce, si bien qu'il dut se contrôler pour ne pas laisser voir son envie de ricaner. Il frissonna légèrement, de nervosité et non de peur, une nervosité due à l'impatience, et il savoura pleinement cette sensation. Ce qu'il voulait était maintenant à portée de main. Il n'avait plus qu'à attendre que ces imbéciles aillent leur chemin d'imbéciles, comme ils le faisaient chaque fois qu'ils savaient qu'une crise allait survenir. Faire passer à Lionel une tenue qui ne se déchirerait pas en lambeaux quand il se tordrait par terre. L'envoyer lui et Martyn dans la première église ou chapelle venue. Et les laisser prier pour que Lionel soit cette fois épargné.

Son cousin procédait ainsi depuis des lustres, sans se rendre compte que ça ne servait à rien. Il avait beau prier et prier encore, ses prières demeuraient ignorées. À chaque fois son démon revenait et devait se gausser autant que Giles des efforts inutiles que déployait Lionel pour se débarrasser de lui. Lionel n'était qu'un idiot. Quand la crise arriverait, il se vautrerait sur le sol de la chapelle en grognant et en bavant jusqu'à ce que ce soit fini, alors qu'il eût été plus confortable et plus commode pour lui de rester dans son lit.

Mais où serait alors la gloire pour Martyn ? Non, Lionel irait à la chapelle, Martyn l'accompagnerait, et tous deux s'agenouilleraient en récitant leurs prières absurdes. Puis Lionel se convulserait et Martyn le surveillerait, après quoi Lionel lui exprimerait sa reconnaissance et laisserait ce bâtard arrogant continuer à profiter de lui.

À ceci près que, à partir de ce soir, il ne le pourrait plus.

Giles se balança légèrement d'avant en arrière, contenant sa joie avec difficulté, car ce soir ne serait pas comme les autres. Il lui suffisait d'attendre encore un peu

134

pour que les choses deviennent radicalement différentes. Enfin !

Pour relâcher un peu sa tension, il lança à la cantonade :

— Aujourd'hui, j'ai vu ce balourd de Petir.

Lionel se détourna du serviteur qui venait de lui attacher son pourpoint et demanda :

— Petir ?

Du coin de l'œil, mine de rien, Giles observa surtout les réactions d'Edeyn et de Martyn. Elles promettaient d'être plus amusantes que celle de Lionel, dans la mesure où celui-ci n'avait jamais rien compris au sujet de Petir. Assise sur la banquette près de la fenêtre, Edeyn leva les yeux, mais continua à caresser cette satanée chienne blanche qui lui faisait la fête autant qu'à Lionel. Martyn, qui lui tournait le dos, ramassa le manteau de Lionel sur un tabouret.

— Celui que tu as dû congédier l'année dernière, précisa Giles. Il est employé aux écuries du manoir.

Edeyn ne réagit toujours pas, mais Martyn, feignant de s'intéresser davantage à la cape qu'à Petir, dit comme s'il s'agissait d'une affaire sans importance :

— Il était arrivé chez nous au moment du mariage de maîtresse Edeyn. Mais il n'a pas été satisfait et est reparti à Minster Lovell.

Lionel hocha vaguement la tête, paraissant ne pas se souvenir du tout de l'homme, trop préoccupé qu'il était par d'autres choses. Ce fut Edeyn qui demanda :

— Comment ça se passe pour lui ?

— Plutôt bien, semble-t-il. Mais je n'ai pas cherché à lui parler, ajouta Giles avec un brin d'humeur, lui rappelant qu'il n'avait pas oublié la raison qu'il avait invoquée pour forcer Martyn à le renvoyer.

Si Edeyn rougit, la lumière trop faible ne lui permit pas de le voir. Cela n'avait d'ailleurs aucune importance, sinon comme distraction temporaire. Edeyn n'avait rien fait de mal de son côté, à part se sentir bêtement flattée par l'admiration d'un garçon d'écurie. Giles lui avait fait comprendre l'inconvenance d'une telle attitude en lui parlant d'un ton sec et en l'entreprenant rudement au lit, et avait confié à Martyn le soin de renvoyer le mufle. S'il ne l'avait pas croisé aujourd'hui, il n'aurait pas pris la peine d'y repenser, ni ne l'aurait même mentionné, sinon pour se distraire, histoire de faire passer plus vite ce moment de vains préparatifs où se complaisaient Lionel et Martyn.

La chienne s'agita sous la main d'Edeyn, se redressa et commença à gémir. Edeyn s'efforça de la calmer, mais l'animal avait perdu tout intérêt pour la jeune femme, qu'elle abandonna pour aller rejoindre Lionel. Il était assis au bord du lit, en train d'ôter ses belles chaussures de cuir pour enfiler une paire en feutre dont les bouts ne s'érafleraient pas sur le sol quand il s'agenouillerait à la chapelle. La chienne fourra sa tête sous son bras, se serrant contre lui en gémissant plus fort. Lionel s'arrêta pour lui caresser la tête d'une main et lui passa l'autre sous le menton.

— Qu'est-ce qu'il y a, petite ? Tu voudrais nous quitter ? Serais-tu lasse de nous ?

La chienne se frotta plus fort contre lui en geignant tout près de son visage, comme si elle était en proie à une profonde détresse. Lionel la flatta mais se leva, prêt à partir.

— Edeyn, occupe-toi d'elle, veux-tu ?

Edeyn s'approcha, mais la chienne refusa de se laisser prendre et essaya de suivre Lionel quand il se dirigea vers la porte. Edeyn s'agenouilla et la retint par le cou. L'animal l'ignora, glapissant de plus belle.

— Elle va te mordre, prévint Giles, sans faire un geste pour l'aider.

Personne ne lui prêta attention. Martyn, qui avait ouvert la porte de la chambre, s'écarta pour laisser passer Lionel. Avant de franchir le seuil, celui-ci se retourna pour regarder derrière lui. La chienne ? Edeyn ? Giles n'en était pas certain, mais il trouva que les deux femelles fixaient Lionel avec la même expression de désarroi, de peine et d'inquiétude.

Giles crut un instant que Lionel allait dire quelque chose, mais son cousin secoua la tête, sans qu'on sache s'il s'adressait à Edeyn, à la chienne ou à lui-même, puis s'en alla. Martyn le suivit, referma la porte, et la chambre parut tout à coup plus vaste et plus paisible.

— Il n'est pas question que tu prennes cette chienne au lit avec nous, dit Giles à sa femme.

Sans un mot, Edeyn se releva et relâcha la chienne. L'animal fila renifler la porte fermée pour vérifier qu'il n'y avait pas d'issue et continua à pleurnicher.

Edeyn fit signe à sa servante qui attendait au fond de la chambre pour s'avancer et l'aider à se préparer au coucher. Giles se leva afin que son serviteur fasse de même avec lui. Ce soir, Lionel étant parti, le lit leur reviendrait. La veille, ils avaient dû se contenter de la couche de fortune glissée en dessous parce que, comme toujours, Lionel passait en premier. Pour une fois, cette idée suscita chez Giles plus d'amusement que d'amertume. Il allait y avoir une fin à tout cela. Il ne fallait qu'une chose : que Lionel arrive jusqu'à la chapelle et que la maisonnée ait le temps de s'installer pour la nuit. Le reste était déjà prévu. Ce petit coup de pouce était tout ce dont Giles avait besoin.

— Pose ma robe de nuit au bout du lit, ordonna-t-il une fois qu'il fut déshabillé et prêt à s'allonger.

Son serviteur obéit, puis ouvrit le lit tandis que la servante d'Edeyn faisait de même de l'autre côté. Au bout de la chambre, la chienne avait renoncé à tenter de sortir et s'était couchée devant la porte, recroquevillée en une boule de tension et de frustration. Une complication dont Giles ne voulait en aucun cas.

— Si on la laisse là, cette bâtarde va gémir toute la nuit, dit-il d'un ton laconique. Fais-la grimper sur le lit, Edeyn.

La jeune femme lui sourit, manifestant pour la première fois de la joie depuis qu'ils étaient remontés dans la chambre, et alla chercher la chienne pendant qu'il s'étendait. Quand elle la ramena, l'animal gémit mais ne chercha pas à résister. Et pourquoi l'aurait-il fait alors qu'on lui offrait la chance de dormir sur un lit plutôt que par terre ? songea Giles.

— Non, pas entre nous, dit-il quand Edeyn l'installa au milieu du lit. Garde-la de ton côté.

Edeyn poussa la chienne au bord du lit en lui parlant à voix basse et s'allongea entre l'animal et son mari. Pour une fois, la voir se détourner de lui n'ennuya pas Giles. Si qui que ce soit s'aventurait à se demander pourquoi il n'avait pas honoré sa femme ce soir-là, la chienne fournirait un excellent prétexte.

Les domestiques tirèrent les rideaux autour du lit. Étendu dans l'obscurité, Giles les écouta ranger dans la pièce avant de dérouler leurs paillasses sur le sol. Lui tournant le dos, Edeyn continuait à parler à la chienne. Si lady Lovell était d'accord, ce serait bien qu'elle puisse la garder par la suite. Cela l'occuperait jusqu'à l'arrivée du bébé, lui donnerait une distraction pour qu'elle soit moins tentée de s'accrocher à lui. Autant qu'elle s'accroche à cette chienne !

La lumière de l'unique lampe qui brûlerait toute la nuit leur parvenait faiblement derrière les rideaux, dont le motif de vigne vierge et de fleurs entrelacées se détachait. Guettant les bruits qui annonceraient que tout le monde dormait, Giles se demanda combien pouvait coûter une parure de rideaux pareils. Évidemment, s'ils avaient été pillés en France, ils n'avaient rien dû coûter à lord Lovell ! Une grande partie de cette demeure avait été meublée avec des biens dérobés aux Français. Ce lord n'avait pas eu l'existence trop difficile. Un héritage important, un riche mariage, un butin rapporté de France… Qu'il vive dans cette aisance n'était guère étonnant. D'autres avaient la vie plus dure.

Mais lorsqu'on n'était ni lâche ni stupide, il existait des moyens d'attirer la chance qui ne vous avait pas été donnée à la naissance. Giles esquissa un sourire dans l'obscurité. Fabriquer sa chance, c'était bel et bien ce qu'il comptait faire ce soir.

Il attendit, s'efforçant de rester calme. Son serviteur s'endormit le premier, un léger ronflement indiquant qu'il avait sombré dans le sommeil et ne se réveillerait sans doute pas avant qu'on vienne le secouer le lendemain matin. Le souffle d'Edeyn devint peu à peu plus régulier. Giles la sentit se relâcher et osa se soulever un peu pour l'observer. Toujours allongée sur le flanc, sa main reposait sur le dos de la chienne. La petite bâtarde était quant à elle tout à fait réveillée. Elle releva la tête pour le regarder, mais sans faire de bruit, et comme il ne lui en demandait pas davantage, il se rallongea, attendant les ronflements qui lui assureraient que la servante s'était à son tour endormie.

Toujours aux aguets, il se força à rester immobile jusqu'à ce qu'il soit sûr que tout le monde avait sombré dans un profond sommeil. Puis, avec d'infinies précautions, il se releva et attrapa sa robe de nuit posée au bout du lit. La chienne tourna la tête pour le regarder partir, mais n'émit pas le moindre grognement quand il se faufila entre les rideaux.

Les domestiques étaient enroulés dans leurs couvertures au fond de la chambre, loin du passage qui menait à la porte. Giles couvrit son corps nu avec sa robe de nuit et prit le temps de s'asseoir sur un tabouret pour enfiler ses chaussures. Les sols étaient souvent glacés, et il ne voulait pas risquer de se refroidir au point de se mettre à trembler. Ces chaussures à semelles souples ne feraient pas de bruit. Quand il se releva, un frisson le parcourut, mais c'était d'excitation, pas de froid. Il s'obligea à se maîtriser. Pour l'heure, la moindre émotion était strictement bannie, jusqu'à ce que tout ait été accompli, et tous les problèmes qui en découleraient réglés. Dès lors, il disposerait d'assez de plaisirs et de temps pour s'y adonner à son gré.

La porte de la chambre ne grinça pas quand il la referma derrière lui. Il se tint un moment dans l'obscurité de l'antichambre, l'oreille aux aguets, mais personne ne semblait avoir bougé. Même dans la grande salle toute proche, où couchaient la plupart des domestiques du manoir, on ne percevait pas un seul bruit. Giles regarda le mince rai de lumière qui filtrait sous la porte de sa chambre. Seule l'épaisseur de la porte le séparait de la sécurité que représentait son lit. Et rien ne l'empêchait d'y retourner.

Rien hormis son dessein et les contraintes que celui-ci entraînait. Et pour ces deux raisons, il trouverait suffisamment de volonté pour supporter le peu qui restait à faire. Il se surprit à sourire dans le noir et avança tel un chat vers l'escalier qui montait à la chapelle.

Il ne fit pas le moindre bruit. L'après-midi, quand personne n'était là pour le voir, il avait pris le temps de monter puis de descendre deux fois les marches et de les compter, ainsi que le nombre de pas qui le séparaient, une fois en haut, de la porte de la chapelle, au cas où celle-ci serait fermée et où il n'aurait aucune lumière pour se guider.

Il découvrit qu'il avait bien fait. Il monta dans l'obscurité d'un pas assuré et ne s'arrêta qu'en haut de l'escalier pour écouter si un bruit lui parvenait de la salle du prêtre. La porte se trouvait sur sa droite, en face de celle de la chapelle. Le rai de lumière et les voix basses venant de l'intérieur signifiaient que les deux prêtres – le père Benedict et le gros balourd qui accompagnait les nonnes –

veillaient tard, se gavant sans doute d'hosties et de vin de meilleure qualité que celui qu'ils donnaient à l'autel. Les prêtres se portaient bien, et les aumôniers mieux encore, mais s'il en avait été réduit à choisir la prêtrise, il aurait opté pour un couvent de nonnes, où la vie était facile et les femmes nombreuses à portée de main.

Il se moqua de lui-même intérieurement. Il était là en train de penser aux femmes et aux prêtres, alors qu'il avait mieux à faire…

La porte de la chapelle céda sous sa poussée. Il se glissa à l'intérieur, s'arrêta un instant pour vérifier que personne ne l'avait vu et que Lionel et Martyn se trouvaient bien là où il l'avait prévu, agenouillés devant l'autel, lui tournant le dos. Puis il referma la porte avec précaution et se faufila dans le coin sombre le plus proche.

Lionel se tenait tout près de l'autel, Martyn un peu sur sa gauche et en retrait. Son cousin devait avoir les genoux calleux à force de prier en permanence pour rien. Et Martyn ? Giles sourit. Quoi qu'il en soit, il était assuré d'aller tout droit en enfer après avoir passé tant d'heures à faire semblant de prier et à flatter un homme maudit de façon aussi servile. Droit en enfer !

Même de là où il était, Giles remarqua le changement qui se produisit dans l'immobilité de Lionel, aussi soudainement que si la vie l'avait abandonné. Aussitôt, Martyn redressa la tête. Une seconde plus tard, alors que le corps de Lionel était traversé d'un frisson et que sa tête basculait d'arrière en avant, il se leva pour le retenir, mais il ne put empêcher son corps de se convulser violemment. L'impact les projeta tous les deux à terre, et seule la main de Martyn passée sous sa tête empêcha Lionel de se fracasser le crâne. Sans le lâcher, Martyn reprit son équilibre et se mit à genoux, tandis que Lionel, l'esprit absent et le corps secoué de part en part, se tortillait en grognant, ses jambes et ses bras battant le sol, sa tête ballottant dans tous les sens. Martyn essayait de le maîtriser pour lui éviter le pire, ânonnant des prières en brèves rafales, tâchant surtout d'esquiver les bras de Lionel qui tournoyaient tels des moulinets dans le vide.

Giles craignit un instant que les prêtres ne les entendent et ne viennent jeter un coup d'œil, mais ils étaient séparés d'eux par deux lourdes portes et leur propre bonne humeur. Quant au parloir situé au-dessous de la chapelle, il était toujours désert à cette heure. Il était ici à l'abri d'une interruption plus que n'importe où ailleurs. Et si les choses ne devaient pas se faire, pourquoi tout s'était-il enchaîné avec une telle perfection ? Sa patience était à bout, et il serait intervenu où que la prochaine occasion se soit présentée, mais ici, à Minster Lovell, qui irait soupçonner quoi que ce soit ? Qui irait commettre ici de propos délibéré un crime, alors que tant d'autres endroits offraient davantage de sécurité ? Le seul gros problème aurait pu être lord Lovell, mais puisqu'il était parti, personne ne verrait sans doute rien d'autre que l'évidence, ni ne poserait de questions malencontreuses. Non que Giles eût l'intention de laisser la moindre chose compromettante. Il allait s'arranger pour que ce qui était arrivé apparaisse évident, sans qu'il soit nécessaire à quiconque de s'interroger sur quoi que ce soit. Dieu lui-même devait en avoir assez de voir souffrir Lionel pour lui avoir facilité les choses à ce point !

Et maintenant allait se produire ce qu'il attendait. Les soubresauts de Lionel diminuaient. Son corps continuait à s'agiter comme s'il était dans l'incapacité de s'arrêter, sa tête continuait à se balancer, mais les spasmes qui secouaient ses jambes et ses bras s'espacèrent, jusqu'à ce qu'il se retrouve étendu là, à plat sur le dos, la respiration profonde entrecoupée de râles, toujours inconscient mais finalement apaisé.

Martyn le relâcha en poussant un grand soupir et s'accroupit. Selon le rituel, il allait à présent le recouvrir d'une cape pour lui tenir chaud, s'efforcer d'apporter un peu de réconfort à ce corps disloqué et inutile, puis attendre dans l'incertitude que Lionel ait recouvré ce qui lui servait d'esprit. Après une crise aussi grave, cela risquait de ne pas être avant l'aube.

Non, pas cette fois, misérable ! promit Giles en silence. D'un pas vif et léger, le bruit de ses mouvements couvert par le souffle lourd de Lionel, il s'avança derrière Martyn.

Le principal problème avait été l'arme. Giles y avait bien réfléchi dans la mesure où elle devrait rester sur place. Autrement dit, il ne pouvait ni se servir de la sienne, ni en apporter une sans raison, d'autant que Lionel se défaisait toujours de sa ceinture et de sa dague quand il savait qu'une crise approchait. Ce qui ne laissait plus que la dague de Martyn. Or en cet instant, à l'instar de tout ce qui s'était passé ce soir selon les désirs de Giles, le problème trouva sa solution. Toujours accroupi à côté du corps de Lionel, Martyn s'était penché en avant, en appui sur les mains et la tête inclinée, le temps de se remettre de la lutte qu'il venait de mener contre la folie de Lionel. La main de Giles se faufila le long de sa hanche et retira la dague du fourreau avant même que Martyn ait réalisé qu'il n'était pas seul.

Il la sentit cependant glisser hors du fourreau, et Giles aurait pu frapper à ce moment-là, avant que Martyn ait pu se retourner pour savoir qui l'agressait, mais ce n'était pas ce qu'il voulait. Il tenait à ce que Martyn sache qui l'avait tué. Il voulait être la dernière chose que verrait Martyn avant de rejoindre l'enfer.

Et ce ne fut pas difficile. Au moment où Martyn, à genoux, commença à se tourner, il lui suffit de le saisir par les cheveux et de le tirer en arrière pour qu'il découvre son visage, trop stupéfait pour penser à résister. Sûr de lui et prenant plaisir à se montrer cruel, Giles lui sourit, vit qu'il le reconnaissait et lui trancha la gorge avec la lame effilée de la dague, très haut sur le cou, tailladant la chair et la trachée d'un coup net.

L'expression de Martyn venait à peine de passer à la surprise lorsqu'elle se figea de stupeur. Il porta ses mains à sa gorge ensanglantée. Giles le poussa en avant. Martyn tendit une main en avant comme pour s'accrocher à quelque chose qui l'empêcherait de mourir, mais plus rien désormais ne pourrait le retenir. Il essaya de lancer un cri entre deux gargouillis, mais il n'avait plus de voix. L'intendant avait beau s'efforcer de vivre encore, il était mort. Pris d'une soudaine exaltation, Giles le poussa de nouveau, l'envoyant s'affaler près du corps de Lionel. Puis il se pencha au-dessus de lui et l'observa jusqu'à ce que le moindre mouvement et le moindre bruit aient définitivement cessé.

Tout avait été trop facile.

CHAPITRE XI

La grisaille de l'aurore se leva en même temps que commencèrent les murmures et l'agitation des dames qui dormaient dans la chambre. L'une d'elles protesta en apercevant la veilleuse éteinte – « ce n'était pas mon tour de vérifier si la lampe était remplie ! » –, tandis qu'une autre ouvrait un volet au fond de la chambre, sur un rectangle un peu moins sombre qui ne permettait guère d'y voir davantage. Un rai de lumière filtrait sous la porte de lady Lovell, mais personne n'aurait osé la déranger. La dame de compagnie chargée de s'occuper d'elle la veille devait se trouver à ses côtés. Qu'on y voie clair ou non, les autres dames étaient censées se préparer pour la journée.

Après tant d'années passées à se lever à minuit et à l'aube au prieuré, s'habiller dans le noir ne posait pas vraiment de problème à Frevisse et à mère Claire. Au moment de se déshabiller, elles avaient disposé leurs chasubles, leurs guimpes, leurs voiles et leurs chaussures de chaque côté du lit. Et tandis que les autres femmes continuaient à se lamenter et à tâtonner, elles les enfilèrent avec célérité. Frevisse piqua la dernière épingle dans son voile alors que mère Claire, déjà prête, faisait le tour du lit pour lui dire à voix basse :

— Nous pourrions aller prier à la chapelle avant qu'arrive le reste de la maisonnée.

Réalisant que c'était une idée qu'elle aurait dû avoir, au lieu de se féliciter de l'adresse dont mère Claire et elle-même faisaient preuve comparées aux autres femmes, Frevisse accepta aussitôt. Elle avait apparemment grand besoin de prières... Après avoir prévenu discrètement l'une des dames, elles gagnèrent la porte à la faible lueur de la fenêtre et sortirent dans le solar. Les fenêtres dépourvues de volets et l'aube naissante leur permirent de traverser la salle sans encombre jusqu'à l'antichambre de la chapelle. La porte ouverte laissait deviner la lumière accueillante de la lampe de l'autel. Mère Claire, qui marchait en tête, se cogna soudain contre le père Henry qui sortait en courant de la chapelle. Tous les deux poussèrent un cri de surprise, mais celui du père Henry trahissait le plus grand affolement. Derrière lui, dans la chapelle, le père Benedict s'écria :

— Que se passe-t-il ? Dieu aie pitié de nous !

Sans y penser, le père Henry avait rattrapé mère Claire par les bras pour lui éviter de tomber. Il s'empressa de la relâcher et ravala les excuses qu'il avait commencé à formuler.

— Les nonnes ! cria-t-il. Ce sont seulement les nonnes !

— Ne les laissez pas entrer ! Pour l'amour du ciel, empêchez-les !

Frevisse n'avait pas l'intention de se laisser faire. Le père Henry s'affolait pour un rien, mais on ne lui faisait pas facilement peur, or c'était bien de la peur qui se lisait dans son regard. Quant au père Benedict, sa voix exprimait l'horreur en même temps que la peur. Pendant que mère Claire se dégageait de l'emprise du père Henry et lui demandait ce qui se passait, Frevisse se faufila dans la chapelle.

Deux corps étaient affalés par terre au pied de l'autel,

et le père Benedict se tenait penché au-dessus d'eux, les mains tendues comme pour les bénir. Mais quand il se tourna vers elle, son expression n'était pas celle de la bénédiction, mais de la terreur aveugle de quelqu'un qui refuse d'admettre ce qu'il vient de voir.

Frevisse, en revanche, vit tout très distinctement. D'abord Lionel, étendu sur le dos, sa poitrine se soulevant comme s'il essayait de s'arracher à un lourd sommeil, sa tête commençant à dodeliner et ses bras à remuer. Et ensuite Martyn, à côté de lui, les bras et les jambes en croix, la tête basculée de telle façon qu'il était impossible de ne pas remarquer la balafre rouge qui lui barrait la gorge ou le trou noir de sa bouche béante.

Frevisse avait déjà côtoyé la mort, et parfois tout aussi horrible, mais elle détourna les yeux, écœurée par tant de laideur, et assaillie par le dernier souvenir qu'elle conservait de Martyn en train de rire aux éclats. En vie.

Jugeant qu'elle n'avait rien à faire là, le père Benedict s'interposa entre Frevisse et le cadavre, la repoussant des deux mains et bredouillant dans son désarroi :

— Ce n'est pas une chose que vous devriez voir, madame. Je vous en prie, partez, ce n'est pas un spectacle pour…

— J'ai déjà tout vu, dit Frevisse.

Lorsqu'elle était devenue religieuse, elle n'avait appris qu'à grand-peine à respecter son vœu d'obéissance, et il lui arrivait encore, s'il le fallait, de faire le choix d'y renoncer.

— Il faut sortir maître Knyvet d'ici avant qu'il ne soit complètement réveillé.

Le père Benedict la dévisagea comme si cette idée lui paraissait trop compliquée pour l'instant.

— Il ne faut pas qu'il voie Martyn comme ça, renchérit mère Claire derrière elle. Père Henry, aidez-moi à le transporter. Dans la chambre du père Benedict, c'est le mieux.

En tant qu'infirmière du prieuré, elle était habituée aux malheurs qui pouvaient advenir au corps humain, et s'il y avait la moindre chance d'aider ou de soigner, elle se battait jusqu'au bout. Mais puisqu'il ne restait plus d'espoir pour Martyn, Lionel était son unique souci. Elle s'avança d'un pas vif, certaine de ce qu'il fallait faire, et Frevisse la suivit, comprenant mieux ce qui avait dû se passer.

Lionel reprenait peu à peu conscience et remuait de plus en plus. L'esprit pragmatique de Frevisse nota que, bien que Martyn soit étendu en partie sur le tapis qui recouvrait les marches de l'autel et le plancher, Lionel n'était pas allongé dessus, et tout le sang s'était répandu sur lui ou autour de lui, laissant le tapis intact. C'était le seul bon point, songea-t-elle, refoulant l'image qui s'imposait de plus en plus de ce qui avait dû avoir lieu, et qui était encore pire que celle qu'elle avait sous les yeux. Une dague ensanglantée était abandonnée par terre à côté de Lionel. Le fourreau vide pendait à la ceinture de Martyn. Apparemment, tout le sang était celui de l'intendant. Lionel semblait n'avoir aucune blessure.

— C'est son démon, déclara le père Benedict derrière elle. Dans sa folie, quand son démon l'a pris, il a tué son homme... Seigneur, ayez pitié ! Seigneur, ayez pitié ! Seigneur, ayez pitié...

— C'est de notre pitié à nous dont Lionel a besoin pour l'instant ! rétorqua Frevisse.

Mais il était trop lourd pour qu'elle puisse le déplacer seule avec mère Claire.

— Aidez-nous, ordonna-t-elle. Il faut le sortir d'ici.

— C'est la seule pitié que nous puissions lui accorder, ajouta mère Claire. Il ne faut pas qu'il voie son ami dans cet état.

Ses arguments, plus que l'ordre de Frevisse, parurent convaincre les deux prêtres. Ils soulevèrent Lionel de la flaque de sang dans laquelle il baignait. Une grande partie de ce sang avait imprégné ses vêtements, mais il lui serait au moins épargné de voir l'acte qu'il avait commis. Mère Claire passa devant pour ouvrir en grand la porte de la chapelle, puis se dirigea vers la chambre du père Benedict.

— Je vais voir lady Lovell, lança-t-elle par-dessus son épaule. Il faut la prévenir au plus tôt.

Frevisse resta dans la chapelle. Laisser seul le corps de Martyn ne fût-ce qu'un moment eût été mal agir. Il était mort dans la violence, sans avoir eu le temps d'accomplir les derniers rites indispensables pour permettre à son âme de quitter son corps sans encombre. Il avait besoin de prières, dès que possible et le plus possible. Frevisse essaya de se concentrer mais se surprit à regarder le sang noirci et la dague abandonnée, cherchant à comprendre ce qui avait pu se passer par-delà la certitude que Martyn avait reçu la mort de la main de son maître. Lionel ne l'avait sûrement pas voulu. Son démon avait dû prendre possession de lui au moment où il avait porté le coup fatal. Non que cela eût la moindre importance. Ce qui comptait était ce qu'ils allaient tous devoir endurer, plus que de savoir comment ou pourquoi c'était arrivé.

Le père Benedict revint seul. Son premier sentiment d'horreur passé, mais évitant de regarder le cadavre de Martyn, il dit calmement :

— Le père Henry va rester auprès de maître Knyvet. Il est assez costaud pour le maîtriser s'il le faut.

— Lui a-t-on dit ? Est-il suffisamment conscient pour comprendre ?

— Pas encore. Il a l'air de quelqu'un à qui il faudra un long moment pour sortir d'un profond sommeil.

Le prêtre se força à regarder le corps de Martyn, au-dessus duquel il traça le signe de croix. Mais lorsqu'il releva la tête et aperçut l'autel, son expression changea du tout au tout.

— Et voilà ce lieu profané ! Peut-être faudra-t-il même le reconsacrer ! Ô mon Dieu, ayez pitié !

C'était un cri du cœur, auquel Frevisse s'associa en silence. Le sang versé avait rendu la chapelle impie, inutilisable. Quelques seaux d'eau et des coups de brosse énergiques viendraient à bout des taches de sang, mais la pollution spirituelle ne serait effacée qu'à l'issue d'un rituel complexe. D'ici là, aucun office sacré ne pourrait plus être célébré dans la chapelle.

Le père Benedict s'avança vers l'autel, fit une génuflexion, sortit du tabernacle en argent le petit coffret en or qui contenait les hosties consacrées, refit une génuflexion, puis éteignit ce qui était censé représenter une flamme perpétuelle dans la lampe en verre rouge, symbole de la présence divine désormais impensable en ce lieu. Tous les objets consacrés devraient être emportés et conservés ailleurs en attendant que la chapelle soit de nouveau prête à accueillir des offices religieux. Frevisse ressentait la douleur du prêtre par-delà la sienne.

À l'extérieur de la chapelle, un cri déchirant retentit dans le silence du petit matin. Émue par la souffrance qu'il trahissait, Frevisse, impuissante, se tourna vers la porte ouverte. Lionel savait maintenant ce qu'il avait fait.

Quelques secondes plus tard, des voix et des pas précipités se firent entendre dans l'escalier. Des gens arrivaient, et ils semblaient nombreux.

— Ne les laissez pas tous entrer, dit Frevisse. Seulement ceux dont la présence est indispensable.

Le père Benedict la dévisagea d'un air ébahi, puis, comprenant ce qu'elle voulait dire, rejoignit la porte au moment où arrivaient les premiers curieux.

— Non, non, il vaudrait mieux que vous n'entriez pas, dit-il, leur barrant le passage. Pas tout de suite. Nous voulons maître Holt. C'est à lui de s'occuper de ça. Que quelqu'un aille chercher maître Holt. Prévenez-le que nous avons besoin de lui.

Son autorité suffit à les retenir, mais pas à éviter leur curiosité. Assailli de questions, il y répondit de son mieux. Ne rien dire était absurde, mais la voix du père Henry s'éleva au loin, repoussant quiconque tentait d'entrer dans la chambre du prêtre pour voir Lionel.

Frevisse se détourna du brouhaha de plus en plus assourdissant. Elle alla s'agenouiller près du cadavre de Martyn et se força à se concentrer, récitant la première prière de l'office des morts qui lui vint à l'esprit. *A porte inferi erue, Domine, animas eorum.* De la porte de l'enfer, Seigneur, délivre leurs âmes.

L'âme de Martyn n'était plus, celle de Lionel demeurait prisonnière sur cette terre, mais quoi qu'il advienne maintenant de l'âme du Martyn, celle de Lionel était en plein tourment. L'une comme l'autre étaient en proie à une profonde détresse.

Et cette douleur, Frevisse la partageait. Mais malgré tout, si intenses soient ses prières, elle n'arrivait pas à oublier que le père Benedict continuait à monter la garde devant la porte, et elle pensa le plus grand bien de lui. Il n'avait rien de l'idiot ou du lâche qu'elle avait craint au début. Il n'était qu'un homme arraché à sa routine, et s'il n'avait pas été prompt à réagir, il s'y employait à présent activement. Le soulagement n'en fut pas moins perceptible dans sa voix lorsqu'il s'écria :

— Ah, maître Holt ! Dieu merci, vous voilà ! Pouvez-vous les faire partir ?

L'intendant réussit en tout cas à les faire taire. Il distribua ses ordres d'un ton net et précis, et la clameur confuse des exclamations et des questions retomba, de sorte qu'il entra dans la chapelle en laissant derrière lui ce qui aurait pu passer pour un silence respectueux. Mais quand Frevisse se releva, elle aperçut les regards des curieux qui continuaient à se bousculer sur le seuil, juste avant que maître Holt leur ferme la porte au nez.

L'intendant chercha à évaluer si Frevisse était une aide

ou une gêne, ou quelqu'un qu'il pouvait ignorer. Pour montrer que cette dernière possibilité lui convenait, elle s'éloigna à bonne distance. Soulagé, maître Holt se retourna pour examiner d'abord le cadavre, puis la flaque de sang sur le sol.

— C'est là qu'était étendu maître Knyvet ?

Le père Benedict s'était rapproché de quelques pas.

— Oui. Il se repose dans ma chambre. Le père Henry est auprès de lui. Il est couvert de sang.

— Mais il n'est pas blessé ?

En voyant l'expression du prêtre, Frevisse réalisa qu'aucun d'eux n'avait pensé à s'assurer que Lionel n'avait pas de blessure.

— Non, non, je ne crois pas. Ou alors très légèrement.

— Donc tout ce sang est celui de Gravesend, et maître Knyvet en a aussi beaucoup sur lui.

— Oui.

Le regard de maître Holt revint sans hâte sur Martyn.

— L'entaille à la gorge est trop haute pour avoir saigné en abondance. Que s'est-il passé pour qu'il y ait autant de sang sur maître Knyvet ? Gravesend a dû tomber sur lui après qu'on lui a tranché la gorge. Mais ce n'est pas dans cette position qu'on les a trouvés. Que s'est-il passé ?

Il se posait la question à lui-même, mais Frevisse avait déjà retourné le problème. Oubliant qu'elle n'était pas censée prendre part à la discussion, elle répondit :

— Ils sont tombés comme ça, et puis Martyn a été rejeté au moment où le corps de Lionel a eu un dernier spasme.

L'intendant acquiesça, sans détacher les yeux de Martyn.

— C'est ce qui a dû se passer, convint-il. Et ensuite, ils sont restés là toute la nuit, jusqu'à ce que l'autre prêtre et vous-même veniez préparer la chapelle pour la messe.

Le père Benedict hocha la tête en soupirant. Son visage trahissait sa tristesse pour ce qui s'était passé dans sa chapelle, mais n'exprimait plus ni peur ni stupeur. La première impression d'horreur était passée pour laisser place aux aspects pratiques.

— Laissez-moi emporter cela, dit-il, montrant le coffret en or qu'il tenait toujours à la main. Il ne peut plus rester ici. Après quoi, si vous voulez le faire emmener, je veillerai à ce que l'on dise des prières pour lui. Il faut consulter lady Lovell à propos de la messe de ce matin. Nous pouvons la célébrer dans l'église, j'imagine. L'évêque doit être averti au plus vite.

— Je pourrais lui dépêcher un messager quand j'enverrai quérir l'enquêteur de la Couronne, proposa l'intendant.

— Bien, bien. Je vais rédiger une lettre à son intention.

Le désarroi du père Benedict était de nouveau palpable, quoique de manière différente.

— Il va falloir nettoyer tout ceci, bien sûr. Mais ce ne sera pas possible tant que l'évêque n'aura pas donné son accord pour un nettoyage rituel, et qui sait quand cela sera ? Toute cette histoire est terrible, vraiment terrible !

— Le père Henry peut vous aider, suggéra Frevisse avec vivacité.

Le prêtre se rasséréna quelque peu.

— Bien sûr. C'est un homme bon. Et très fort. Oh, dire que je l'ai laissé tout ce temps avec maître Knyvet. Le pauvre homme ! s'exclama-t-il, sans que l'on sache s'il parlait du père Henry ou de Lionel. Et puis, il y a tous ces gens dehors…

Un bruit de voix s'élevait de nouveau derrière la porte, peut-être même plus fort que tout à l'heure. Frevisse imagina que toutes les personnes libres de venir s'étaient agglutinées dans l'antichambre, le solar ou l'escalier, espérant entrevoir quelque chose d'affreux, l'assassin et sa victime.

— Je vais m'en occuper, dit maître Holt d'un air

grave. Et réquisitionner assez d'hommes pour venir examiner le corps avant de renvoyer les autres. Viendrez-vous, madame ? ajouta-t-il, persuadé que Frevisse préférerait partir.

— Non, je reste. Je vais prier pour lui pendant que les choses s'organisent. Si vous le permettez, dit-elle aussi poliment que possible.

Elle n'avait aucune autorité ici pour décider ce qu'elle allait faire ou pas.

Mais maître Holt accepta sans hésiter.

— Ce serait généreux de votre part.

L'intendant avait assez à faire pour vouloir la prendre au mot et la laisser agir à sa guise, le libérant pour s'occuper de tout le reste. Il se chargea de vite faire déguerpir les curieux. Le père Benedict sortit en portant son précieux fardeau. Frevisse se retrouva seule devant le corps de Martyn et face à la mort dans la chapelle qui paraissait étrangement vide depuis que la lampe de l'autel avait cessé de brûler. Le jour était assez levé pour qu'on y voie clair, mais l'impression de sacré avait disparu et l'endroit semblait déserté. Frevisse s'agenouilla de nouveau près de Martyn et, le touchant pour la première fois, elle lui ferma les yeux. Le reste, elle laisserait d'autres s'en charger, mais ce serait bien qu'ils ne tardent pas.

Le corps devenait une enveloppe inutile, une fois l'âme envolée. Mais il fallait continuer à en prendre soin en souvenir du temps où il avait compté.

De nouveau, les paroles de l'office des morts lui revinrent en mémoire.

Sana me, Domine, quoniam conturbata sunt ossa mea. Et anima mea conturbata est valde… Guéris-moi, Seigneur, car mes os ont peur. Et mon âme est grandement terrifiée…

Ces mots convenaient pour Martyn car, quoi qu'il se soit passé entre lui et Lionel, il devait y avoir eu un mo-

154

ment où, entre l'incrédulité face à ce qui lui arrivait et la mort même, Martyn avait dû ressentir la peur – dans son corps, quand il avait reçu le coup, et aussi dans son âme, quand il avait compris qu'il allait mourir. Ce moment n'avait sans doute pas duré très longtemps, pas avec une pareille entaille à la gorge, mais assez néanmoins. Il y avait eu un temps pour la peur et, il fallait l'espérer, un temps pour ce qui devait traverser l'esprit de tout homme voulant aider son âme à trouver le salut.

Absorbée dans ses prières, Frevisse ne remarqua la présence d'autres personnes dans la chapelle que lorsque maître Holt l'interpella :

— Madame…

Elle leva les yeux et vit qu'il avait ramené une demi-douzaine d'hommes – plusieurs écuyers et des gentils-hommes du manoir –, afin de leur montrer tout ce qu'il y avait à voir concernant la position du corps et l'emplace-ment, de manière qu'ils puissent témoigner lorsque vien-drait l'enquêteur. Giles, le cousin de Lionel, se trouvait parmi eux.

Il s'était écarté du cercle que formaient les autres pour observer le corps et le sang de plus près. Frevisse ne lui jeta qu'un bref coup d'œil, qui toutefois lui suffit. Si elle y avait réfléchi plus tôt, elle ne se serait pas le moins du monde attendue à voir Giles pleurer la mort de Martyn. La haine qu'il lui vouait avait été trop évidente. Mais qu'il exprime sans retenue sa jubilation…

Évitant de le regarder, elle se leva, songeant pour la première fois, par-delà le fait présent de la mort de Martyn, à ce que cela allait entraîner pour toutes ces vies dont il avait fait partie. Sur ce point, maître Giles l'avait manifestement devancée, ce qui se comprenait aisément dans la mesure où il était l'héritier de Lio-nel. Toutefois, Frevisse n'était pas certaine de vouloir connaître ses pensées.

— Lady Lovell vous demande, si vous le voulez bien,

l'informa maître Holt. Il n'y a plus rien que vous puissiez faire ici.

L'intendant tendit la main pour l'aider à se relever, et Frevisse l'accepta. Il ne restait plus rien à faire ici qui ne pourrait être fait aussi bien ou mieux par d'autres, et elle n'avait pas particulièrement envie de s'attarder.

— Où est-elle ?

— Au parloir. En compagnie de l'autre religieuse.

— Et le père Henry ?

— Je pense qu'il est toujours auprès de maître Knyvet.

— Dans la chambre du père Benedict ?

— On l'a transporté dans un endroit plus sûr. Provisoirement, ajouta maître Holt d'une voix contenue.

C'était sa façon de répondre tout en lui faisant comprendre qu'elle en avait assez demandé.

Frevisse n'insista pas. Maître Holt avait mieux à faire que répondre aux questions d'une religieuse, d'autant qu'elle pouvait deviner le reste sans lui. Lionel était enfermé quelque part où il le resterait jusqu'à ce que les choses soient un peu maîtrisées et qu'on le remette au shérif.

Frevisse s'inclina un bref instant pour le remercier, puis s'en alla.

L'antichambre était vide, à l'exception de deux hommes à l'air embarrassé qui avaient été postés là pour renvoyer les éventuels curieux.

— C'est si épouvantable que ça, là-dedans ? lui demanda l'un d'eux, indiquant la porte de la chapelle d'un coup de menton.

Frevisse faillit rétorquer que tout dépendait si on considérait la mort et le sang comme des choses épouvantables, mais elle se ravisa à temps. L'homme ne manifestait là qu'une banale curiosité, comme elle-même l'aurait fait.

— Épouvantable, confirma-t-elle avec le plus grand calme.

Puis elle descendit l'escalier pour se rendre au parloir.

CHAPITRE XII

Au bas de l'escalier, la porte de la chambre des Knyvet était entrouverte. Frevisse aperçut des vêtements éparpillés sur le rebord d'une malle de voyage, preuve qu'on s'était habillé à la hâte. À l'intérieur, hors de son champ de vision, une femme pleurait. Se demandant s'il s'agissait d'Edeyn, elle se tourna vers la porte du parloir qu'une des dames de lady Lovell ouvrit aussitôt en lui faisant signe de venir.

En entrant, elle trouva la réponse à sa question. Lady Lovell et mère Claire se tenaient au milieu de la pièce, et Edeyn était avec elles, la chienne blanche dans les bras.

— ... impossible. Jamais il n'aurait agi ainsi ! se lamentait-elle. Pas envers Martyn. Ni même envers qui que ce soit !

— Nous savons bien que ce n'est pas lui, dit mère Claire, cherchant à l'apaiser. Le démon s'est emparé de lui et...

— Il ne s'empare pas de lui comme ça ! Jamais !

— Mais cette fois, si, dit lady Lovell, dont le visage et la voix avaient perdu leur bel éclat.

L'éclat n'était plus de mise après ce qui était arrivé. Mais la force qu'il cachait avait pris le dessus, en même temps que la gentillesse. Néanmoins, cette gentillesse ne capitulerait pas devant la réalité des faits, fût-ce pour soulager une douleur aussi immense que celle que ressentait Edeyn.

— Regardez, Edeyn, voici mère Frevisse. Laissons-la raconter ce qu'elle a vu.

L'expression de la jeune femme quand elle se retourna vers Frevisse hésita entre le défi et le désespoir, et les deux furent perceptibles dans sa voix lorsqu'elle demanda :

— Qu'y a-t-il de plus à raconter après ce que mère Claire vient de dire ? Qu'y a-t-il d'autre à savoir si vous ne me croyez pas ?

Avec le calme et l'assurance que donne l'autorité, lady Lovell répondit d'une voix posée :

— Je préfère me forger une conviction qui repose sur des faits, et non sur des sentiments. Nous avons écouté mère Claire. Je voudrais maintenant entendre mère Frevisse. Viendront ensuite le père Benedict et l'autre prêtre, et enfin maître Holt, quand il se sera occupé du nécessaire.

— Mais vous refusez de m'entendre ! s'écria Edeyn.

— Je vous ai écoutée. Et je le ferai encore si vous avez autre chose à dire, tout comme j'écouterai quiconque aura quelque chose à dire sur le sujet avant d'en avoir fini.

En l'absence de son mari, c'était en effet à elle qu'incombait de prendre l'affaire en main jusqu'à l'arrivée de l'enquêteur, l'officier royal qui était mandé chaque fois qu'une mort non naturelle survenait. La loi l'y obligeait, et plus elle aurait d'éléments à lui fournir, moins il aurait de difficultés à déterminer la cause du décès et les mesures à prendre.

Or plus tôt ce serait fait et les choses éclaircies, pensa Frevisse, plus vite Edeyn pourrait commencer à les accepter. Entre-temps, regarder la réalité en face lui serait moins douloureux que s'abandonner à ses émotions.

Lady Lovell dut avoir la même pensée au moment où elle posa sa main sur le bras de la jeune femme et lui d'un ton mesuré :

— Contentez-vous d'écouter.

Edeyn se raidit un instant, prête à refuser tout ce qu'on lui demandait, manifestant une colère, un chagrin et une puissance d'obstination que Frevisse n'avait pas soupçonnés. Mais le défi lui était trop étranger et l'obéissance trop habituelle. Dans un sanglot furieux proche des larmes, elle céda, se laissa tomber sur le banc capitonné, le visage enfoui dans le cou de Fidelitas comme un petit enfant contraint de subir ce à qui il préférerait échapper.

Lady Lovell se tourna vers Frevisse et dit avec la certitude d'être obéie :

— Madame, faites-nous part de ce que vous avez vu.

Frevisse courba la tête, signe qu'elle se pliait à sa volonté et reconnaissait la légitimité de sa demande. Ensuite, d'une voix ferme, affichant le moins d'émotion possible, elle décrivit ce qu'elle avait vu dans la chapelle, depuis la rencontre avec le père Henry sur le seuil et ses premières paroles jusqu'au moment où elle avait laissé le cadavre de Martyn à maître Holt. Bien qu'elle ait gardé le regard fixé sur lady Lovell en parlant, elle avait conscience de la présence d'Edeyn, assise immobile en silence, serrant Fidelitas dans ses bras, le visage dissimulé. Et la jeune femme ne releva pas la tête lorsque Frevisse eut terminé.

— C'est ce que mère Claire nous a dit, conclut lady Lovell avec tristesse. Et je n'attends rien de différent du père Benedict ou de votre prêtre. La dague retrouvée à côté de la main de Lionel, est-on sûr que c'est celle de Martyn ?

— Tout ce que je sais, c'est qu'elle se trouvait là et que le fourreau de Martyn était vide.

— Quelqu'un sera en mesure de l'identifier avec certitude, mais il ne reste guère de doute, n'est-ce pas ? Edeyn, comprenez-vous comment ça s'est passé ?

Le visage toujours enfoui, la jeune femme acquiesça d'un signe de tête.

— Et je peux vous assurer qu'il s'agit de la dague de Martyn ! déclara Giles.

La porte n'avait pas été bien fermée, et il était resté sur le seuil assez longtemps pour écouter ce que la nonne avait à dire. Puis il avait poussé le battant pour découvrir qu'il n'y avait là que des femmes. La dame qui aurait dû veiller à la refermer comme il faut lui tournait le dos, buvant comme les autres chaque mot que prononçait la religieuse.

Et dire qu'on prétendait les femmes plus tendres que les hommes !

Giles avait choisi son moment pour intervenir et se réjouit de voir les têtes se tourner d'un air étonné. Mais la façon dont Edeyn releva les yeux, soupira de soulagement et posa la chienne pour se lever et venir se faire consoler dans ses bras le réjouit plus encore. Il l'accueillit volontiers, la serra contre lui et s'adressa aux autres par-dessus sa tête.

— Il ne fait aucun doute que c'est la dague de Martyn. Je viens de le constater à l'instant.

— Et la dague de Lionel ? demanda lady Lovell. Il ne l'a pas sortie du tout ?

— Lionel n'était jamais armé quand il savait qu'il allait être victime d'une crise, répondit Giles. C'eût été imprudent, et il le savait.

— Mais pas parce qu'il risquait de s'en servir, précisa Edeyn en s'écartant de son mari. C'était au contraire parce qu'il risquait de se blesser si jamais il tombait. Il faut l'empêcher de se cogner, quand la crise le prend. Il ne fait jamais de mal à personne.

— Edeyn, la raisonna Giles en l'attirant contre lui. Il l'a pourtant fait cette fois-ci. Martyn est mort.

La sentant se crisper, il la serra plus fort et dit avec une tendresse qu'il n'était pas loin de ressentir :

— Du calme, mon cœur, du calme… Pense au bébé. C'est de lui que tu dois te soucier. Et de toi. Martyn est mort. Lionel l'a tué. C'est une réalité avec laquelle nous allons devoir vivre désormais.

Edeyn fit un petit mouvement de côté, comme pour se dégager, mais il la garda serrée contre lui en murmurant :

— Le bébé, Edeyn. Pense à notre enfant.

La jeune femme s'apaisa, appuya sa tête sur son épaule et demanda en chuchotant :

— Que va-t-il devenir ?

S'adressant moins à sa femme qu'à lady Lovell, Giles répondit :

— Il faut que tu comprennes qu'il ne s'agit pas d'un meurtre banal. Au moment où il a tué Martyn, Lionel n'était pas dans son état normal. La situation est moins grave qu'elle aurait pu l'être.

— Moins grave ? s'indigna Edeyn.

— S'il s'agissait d'un simple meurtre, tout ce que Lionel possède serait confisqué au profit du roi. Mais comme il n'était pas sain d'esprit au moment des faits, tout sera mis sous tutelle, au cas où il guérirait.

Giles jeta un regard à lady Lovell pour s'assurer qu'elle avait bien suivi, mais Edeyn s'indigna avant qu'elle ait eu le temps de réagir.

— Mais il *est* sain d'esprit ! Dès la crise passée, il redevient toujours lui-même !

Elle pivota dans les bras de son mari pour s'en remettre à lady Lovell.

— Est-ce là ce que dit la loi ? Que s'il guérit de sa folie, il est libre ?

— Mais il n'est pas guéri ! rétorqua Giles d'une voix dure, la forçant à se retourner vers lui.

Il ne s'était pas attendu à ce qu'elle comprenne facilement, mais son aveuglement commençait à l'agacer.

— Et il ne le sera jamais, reprit-il. Son démon peut s'en prendre à lui à tout instant. Il n'en sera jamais libéré, et tant qu'il ne le sera pas, il demeurera dangereux !

— Non !

— Edeyn ! s'interposa lady Lovell, sur un ton qui était autre chose que de la gentillesse et exigeait qu'on l'écoute. Votre mari a raison.

Giles s'appliqua à dissimuler son sentiment de triomphe. Si la châtelaine avait un tant soit peu connaissance de la loi, il était bien parti pour passer à la prochaine étape de ce qu'il comptait tirer de la mort de Martyn.

— Edeyn, ma chérie, reprit-il avec douceur, tu dois admettre ce qui est possible et ce qui ne l'est pas.

Puis il lança un regard implorant à lady Lovell.

— Aidez-moi à le lui faire comprendre !

Comme il l'avait espéré, lady Lovell vint chercher Edeyn, l'emmena vers le banc capitonné et s'assit près d'elle en lui expliquant :

— Edeyn, nous savons que ce n'est pas Lionel qui a tué Martyn. Du moins, pas au sens strict. Personne ne croit que Lionel a souhaité la mort de Martyn. Quand c'est arrivé, son démon s'était emparé de lui. Mais c'est lui qui a porté le coup fatal. De sa propre main.

Sa main se resserra autour de celle de la jeune femme.

— Non, écoutez-moi. Il ne sera pas exécuté, mais il ne recouvrera jamais la liberté tant qu'existera la probabilité qu'il puisse recommencer.

— Et comme elle existera toujours, il restera enfermé à tout jamais pour quelque chose qu'il n'a pas fait ! conclut Edeyn. Ce n'est pas juste.

— Pas plus que n'est juste la mort de Martyn, rétorqua lady Lovell. Il n'y a aucune justice dans cette affaire. Le mieux que nous puissions faire, c'est éviter que la situation empire.

Edeyn ouvrit la bouche pour protester de nouveau, mais Giles, qui voulait seulement qu'elle écoute lady Lovell, l'interrompit :

— Il y a plus de justice qu'il n'y paraît. Martyn Gravesend était un rustre malveillant qui ne savait pas tenir sa place. Et comme Lionel a été trop faible pour se débarrasser de lui, son démon l'a fait pour lui. Ça pendait au nez de Martyn depuis longtemps, d'une manière ou d'une autre, et je ne suis pas le seul à le savoir.

Edeyn – quelle imbécile ! – tourna vers lui un visage incrédule qui frisait la colère, mais il soutint son regard, et elle eut la présence d'esprit de lire ce qu'il exprimait et de ne pas insister. Lady Lovell, qui n'avait rien remarqué, poursuivit :

— Nous ferons au mieux. Selon toute vraisemblance, Giles se verra confier la tutelle du domaine Knyvet. Ce serait le plus simple, puisqu'il est en fait l'héritier. Mon époux aura son mot à dire en temps voulu, et je suis certaine qu'il ira dans ce sens. Par conséquent, l'héritage de votre enfant est sauvegardé. C'est à prendre en considération.

La tête maintenant penchée en avant, Edeyn dégagea sa main, qu'elle posa sur son ventre d'un geste protecteur.

Giles en profita pour venir vers elle, puis il s'agenouilla et posa sa main sur la sienne.

— Notre fils va tout arranger. Ne le vois-tu pas ? Au bout du compte, tout ira bien.

— Mais pas maintenant, murmura Edeyn sans relever la tête. Et jamais pour Lionel.

— Pour lui aussi, dit Giles avec tendresse, voyant que l'affaire se déroulait selon ses vœux. Nous ferons notre possible. Il devra être enfermé quelque part, et gardé, parce qu'on ne peut plus le laisser libre de ses mouvements.

Edeyn trembla, refoulant ses larmes avec plus de combativité qu'il ne l'aurait cru, mais insista :

— Ce n'est pas juste ! Lionel n'est pas dangereux.

Seigneur, quelle ignorance ! Se forçant à rester calme et aimable, Giles dit :

— Mais si, il est dangereux ! Va voir le corps de Martyn, si tu ne le crois pas.

À ces mots, sa résistance céda, et elle laissa échapper un sanglot.

— Mon cœur, nous l'avons protégé aussi longtemps que nous l'avons pu. Désormais, la seule chose possible est de demander que sa garde me soit confiée, ainsi que celle de ses terres. Ce sera pour le mieux. Il restera enfermé, il le faut, mais nous nous occuperons de lui mieux que personne, et avec plus de gentillesse.

Edeyn redressa la tête et se tourna vers lady Lovell avec un soupçon d'espoir.

— Est-ce que ce sera possible ? On nous le permettra ?

— C'est fort probable, répondit lady Lovell. Je pousserai mon époux dans ce sens, soyez-en sûre.

Réprimant son envie de sourire, Giles s'inclina pour montrer qu'il lui était reconnaissant d'une telle faveur. Ces imbéciles lui facilitaient la tâche à merveille. Même les quelques mensonges qu'il avait dû proférer étaient si bénins qu'il n'avait plus besoin d'y repenser. La mort de Martyn était si évidemment le fait de Lionel que, même si lord Lovell avait été présent, cela n'aurait pas posé de gros problème. Et puisqu'il n'avait que des femmes à affronter, c'était encore plus simple. Il fallait juste qu'il présente les derniers éléments à sa manière. Il n'avait qu'à laisser Edeyn en finir avec sa souffrance ridicule et ses pleurs, et plus aucun obstacle ne se dresserait sur sa route, hormis ce que la loi déciderait dans les prochains jours. Après quoi, ils rentreraient chez eux, tout serait enfin à lui, et il pourrait diriger les choses comme il l'entendait. Y compris Lionel.

Satisfait de l'aide que lui avait apportée Edeyn, bien malgré elle, il lui donna une petite tape sur le ventre, puis il se releva et lui attrapa les mains pour la faire lever à son tour. Il lui entoura la taille de son bras.

— Tu devrais venir te reposer un moment, mon cœur. T'allonger un peu.

Il la confierait à sa servante, elle pourrait pleurer tout

son saoul, et on n'en parlerait plus.

Mais tout en s'appuyant contre lui avec cette douceur qu'il aimait tant, Edeyn protesta :

— Quelqu'un devrait aller voir comment va Lionel. Il souffre sûrement. Je pourrais…

— Non ! s'exclama Giles, avec plus de dureté qu'il ne l'aurait voulu.

Bon sang ! Quand allait-elle comprendre que Lionel était un dangereux assassin et qu'il valait mieux le laisser pourrir dans son coin ?

Il resserra son bras autour de sa taille lorsqu'elle se crispa en tentant de lui échapper. Avant qu'il ait pu la serrer davantage, la plus grande des deux religieuses proposa :

— Je peux y aller, si vous voulez. Je peux aller voir comment il va et vous donner des nouvelles.

Edeyn s'abandonna à l'étreinte de Giles et dit, reconnaissante :

— Vous voulez bien ? Ce serait très gentil. Pouvez-vous y aller maintenant ?

La nonne inclina la tête en signe d'acquiescement. Giles la remercia à son tour par-dessus la tête d'Edeyn. La curiosité macabre et l'occasion d'en parler par la suite étaient sans doute les vraies raisons de son offre. Mais, en ce qui le concernait, il ne voyait pas de mal à ce qu'elle se fasse plaisir, du moment que cela l'aidait à tranquilliser Edeyn. Parce qu'il avait obtenu ce qu'il voulait, il poussa Edeyn vers la porte avec aménité, lançant à la cantonade :

— Allons, viens, mon amour. Ça va aller. Je te le promets. Viens.

Cette fois, Edeyn se laissa emmener sans résister.

CHAPITRE XIII

Frevisse ne se souvenait pas à quand remontait la dernière fois où elle avait eu l'envie furieuse de gifler quelqu'un, mais le mépris à peine dissimulé dans lequel il tenait les pauvres femmes lui démangeait sacrément le bras. Edeyn était-elle assez stupide pour le tolérer ? Ou le caractère inaltérable du mariage l'obligeait-il à fermer les yeux ?

À moins que la faute n'incombe à Frevisse, qui trouvait l'insolence de Giles insupportable...

Elle avait peu de tolérance pour les imbéciles, elle le savait. « Ne juge pas, si tu ne veux pas être jugé » était un ordre qu'elle avait trop souvent oublié d'appliquer. À travers les pénitences, elle avait réussi à s'amender de ce défaut au fil des ans, mais elle avait perdu une bonne part de ses bénéfices depuis que mère Alys avait été élue prieure. Et voilà qu'elle retombait dans ce travers, qu'elle jugeait Giles sur son manque de compassion pour le mal de son cousin et sur son absence d'émotion devant la mort de Martyn. Ces deux caractéristiques ne représentaient pourtant qu'une part de lui, comme la couleur de ses cheveux ou la forme de ses yeux, quelque chose contre quoi il ne pouvait rien, et sur quoi elle devrait s'abstenir de le juger.

Néanmoins il l'agaçait, comme un clou qu'on racle

sur la pierre, de sorte que ce fut un soulagement de le voir s'en aller.

Frevisse fit la révérence à lady Lovell et dit :

— Avec votre permission, je vais faire sans plus attendre ce que j'ai promis à maîtresse Knyvet.

Lady Lovell approuva d'un signe, ne lui accordant qu'en partie son attention. L'inquiétude tirait ses yeux, et son visage était tendu par des pensées désagréables.

— Il a raison, à propos de Lionel, dit-elle. Il ne recouvrera plus jamais la liberté. Pourtant, la plupart du temps, il sera en pleine possession de ses moyens et aura conscience de ce qui lui est arrivé, de l'acte qu'il a commis.

— Et pourrait commettre encore, compléta mère Claire. Une peur constante encore pire que celle qui l'habitait déjà.

Le regard de Frevisse se posa sur la fenêtre la plus proche. Le jardin resplendissait sous les premiers rayons de soleil et l'herbe était encore scintillante de rosée. Vêtues de robes aux couleurs chatoyantes, les dames de compagnie de lady Lovell allaient et venaient par petits groupes en bavardant. Leur maîtresse avait dû les envoyer là pour avoir la paix. Et même s'il ne faisait pas de doute qu'elles discutaient de la mort de Martyn, vu d'ici, elles n'évoquaient rien d'autre que la beauté dans un jardin magnifique, loin du désert affectif dans lequel se déroulerait désormais la vie de Lionel.

— Quelle est la mer la plus vaste et la plus facile à traverser ? s'entendit-elle demander.

Lady Lovell et mère Claire la dévisagèrent d'un air intrigué. Frevisse secoua la tête, furieuse contre elle-même, car elle n'avait pas voulu poser sa question à haute voix.

— C'est une devinette, reprit-elle. Regarder dans le jardin m'y a fait penser. C'est tout.

Mère Claire essaya de suivre son raisonnement.

— Ce n'est pas la mort, n'est-ce pas ? Elle est vaste comme l'éternité, mais on ne saurait la…

— Non. C'est la rosée dans l'herbe. Excusez-moi. Je repensais au jeu de devinettes que Lionel, Edeyn et Martyn partageaient, au plaisir qu'ils y prenaient, quand j'ai soudain réalisé…

Elle laissa sa phrase en suspens, refusant d'exprimer tout haut sa pensée. Lady Lovell s'en chargea à sa place.

— … qu'il n'y aurait plus jamais de devinettes, dit-elle d'une voix douce mêlée de tristesse. Sauf une : comment vivre en sachant ce qu'il a fait ?

Frevisse hocha la tête, se signa, puis fit la révérence et sortit.

Arrivée devant la porte de la grande salle, elle se rendit compte qu'elle avait oublié de demander où Lionel était emprisonné. Mais à en juger par la foule amassée et le vacarme des voix, elle l'apprendrait sans peine auprès du premier venu. Personne dans le manoir ne devait plus rien ignorer du drame. La plupart des gens semblaient s'être réunis dans la grande salle et en parlaient avec excitation.

Frevisse battit en retraite. Au couvent, elle vivait toujours en communauté, rarement seule, mais c'était un compagnonnage restreint, limité en nombre comme en bruit, sans commune mesure avec cet excès des deux à la fois. Elle se rendit compte qu'elle n'avait aucune envie de s'aventurer là. En outre, elle avait autre chose à faire avant d'aller voir Lionel, et elle pourrait apprendre en même temps où il se trouvait. Prenant acte de ce double motif, elle esquissa un petit sourire et repartit vers l'escalier.

L'antichambre de la chapelle était vide et silencieuse, mais des voix d'hommes parvenaient de l'intérieur de la chapelle. Lorsqu'elle s'approcha, un domestique sortit pour l'enjoindre de repartir, mais elle le prit de court.

— Je dois voir maître Holt. Ou le père Benedict.

L'homme retourna dans la chapelle et réapparut quelques secondes plus tard pour la prier d'entrer. Il avait l'air de douter que c'était sage, et était en même temps curieux de voir sa réaction face à ce qui l'attendait. Il ignorait de toute évidence qu'elle était déjà venue, de sorte qu'elle ne découvrirait rien d'extraordinaire. Le corps de Martyn avait été emporté, et il ne restait plus que les traces de sang sur le sol.

Maître Holt était penché au-dessus, entouré de quatre hommes parmi lesquels Frevisse eut la surprise de reconnaître le jeune John Naylor. Ils relevèrent les yeux lorsqu'elle vint les rejoindre. Maître Holt paraissait beaucoup plus épuisé qu'il n'aurait dû l'être si tôt dans la journée, et plutôt morose, pas même réconforté de constater que le sang n'avait pas traversé le plafond du parloir.

— À moins que… Viendriez-vous nous annoncer que… ? s'inquiéta-t-il en la voyant.

— Non. Il n'y a pas de sang en bas, répondit-elle.

Frevisse examina les taches. La plus grande suivait en partie le corps de Lionel, à l'endroit où elle se rappelait l'avoir vu étendu, et où Martyn avait dû tomber sur lui. Une autre plus petite se trouvait là où avait continué à couler le sang quand Martyn avait roulé – ou avait été jeté ou poussé. Et une troisième, moins large que les deux autres…

Frevisse se pencha au-dessus. Les deux autres formaient des flaques plus épaisses, aux contours clairement délimités. Celle-ci ressemblait davantage à une trace et se trouvait un peu en retrait, entre les deux corps tels qu'elle les avait vus. Mais, compte tenu de la position qu'avaient eue Lionel et Martyn, elle ne comprenait pas comment elle avait pu se former.

Elle se serait volontiers attardée encore un peu, mais maître Holt l'interrompit :

— Bon, ça ira. Bien que je ne sois pas sûr que nous

arriverons à les faire disparaître complètement. Mais nous en avons assez vu.

Il jeta un regard aux autres hommes pour recueillir leur assentiment, et ils acquiescèrent.

— On peut donc nettoyer.

Se souvenant de la raison de sa venue, Frevisse se tourna vers lui.

— Lady Lovell m'a demandé d'aller voir comment va maître Knyvet afin d'en informer ses gens. Mais d'abord, j'ai pensé qu'il fallait que je sache ce qu'on avait fait du corps de son intendant de manière à le lui dire. Le savoir pourrait lui apporter un peu de réconfort.

— Que Dieu lui apporte tout le réconfort qu'il pourra trouver ! dit maître Holt avec sincérité, ce dont Frevisse lui sut gré. Les prêtres ont emmené le corps à Saint-Kenelm, où il sera lavé et préparé. Il y demeurera jusqu'à l'arrivée de l'enquêteur.

Martyn avait été emmené de la chapelle désormais profanée pour reposer dans le lieu sanctifié le plus proche. Un geste de bonté pour une âme et un corps partis si brutalement, et plus encore parce que, comme Lionel l'avait souligné la veille, saint Kenelm avait lui aussi connu une fin violente et précoce. Il ferait un bon protecteur pour l'âme d'un homme assassiné.

C'était un piètre réconfort à apporter à Lionel, mais c'était mieux que rien.

— Et maître Knyvet ? s'enquit-elle. Où le garde-t-on ?

— Dans la salle des titres. C'est l'endroit le plus sûr, la salle ferme à clé et est facile à garder. Vous la trouverez de l'autre côté du solar, près de l'escalier. Deryk monte la garde. Dites-lui que je vous ai autorisée à entrer.

Frevisse se rappelait la porte qu'elle avait aperçue en montant à l'autre bout de la grande salle. Espérant que ce Deryk la croirait sur parole, elle remercia maître Holt, puis sortit de la chapelle et traversa l'antichambre en direction du solar.

Tout le monde n'était pas dans la grande salle, semblait-il. Plusieurs servantes des dames de compagnie s'étaient rassemblées au milieu du solar et discutaient avec passion. Lorsque Frevisse entra, elles se tournèrent vers elle dans l'espoir d'en apprendre davantage. Les mains glissées dans ses manches, elle baissa les yeux et se serait éclipsée dans un silence plein de réserve si l'une d'elles ne l'avait pas interpellée :

— Vous étiez là-bas, n'est-ce pas ? Dans la chapelle ? Est-ce aussi épouvantable qu'on le dit ?

— J'ignore ce qu'on dit, répondit Frevisse sans lever les yeux ni s'arrêter.

— Qu'il y a du sang partout, même sur l'autel et autour. Que l'évêque va devoir venir pour chasser les démons. Que…

Sans ralentir le pas, Frevisse répondit :

— Il y a du sang à l'endroit où les hommes sont tombés. C'est tout. L'autel est intact.

La femme se mit en travers de son chemin pour insister.

— Mais est-il vrai que…

Frevisse s'arrêta net pour la regarder droit en face et lui intimer le silence. Puis, l'œil froid et la voix coupante, elle ajouta :

— Quand son démon l'a saisi hier soir, maître Knyvet a tué son intendant dans la chapelle. C'est un grand chagrin pour tous ceux qui les connaissaient. Voilà tout ce que vous avez besoin de savoir. Il n'y a rien de plus à en dire.

Ces deux dernières phrases n'étaient certes guère satisfaisantes. Elle leur en avait dit beaucoup moins qu'elles l'espéraient, et elles en diraient bien plus une fois qu'elle serait partie, avides de se repaître du malheur des autres pour apporter un peu de piment à leur vie. Frevisse n'y pouvait rien. Elle voulait seulement s'en aller au plus vite. Quand elle s'avança, la femme s'écarta sans broncher. Elle se dirigea vers l'escalier et descendit les quelques marches qui menaient à ce qui devait être la salle des titres.

Un homme, sans doute le dénommé Deryk, se tenait l'air résolu devant la porte verrouillée. Large d'épaules et fort robuste, les bras croisés sur son pourpoint marron en tissu épais, le visage renfrogné, il opposait une barrière dissuasive à toute personne qui tenterait de forcer le passage. Dès que Frevisse lui eut expliqué que maître Holt lui avait donné l'autorisation de voir le prisonnier, l'homme se dérida, lui adressant un aimable sourire. Sans même poser de question, il se poussa et tourna la clé engagée dans la serrure.

— Attention à la chienne ! prévint-il d'un ton amical. Elle grogne chaque fois que j'essaie de la faire bouger. Mais si vous l'enjambez, elle ne fera sans doute pas attention à vous.

Frevisse eut la surprise de découvrir la petite chienne blanche allongée à ses pieds, la truffe au ras du bas de la porte.

— Fidelitas ! appela-t-elle.

N'obtenant pas de réaction, elle se pencha pour la caresser. Elle avait complètement oublié son existence, après qu'Edeyn l'eut laissée dans le parloir. Elle avait dû se sauver et filer ici.

— Fidelitas, qu'est-ce qu'il y a, ma belle ?

La chienne trembla un peu sous sa main, mais resta concentrée sur la porte. Ce qu'elle voulait se trouvait de l'autre côté. Frevisse se redressa et recula d'un pas en continuant de l'observer, mais l'animal ne lui prêta pas attention et ne bougea même pas une oreille. Cependant, quand Deryk entreprit d'ouvrir la porte, elle se redressa d'un bond, remuant la queue et l'arrière-train comme une folle, le museau dans l'embrasure de la porte.

— Reste ici ! ordonna Deryk.

Il s'apprêtait à la rattraper quand Frevisse l'en dissuada d'un geste de la main.

— Laissez-la aller, si elle le veut à ce point.

Deryk hésita, puis haussa les épaules et laissa la chienne pousser la porte. Juste avant de l'ouvrir en grand, il dit à voix basse :

— Il se tient tranquille, mais je vais laisser la porte ouverte pendant que vous serez à l'intérieur. Comme ça je pourrai le surveiller et venir si jamais il joue au malin. Vous ne craignez rien, n'ayez pas peur.

Il n'était pas venu à l'idée de Frevisse d'avoir peur de Lionel, d'autant plus que la crise était passée et qu'il ne disposait d'aucune arme, mais elle apprécia l'intention et remercia Deryk d'un hochement de tête. Le garde s'écarta, et elle pénétra dans la petite pièce obscure.

C'était là que lord Lovell conservait une grande partie de sa fortune, ainsi que les rouleaux d'archives qui lui étaient essentiels. La salle, avant tout construite dans un souci de sécurité, ne disposait que d'une seule fenêtre, basse et étroite, percée dans le mur extérieur. Cette ouverture et la porte constituaient les seules sources de lumière qui permettaient de distinguer les coffres à armature de fer alignés le long des murs, le couvercle soigneusement cadenassé. Les coffres eux-mêmes étaient enchaînés à des anneaux en fer boulonnés aux murs. La pièce ne contenait rien d'autre, en dehors de Lionel, les poignets et les chevilles entravés par des fers, attaché par une courte chaîne à l'un des anneaux fixés au mur.

Il était assis sur l'un des coffres, recroquevillé aussi loin que ses chaînes le lui permettaient, la tête dans les mains. Ni le bruit de la clé dans la serrure, ni l'arrivée de Frevisse, ni même Fidelitas dressée sur ses pattes arrière qui lui donnait des petits coups de patte sur le genou pour attirer son attention, ne parvinrent à l'intéresser.

Frevisse s'arrêta au milieu de la pièce, ne sachant pas s'il avait envie qu'elle s'approche, ne sachant plus, maintenant qu'elle y réfléchissait et qu'elle le voyait indifférent aux appels de Fidelitas, s'il avait envie qu'elle ou qui que ce soit vienne le voir.

Mais comme ce n'était pas à sa demande qu'elle était ici, elle n'hésita qu'un court instant.

— Maître Knyvet, appela-t-elle.

Lionel tourna légèrement la tête, d'un côté puis de l'autre, montrant qu'il l'avait entendue mais refusait d'en entendre davantage.

Ignorant son refus, Frevisse déclara :

— Je suis venue voir comment vous alliez et vous prévenir de ce qu'on avait fait de Martyn.

Lionel cessa de bouger. Il attendit, et elle fit de même, jusqu'au moment où il se redressa un peu et leva la tête vers elle. Personne n'avait cherché à l'aider à se nettoyer. Tout un pan de son pourpoint était noir et raide du sang séché de Martyn, et la torsion de sa bouche indiquait que le chagrin et l'horreur étaient des blessures encore toutes fraîches. Son visage pas rasé n'était que de la chair tendue sur de larges os, comme si le chagrin l'avait déjà à moitié rongé. D'une voix rauque et suppliante, il dit :

— Si vous n'êtes pas venue me dire qu'il n'est pas mort, que tout cela n'est qu'une erreur, qu'il est en vie et seulement blessé, ou que tout cela est un cauchemar et que vous êtes venue me réveiller, ce n'est pas la peine de rester.

Frevisse n'avait aucune réponse encourageante à lui offrir. Le seul bien qu'on pouvait lui apporter consistait en mensonges qu'elle ne pouvait proférer. Lionel renversa la tête en arrière, gémissant avec une douleur si profonde qu'on aurait dit qu'il ressentait sa propre mort plus encore que celle de Martyn. Fidelitas, qui continuait à lui donner des coups de patte désespérés, essaya de lui lécher le visage. Lionel se détourna et la repoussa.

— Non. Je ne mérite l'affection de personne. Va-t'en.

Le poing fermé, il frappa sur son pourpoint ensan-
glanté en criant à Frevisse :

— Regardez-moi ! C'est la vérité. Tout est là.
Regardez ! Ô mon Dieu !

Il se plia de nouveau en deux, attrapa sa tête entre ses
mains et commença à se balancer d'avant en arrière.

Frevisse s'approcha, lui prit les mains et le força à
s'immobiliser.

— Vous feriez mieux de prier. De prier pour lui. Et
pour vous.

La prière lui donnerait la possibilité d'échapper au
chagrin qui lui torturait l'esprit, l'aiderait à passer du désespoir le plus vif à une sorte d'espoir, si mince et déri-
soire qu'il lui paraisse en cet instant.

— La prière, marmonna Lionel sur le ton du déni sans
relever la tête.

— Oui. La prière.

Lionel redressa la tête et se détourna.

— La prière ! J'ai passé la moitié de ma vie à prier, et
qu'ai-je obtenu en retour ? La mort. Pas la mienne, dont
j'aurais pu me réjouir ! Non, celle de Martyn.

Il se recroquevilla plus encore et répéta en
grommelant :

— La mort de Martyn, pas la mienne…

La souffrance s'atténua quelque peu, réveillant son
désespoir.

— Il n'y a rien à attendre de la prière, murmura-t-il
d'une voix amère.

— Le salut de votre âme. Et de celle de Martyn.

Frevisse avait prononcé ces mots d'un ton cinglant,
non pas par cruauté, mais parce que le désespoir – la dé-
sespérance – comptait parmi les plus graves péchés, ce
dont Lionel n'avait nul besoin. S'abandonner trop longtemps au désespoir deviendrait une forme de folie plus
durable que celle qui s'était emparée de lui la veille. Une
folie qui le détruirait aussi définitivement que Martyn,

mais qui attaquerait son âme au lieu de son corps. Auquel cas, la mort de Martyn semblerait charitable en comparaison.

Frevisse dissimula son soulagement de voir Lionel réagir à ses propos sans retirer les mains des siennes. Elle attendit un moment, et ce fut avec autre chose que la douleur qui l'aveuglait jusqu'alors qu'il dit :

— L'âme de Martyn ?

— Il est mort dans le péché et de façon soudaine, répliqua Frevisse d'une voix à peine moins dure que précédemment, ne montrant rien de sa compassion. Son âme a sûrement besoin de prières.

L'horreur dans laquelle il s'était réveillé le matin avait détourné Lionel de sa conviction de toute une vie. Frevisse s'efforçait maintenant de lui faire rebrousser chemin. Elle récita une prière silencieuse et lut dans ses yeux le début d'une sorte de compréhension. Avec lenteur, il se passa une main sur le visage, comme s'il avait mal ; et sans doute souffrait-il moralement, sinon dans sa chair. Lorsque Fidelitas se frotta une fois de plus contre sa jambe, réclamant son attention, la main de Lionel descendit se poser sur la tête bombée de la petite chienne. Le souffle court et irrégulier, il demanda :

— Où l'ont-ils emmené ?

— À Saint-Kenelm, où vous étiez hier.

Elle avait parlé d'une voix douce. Lionel s'était quelque peu détourné des ténèbres dans lesquelles il avait plongé, mais il faudrait beaucoup de tact pour l'amener à parcourir le reste du chemin. Pourquoi le père Henry l'avait-il laissé ainsi, seul face à son désespoir ? Il fallait que le père Benedict vienne lui parler dès que possible. Pour l'heure, elle pouvait seulement se réjouir de voir Lionel hocher la tête et accepter ses paroles.

— Des prières. Je peux, oui. Au moins ça. Je peux prier pour lui.

— Et l'on priera pour vous aussi.

Il secoua la tête, sans qu'elle sache si c'était pour refuser, pour repousser l'idée parce qu'elle lui semblait déplacée ou parce qu'il pensait que personne ne se soucierait de lui. Mais il prierait, et ce serait bon pour son âme et celle de Martyn. Restait à s'occuper de son corps.

— Vous a-t-on apporté à manger ?

Lionel secoua la tête, l'air de s'en moquer éperdument.

Mais il lui fallait se nourrir, et puis de l'eau pour se laver ainsi que des vêtements propres. Chaque chose représenterait un pas qui l'éloignerait un peu plus de la nuit précédente. Pas après pas. Jour après jour. Frevisse avait suffisamment connu de regrets et de chagrins dans sa vie pour savoir que le temps aidait à guérir. Oh, jamais tout à fait, surtout d'un drame qui vous fendait l'âme à ce point, mais assez pour que l'esprit meurtri parvienne à survivre. Même si ce qui attendait Lionel ne donnait pas envie d'être envisagé de trop près. Pour l'instant, il suffisait que Fidelitas se presse contre son genou et que sa main ait commencé à lui caresser la tête, même s'il n'était qu'à peine conscient de son geste. Une façon comme une autre de s'éloigner quelque peu des ténèbres. C'était une moindre grâce, mais, pour l'heure, elle était la bienvenue.

CHAPITRE XIV

Laissant Deryk avec l'assurance que c'était bien que Fidelitas reste avec Lionel, Frevisse redescendit dans la grande salle. La foule était presque toujours aussi dense, mais les conversations avaient très légèrement diminué depuis que quelqu'un avait fait dresser une table et servir le déjeuner. Manger avait nécessairement réduit les bavardages.

Du haut de l'estrade, Frevisse aperçut mère Claire et le père Henry debout près de la porte opposée, tenant des tranchoirs et des chopes de bière. Mère Claire la cherchait du regard. Quand elle vit qu'elle l'avait repérée, Frevisse leva la main, à la fois pour la saluer et lui demander de l'attendre où elle était. Mère Claire acquiesça d'un signe de tête. Frevisse descendit parmi la foule, s'approcha de la table et se servit à manger. On lui fit de la place, les têtes les plus proches la saluèrent avec respect, mais elle surprit assez de bribes de conversation au passage pour comprendre que l'on continuait à parler de Lionel et de la mort de Martyn.

— Il aurait pu tuer n'importe qui ! assura une femme. La crise aurait pu le prendre n'importe quand et n'importe où, et il nous aurait tués sans prévenir ! Ce que je me demande, c'est pourquoi on l'a laissé si longtemps libre de ses mouvements ?

— Ça n'arrivera plus, c'est certain ! lui répondit-on.

— Pour son homme, par contre, c'est un peu tard, rétorqua quelqu'un.

— Pas aussi tard que ça aurait pu, déclara une autre femme. Mais cette fois, ils vont l'enfermer et jeter la clé.

Aucune compassion ne vibrait dans leurs voix. En revanche, les uns et les autres se complaisaient dans l'horreur, l'indignation et la curiosité malsaine.

Lionel et Martyn étaient pourtant tous les deux des victimes, songea Frevisse. Martyn était mort, mais Lionel avait été l'instrument de la mort de son ami, et il en souffrirait aussi longtemps qu'il lui survivrait.

Le déjeuner se composait de bière et d'épaisses tranches de pain garnies des restes du rôti de bœuf de la veille. Un repas riche comparé à l'ordinaire du couvent, mais Frevisse constata qu'elle ne manquait pas d'appétit. Une femme lui passa une chope de bière tandis qu'elle se servait du pain et de la viande. Frevisse la remercia, avant de s'apercevoir que sa gentillesse n'était pas désintéressée.

— Vous y étiez, n'est-ce pas ? demanda la femme.

En guimpe et en tablier de lin brut, c'était une servante, mais la langue lui démangeait tellement qu'elle en oubliait de tenir sa place.

— Dans la chapelle, insista-t-elle, sans lâcher l'anse de la chope afin de retenir l'attention de son interlocutrice. Vous avez vu le corps et tout le reste ?

— Oui, répondit Frevisse avec une absence foudroyante d'enthousiasme.

Mais les têtes s'étaient déjà retournées, espérant en entendre davantage, et elle comprit qu'elle ferait aussi bien de répondre. Le manque d'informations ne les empêcherait pas de parler, et ce qui n'aurait pas été dit, ils l'inventeraient de toutes pièces.

— Quand je suis arrivée, commença-t-elle d'un ton laconique, tous les deux étaient étendus par terre, maître Knyvet inconscient, dans l'état où son démon le laisse toujours, Martyn Gravesend mort à côté de lui. Il y avait beaucoup de sang...

Voilà ce qu'ils voudraient entendre, et c'était la simple vérité. Mais en décrivant la scène, Frevisse revit tout avec précision : la mare de sang noir dans laquelle baignait Lionel, la marque rouge vif sur la gorge de Martyn et sur le sol près de lui. Il avait dû cesser de saigner au moment où il avait été poussé. Et puis il y avait cette tache moins importante entre eux deux...

— Il paraît qu'il avait d'horribles entailles, dit un homme. Comme si on l'avait frappé de plusieurs coups de poignard.

Frevisse fit non de la tête, puis recula en emportant sa bière et son pain, renonçant à la viande froide.

— Une entaille. Une seule, précisa-t-elle.

— Je vous l'avais bien dit ! se rengorgea la servante qui lui avait tendu la bière en donnant un coup de coude dans les côtes de son voisin. Il a eu la gorge tranchée, voilà tout ! D'un coup propre et net.

Frevisse cessa de battre en retraite prudemment. Son pain dans une main, sa bière dans l'autre, elle réfléchit à ce qui n'allait pas dans ce que venait de dire la femme.

Non, pas dans ce qu'elle avait dit. Ses propos étaient justes. Mais l'entaille...

D'autres questions fusèrent à la ronde. Frevisse secoua la tête en disant :

— C'est tout ce qu'il y avait. Rien d'autre. Juste ça.

Puis elle finit de s'éclipser, se dégageant assez pour rejoindre mère Claire et le père Henry.

Ils l'accueillirent avec calme.

— J'aurais dû vous avertir qu'il fallait les éviter, commenta mère Claire. Ils sont à l'affût de tout et de n'importe quoi.

— C'est normal. Ils veulent seulement savoir, répliqua Frevisse, avec moins d'acidité qu'elle n'en aurait mis quelques minutes plus tôt.

Un seul coup propre et net en travers de la gorge… Elle se secoua mentalement, car il y avait d'autres choses plus pressantes à régler, et se tourna vers le père Henry.

— Maître Knyvet ne va pas fort, il a besoin de nourriture et du réconfort de Dieu. Avez-vous autre chose à faire ou pouvez-vous aller le voir maintenant ?

Le prêtre regarda d'un air coupable la chope de bière dans sa main, puis le tranchoir garni de viande qu'il tenait dans l'autre.

— Je peux y aller tout de suite. J'aurais dû le faire plus tôt. Je suis désolé. Il s'est passé tant de choses…

Il s'éloigna tout en parlant. Le père Henry inspirait plus souvent l'ennui que la gentillesse, mais son désir de bien faire – s'il trouvait comment ! – était si réel et sa sincérité si peu feinte que parfois, comme en cet instant, Frevisse regrettait de se montrer aussi impatiente à son égard. Elle supposait alors qu'il y avait peut-être plus de vertu dans sa simplicité qu'elle n'était en mesure de le comprendre.

— Inutile toutefois de vous presser, mon père, ajouta-t-elle, modérant son ton pour le rassurer. Finissez de déjeuner en paix.

Le prêtre acquiesça mais continua à s'éloigner en mordant dans son pain.

— Mangez, dit mère Claire. Vous avez l'air d'en avoir besoin.

Frevisse considéra le tranchoir dans sa propre main, se rappela pourquoi elle le tenait et commença à manger. Ce faisant, elle dit néanmoins :

— Lionel s'est réveillé au milieu d'un cauchemar dont il n'arrive pas à s'échapper. Et le pire est sans doute qu'il n'en garde aucun souvenir.

— Peut-être, mais c'est un cauchemar dont il est lui-même l'artisan, dit Giles derrière eux.

Debout côte à côte, observant la foule, les religieuses tournaient le dos à la porte qui menait à l'escalier de la chapelle et n'avaient pas entendu Giles approcher. Frevisse sursauta et le regarda par-dessus son épaule, songeant qu'il avait cherché à les surprendre. Elle l'aurait volontiers laissé passer son chemin sans lui répondre, mais mère Claire demanda :

— Lui-même ?

— Vous avez bien vu les libertés qu'il laissait prendre à Gravesend. Son intendant se comportait avec lui d'égal à égal, et non comme un serviteur avec son maître. Ce garçon était un effronté, un obstiné !

— Maître Knyvet semblait s'en accommoder, observa mère Claire.

— Que pouvait-il faire sinon le supporter ? Il n'avait guère de chance de trouver d'autres imbéciles prêts à veiller sur lui pendant ses crises. S'étant mis lui-même à la merci de Gravesend, il n'avait pas d'issue. Hormis celle qu'il a finalement choisie.

Mère Claire émit un petit bruit de protestation. Giles haussa les épaules et esquissa un sourire triste mais compréhensif.

— Pas de propos délibéré, j'en suis convaincu. Il n'empêche que je me demande s'il ne s'est pas abandonné à l'emprise de son démon un peu plus volontiers que d'habitude. La tolérance de Lionel a dû finir par s'user, poussée à bout par l'ambition de Gravesend. Enfin…

Il haussa de nouveau les épaules, d'un geste désapprobateur suggérant qu'il ne fallait pas accorder trop d'attention à ses réflexions.

— Nous ne saurons jamais. Cette histoire est regrettable du début à la fin, voilà tout ce qu'on peut en dire. Mais ceux d'entre nous qui sont en vie doivent se sustenter. Excusez-moi, je vous prie.

Il s'inclina, et elles firent de même, puis il se dirigea vers la table du déjeuner. Elles le regardèrent s'éloigner, et quand il fut à bonne distance, mère Claire murmura d'un air songeur :

— Pourquoi cet homme me déplaît-il autant ?

— Entre autres choses, parce que ce qui se passe dans une famille ne devrait pas en sortir, au lieu d'être claironné devant des gens que l'on vient de rencontrer et que l'on connaît à peine, répondit Frevisse.

Sinon par méchanceté, Giles n'avait pas de raison de leur raconter de telles choses sur Lionel et Martyn. D'autant que, jusqu'à ce jour, il n'avait pas manifesté d'inclination pour leur compagnie, et encore moins pour leur conversation.

— Tenez, dit Frevisse en mettant sa chope et ce qui restait du pain dans les mains de mère Claire. Attendez-moi.

Mère Claire les prit sans poser de question. Elle traversait le monde d'une façon différente de Frevisse, voyant les choses à sa manière, mais toutes deux s'entendaient plutôt bien, ayant appris au prieuré à unir leurs différences dans un même but plus souvent qu'à leur tour. Aussi attendit-elle sans broncher, tandis que Frevisse, comme si elle avait fini de manger et en voulait davantage, retournait vers la table du déjeuner.

Sans hâte, elle se faufila parmi les gens et s'arrêta non loin de Giles, mais sans avoir l'air de s'intéresser à lui, n'ayant d'yeux que pour la nourriture. Si quelqu'un remarquait qu'elle avait déjà été servie, on la prendrait pour une incorrigible gloutonne. Mais il était peu probable que quelqu'un prenne cette peine, étant donné que Giles était en train de se répandre avec complaisance sur ce que tout le monde désirait entendre. Tandis qu'elle piquait une petite tranche de viande sur son pain, il s'exclama :

— Alors, Petir, te voilà débarrassé de ce vieux Martyn, à présent ! C'est fini, il ne t'embêtera plus.

L'homme auquel il s'adressait recula un peu, ébauchant un sourire en coin et un vague haussement d'épaules. C'était un homme d'âge mûr au teint cireux, le cheveu rare et le dos voûté. Frevisse repensa au domestique congédié dont John Naylor avait parlé et devina qu'il s'agissait de lui avant même que Giles explique à la cantonade :

— Gravesend l'avait fait renvoyer. Il avait remonté Lionel contre lui sans véritable motif, sauf que Martyn ne l'aimait pas. Mon pauvre cousin n'était pas le seul à avoir de quoi détester Gravesend. Le plus étonnant, c'est que quelqu'un ne lui ait pas réglé son compte plus tôt !

Il s'interrompit pour faire le signe de croix.

— Mais c'est dommage d'en être arrivé là. Dommage, et déshonorant pour nous tous, conclut-il, se signant de nouveau.

Quelques mains imitèrent son geste et son hochement de tête attristé. Mais ce n'était pas la piété qui intéressait ces gens, c'était ce qu'il racontait. Giles donna une tape sur l'épaule de Petir et se pencha pour lui chuchoter quelque chose à l'oreille. Petir réagit en se forçant à sourire, mais il ne parvint qu'à tordre sa bouche en une mimique disgracieuse. Giles le gratifia d'une dernière bourrade avant de s'éloigner dans la salle.

Les bavardages ne reprirent pas après son départ. Il est vrai qu'il n'avait pas apporté grand-chose de nouveau pour les alimenter. De plus, l'arrivée de maître Holt en compagnie de John Naylor sembla rappeler à tous qu'il était temps de retourner à leurs occupations respectives. Les gens s'éparpillèrent d'un seul coup, faisant semblant d'être très absorbés par la tâche qui les attendait, à l'exception de quelques serviteurs qui restèrent pour débarrasser, et de Petir qui en profita pour remplir sa chope de bière. Frevisse alla se poster près de lui. Il se tourna vers elle et s'inclina avec respect.

— De la bière, madame ?

— Non. Mais je vous remercie.

Comme elle doutait de pouvoir parler longtemps avec lui, elle compta sur l'effet de surprise et demanda :

— Que vous a dit maître Giles, à l'instant ?

L'étonnement donna à Petir un air légèrement idiot.

184

Il finit par rassembler ses esprits et répondit :

— Ce ne sont pas des propos pour une dame.

— Vous a-t-il parlé de la mort de Gravesend ?

— C'est bien ça.

— Dans ce cas, j'aimerais l'entendre. J'ai vu le cadavre. Peu de choses pourraient me choquer. Et lady Lovell veut savoir ce qui se dit.

Ce dernier argument malmenait quelque peu la vérité, mais Frevisse commençait à penser que si des décisions devaient être prises concernant l'avenir de Lionel et de ses biens, mieux valait que lady Lovell en sache plus que ce qu'elle semblait savoir de Giles à ce jour.

Petir hésita, mais il était plus habitué à céder qu'à s'imposer, de sorte qu'il maugréa dans sa chope :

— Il m'a dit que Gravesend avait désormais deux bouches, mais qu'aucune d'elles ne parlerait plus.

— Vous n'aimez pas maître Giles ?

Poser une telle question à un serviteur n'était pas très correct, mais, à défaut d'obtenir une réponse, Frevisse voulait observer sa réaction. Petir resta coi et la dévisagea, puis jeta un coup d'œil dans la direction où était parti Giles avant de baisser de nouveau les yeux sur sa bière. Frevisse tenta une nouvelle fois sa chance.

— Il paraît que c'est Gravesend qui vous a fait renvoyer de chez les Knyvet. C'est vrai ?

Ça, Petir voulut bien en convenir.

— Oui, c'est ce qu'il a fait. En me disant que je serais mieux ailleurs.

— Et vous lui en vouliez beaucoup ?

— À lui ? Oh, bien sûr ! fit le domestique en se renfrognant. Et je lui en veux toujours. Ce n'est pas moi qu'il aurait dû mettre à la porte.

Il se signa en vitesse.

— Mais puisqu'il est mort, je prierai pour lui comme il se doit. Ce n'était pas entièrement sa faute, mais il n'aurait quand même pas dû faire ça.

Frevisse insista en douceur, sachant avec quelle facilité la plupart des gens se laissaient convaincre de parler d'eux.

— Pas entièrement sa faute ? répéta-t-elle.

— Non, c'était à cause de maître Giles. C'est lui qui ne voulait plus me voir dans les parages et qui a insisté pour que Gravesend me flanque dehors. Je savais…

Il commençait à se détendre, voyant là l'occasion d'exposer son grief, lorsqu'un homme cria « Petir ! » du fond de la salle en agitant le bras d'un geste impatient. Le serviteur avala une longue gorgée de bière, salua Frevisse à la hâte, et la pria de l'excuser car il devait partir.

Très vite, avant qu'il ait pu faire un pas, elle dit :

— Mais vous vous trouvez plutôt bien, à travailler ici. Comment êtes-vous arrivé au manoir ?

— C'est elle qui a tout arrangé. Maîtresse Edeyn. Elle ne les a pas laissés faire comme ils voulaient, ça, non !

Dans sa précipitation, les mots s'étaient bousculés dans sa bouche, et il s'était éloigné tout en parlant, mais la chaleur de son ton était très différente de la colère qu'il avait exprimée à l'égard de Martyn et de Giles. Frevisse se demanda si Edeyn savait qu'elle avait un admirateur. Et si cela avait un rapport avec la volonté de Martyn et de Giles de le renvoyer. Que se passait-il d'autre dans cette famille dont elle n'avait pas idée ?

Près de son épaule, mère Claire souffla :

— Nous n'avons pas encore dit les prières matinales, et il ne doit pas être loin de sexte. Tout cela ne vous regarde en rien, vous savez.

— Lady Lovell doit savoir ce qui se dit et quelles rumeurs circulent parmi ses gens.

— Elle a assez de personnes autour d'elle qui peuvent s'en charger ! fit aussitôt remarquer mère Claire avec une pointe d'amusement non dissimulé. Il va falloir trouver une meilleure justification à votre extrême curiosité.

— Je voulais savoir si nous étions les seules à qui

maître Giles aime faire des confidences sur des histoires de famille qui ne nous regardent en rien.

— Et nous ne sommes pas les seules.

— Non, loin de là. À la vérité, je crois même qu'il nous a privées des morceaux les plus drôles.

— C'est l'ennui d'être religieuse. Avec qui parliez-vous, à l'instant ?

— À un serviteur humilié qui a de sérieux griefs contre maître Giles et Martyn, et une profonde admiration pour maîtresse Edeyn.

Soudain plus amusée du tout, mère Claire demanda :

— Auriez-vous trouvé des complications là où personne n'en voit ?

— Pas à propos du serviteur, non. Cette histoire appartient au passé. À moins que vous ne vouliez croire qu'il était aux aguets et qu'il s'est faufilé à pas de loup hier soir afin de tuer Martyn en faisant passer Lionel pour le meurtrier.

— Ce n'est point ce que je veux croire ! se défendit mère Claire. Il m'a plutôt fait l'effet d'un homme trop inquiet pour rester aux aguets, et encore moins capable de commettre un acte aussi vil. D'ailleurs, vous ne le pensez pas non plus.

— Non, en effet. Par contre, plus j'en apprends au sujet de maître Giles, moins je pense que ce serait une bonne chose de lui confier la tutelle de Lionel quand tout sera terminé.

Au lieu de répondre directement, mère Claire attendit quelques secondes avant de demander :

— Et maintenant, que comptez-vous faire ?

— Tenir ma promesse. Aller dire à Edeyn comment se porte Lionel.

CHAPITRE XV

La porte de la chambre des Knyvet était fermée. Frevisse tapa un coup discret, ne voulant pas déranger Edeyn si elle avait réussi à s'endormir ou si elle se reposait. Mais la servante qui, d'un geste brusque, ouvrit la porte au bout d'un quart de seconde ne se souciait manifestement pas de déranger qui que ce soit. Les joues en feu, elle arborait une moue furieuse de colère ou d'exaspération qu'elle aurait dû prendre soin d'adoucir avant d'ouvrir la porte. Se retrouvant face aux deux religieuses, elle afficha un semblant de politesse et parvint à articuler :

— Mesdames ?

Plus grande que la servante, Frevisse put apercevoir par-dessus son épaule un coffre ouvert avec des vêtements éparpillés tout autour. Sa curiosité l'emportant sur ses manières, elle s'avança.

— Nous sommes venues voir maîtresse Knyvet, annonça-t-elle, joyeuse, ne laissant d'autre choix à la servante que de reculer ou d'être bousculée.

La femme sautilla adroitement en arrière en disant :

— Maîtresse Knyvet est sortie.

— Sortie ? fit Frevisse en se figeant.

La servante acquiesça avant d'ajouter une information précieuse.

— Elle n'est pas là.

Frevisse avait pénétré suffisamment loin dans la pièce pour le constater par elle-même.

— J'ai quelque chose à lui dire. Elle m'attendait.

— Oh, elle va revenir très vite. Elle a juste fait un saut à l'église. Pour apporter le beau linceul que lady Lovell lui a donné pour maître Gravesend.

La servante se décomposa. Elle semblait passer d'une émotion à l'autre, et chacune se reflétait instantanément sur son visage.

— J'y serais allée, mais elle a dit qu'elle tenait à y aller en personne, qu'il n'avait aucune famille, que maître Knyvet ne pouvait pas – ma foi, c'est heureux, vous ne trouvez pas ? –, et qu'il fallait que quelqu'un d'autre qu'un domestique aille le voir. Alors elle est partie.

— Ces affaires sont celles de Gravesend ? s'enquit Frevisse en indiquant le coffre sens dessus dessous.

Mère Claire, qui se tenait derrière elle près de la porte, la tapota dans le dos, histoire de lui rappeler qu'elle ne devait pas aller trop loin.

Frevisse l'ignora et observa le visage de la servante reprendre l'air amer et furibond qu'elle avait en ouvrant la porte.

— Ça ? Mais non ! Maître Gravesend voyage… voyageait avec un sac et un petit coffre, un point c'est tout. Ces affaires appartiennent à maître Giles, et on peut dire qu'il en a fait un beau fouillis !

— Et c'est vous qui allez devoir les remettre en ordre, compatit Frevisse avec sympathie.

— Vous avez deviné.

La servante alla ramasser une chemise qu'elle prit par la manche et secoua en l'air.

— Regardez-moi ça, c'était repassé et plié et soigneusement rangé ! Comme tout le reste, d'ailleurs. Il n'avait aucune raison de fouiller là-dedans. Il suffisait qu'il demande pour qu'on aille lui chercher. C'est ce qu'il fait depuis des années. Il ne met jamais la main à la pâte quand il y a quelqu'un à qui il peut donner ses ordres, il a toujours été comme ça. Tout le monde sait qu'il préfère attendre une heure plutôt que de faire lui-même une chose qui prendrait une minute. Alors, qu'est-ce que je dois penser quand j'ouvre ce coffre tout à l'heure et que tout a été retourné à l'intérieur ?

— Et vous êtes sûre que c'est maître Giles qui a fait ça ? demanda Frevisse, sentant mère Claire lui taper de nouveau dans le dos. Ce n'est pas un autre des serviteurs ?

— Il y a peu de chances ! répondit la servante. Ils ne sont pas aussi souillons. D'ailleurs, il était là au moment où je l'ai ouvert et où j'ai poussé un cri. Maître Giles m'a dit en riant comme il le fait quand quelqu'un est tout chantourné : « Eh bien, voilà du beau travail, ma fille. Tu as intérêt à ranger ça avant que j'y jette un œil ! » Comme si c'était moi qui avais mis un fouillis pareil ! Oh, j'ai étendu les dégâts, j'ai tout étalé, mais comment plier, trier et tout remettre en place en s'y prenant autrement ? N'empêche que c'est là que j'ai compris que c'était lui. Parce que, s'il avait cru un instant que c'était ma faute, il m'aurait fait tâter du bâton sur-le-champ. Ou plutôt de sa main, vu qu'il n'emporte jamais son bâton quand il voyage avec maître Knyvet. Maître Knyvet est contre.

Des larmes emplirent ses yeux tandis qu'une nouvelle idée et une nouvelle humeur la traversaient.

— N'est-ce pas pitoyable, pour maître Knyvet ? Fou, ils disent qu'il est devenu, et qu'il a perdu la tête d'un seul coup. Et voilà maître Gravesend mort à cause de ça ! J'aurais volontiers apporté le linceul à la place de maîtresse Edeyn. Je l'aimais bien, maître Gravesend, comme tout le monde. C'était un homme qui avait bon cœur, et jamais une méchanceté pour personne.

À travers ses larmes, son regard fixé sur les vêtements froissés lui faisait penser à quelqu'un dont on ne pouvait pas en dire autant. Mais Frevisse prit les devants et ne la laissa pas en dire plus.

— Tous nos remerciements. Nous irons chercher maîtresse Knyvet à l'église.

Reniflant et ravalant ses larmes d'indignation, la servante les raccompagna, puis referma la porte derrière elles, la chemise toujours à la main.

— Eh bien, voilà maintenant que vous vous mettez à écouter les ragots ! Je ne vous avais encore jamais vue faire ça, remarqua mère Claire dès qu'elles se retrouvèrent seules.

— Vous avez raison.

Frevisse réfléchit à cette vérité, incapable de la nier comme de l'expliquer, y compris à elle-même.

— Allez-vous me dire pourquoi ? demanda mère Claire avec gentillesse.

— Je ne le sais pas encore. Sinon que…

Elle ne termina pas sa phrase. Elle n'avait aucune explication à offrir à sa compagne. Pas la moindre. Elle éprouvait juste une sorte de malaise.

— Sinon que vous le devez, suggéra mère Claire.

— Sinon que je le dois, reconnut Frevisse, s'efforçant de mettre de l'ordre dans ses pensées et ses impressions, qui pour être ténues n'en étaient pas moins réelles.

— Allons-nous retrouver Edeyn ?

Frevisse se secoua légèrement et dit :

— Nous ferions mieux.

La grande salle était déserte, et quand elles sortirent dans le jardin, elles ne virent qu'un jardinier et son aide qui avançaient le long des bordures en arrachant les mauvaises herbes. Frevisse s'attendait plus ou moins à rencontrer Edeyn en chemin, puisque la commission dont elle s'était chargée ne serait pas longue. Au lieu de quoi, elles la trouvèrent au seul autre endroit que Frevisse avait imaginé possible, agenouillée au pied de l'autel, presque à l'endroit où Lionel avait prié la veille.

Ne voyant ni linceul ni la dépouille de Martyn, Frevisse entraîna délibérément mère Claire dans la courte nef pour se rapprocher d'Edeyn et lui faire sentir leur présence. Lorsqu'elles s'arrêtèrent à quelques mètres d'elle et s'agenouillèrent un bref instant pour dire une prière,

Edeyn leur jeta un coup d'œil. Et quand elles se levèrent, la jeune femme fit de même.

— Lionel ? s'enquit-elle.

— Fidelitas est avec lui. Sa compagnie semble lui faire du bien.

Comme c'était la seule chose réconfortante qui lui était venue à l'esprit, Frevisse l'avait mentionnée la première.

— Mais il souffre. Non pas dans son corps, s'empressa-t-elle de préciser devant l'inquiétude instantanée de la jeune femme. Mais sur le plan moral. À cause de ce qu'il a fait. Pour Martyn.

— Mais il ne se rappelle rien, n'est-ce pas ? demanda avec douceur Edeyn.

— Non, rien du tout. Cela ne fait qu'ajouter à sa souffrance. De ne même pas avoir su qu'il commettait un tel acte, tellement il avait perdu l'esprit.

— Il a toujours détesté ne rien savoir de ce qu'il advenait pendant ses crises, dit la jeune femme.

— Où se trouve maître Gravesend ? demanda mère Claire.

Edeyn indiqua une porte latérale.

— Ils le gardent dans la sacristie en attendant qu'il ait été lavé et enveloppé dans un linceul, pour ne pas risquer qu'il y ait du sang ici.

Comme il n'existait aucun moyen raisonnable de demander la permission de faire ce qu'elle voulait faire, Frevisse ne dit rien et se dirigea vers la porte de la sacristie, frappa un coup, puis entra. Derrière elle, mère Claire émit ce qui aurait pu être un début de protestation, mais il était trop tard. À l'intérieur, le père Benedict et les deux serviteurs dont il supervisait le travail levèrent des regards affolés au-dessus du corps dénudé de Martyn.

— Voyons, madame ! commença à s'indigner le prêtre en venant se placer entre elle et le corps du défunt.

Comme si quelque chose pouvait être plus indécent que l'entaille qui l'avait tué ! songea Frevisse. Et cette entaille, il y avait longtemps qu'elle l'avait vue distinctement. De plus, ce n'était pas pour voir le corps de Martyn qu'elle était là. Ses vêtements souillés étaient posés par terre en tas près de la porte. Pour ne pas être impolie, elle salua le prêtre d'un : « Mon père », et s'avança pour ramasser une des chaussures de Martyn et puis l'autre, en examina les semelles et les reposa, tout cela si vite que le prêtre cherchait encore quoi dire lorsqu'elle se redressa. Elle lui fit une petite révérence et ressortit en refermant la porte derrière elle.

Edeyn, trop accablée par ses propres émotions pour se montrer curieuse, ne lui prêta pas attention lorsqu'elle revint dans l'église et continua à parler à mère Claire.

— Il va sans doute être enterré ici. Il n'a plus aucune famille, et Giles dit que le ramener à Knyvet alors qu'il n'a personne là-bas ne vaut pas la peine.

Ce n'était pas surprenant de la part de Giles, qui ne se souciait pas le moins du monde de ce que pouvait vouloir Lionel sur ce point, se dit Frevisse d'un ton acerbe. Pour Giles, Lionel n'était déjà plus une personne, mais un boulet à traîner. Elle garda cependant cette pensée pour elle. La seule amélioration qu'elle avait notée dans son propre caractère était une légère tendance à la discrétion, probablement due à l'âge.

— Je veillerai à ce que des messes soient dites à son intention, poursuivit Edeyn.

Elles avaient commencé à descendre la nef, Edeyn marchant entre les deux religieuses, parlant comme si les mots l'empêchaient de trop penser.

— Le plus tôt sera le mieux. Il ne pourra pas être enterré avant l'arrivée de l'enquêteur, mais il est possible de faire dire des messes. Pourrai-je bientôt voir Lionel ?

Edeyn avait posé cette dernière question au moment où elles arrivaient devant la porte ouverte sur le porche. Frevisse lui répondit le plus honnêtement qu'elle le put :

— Je l'ignore. À mon avis, pas avant un moment.

— Mais on s'occupe de lui, n'est-ce pas ? Il se porte aussi bien que possible ?

— Pour l'instant. J'espère que les choses s'améliore-ront quand nous en saurons un peu plus.

— Qu'y a-t-il de plus à savoir ? demanda Giles, qui ve-nait d'apparaître à l'autre bout du porche en se détachant à contre-jour. Dans sa folie, mon cousin a tué quelqu'un, et puisque nous sommes incapables de prévoir quand cette folie le reprendra, il n'y a d'autre solution que de le garder enfermé le restant de ses jours.

— Je croyais que les crises étaient annoncées par des signes, dit mère Claire. Des avertissements.

Frevisse l'aurait volontiers dit avant elle, mais la colère qui l'envahit soudain en voyant Giles surgir après avoir de toute évidence écouté ce qu'elles disaient la poussa à tenir sa langue en attendant d'être sûre de ce qui pourrait en sortir.

— Oui, dit aussitôt Edeyn. Il y en a un. Il le ressent dans sa chair, dans sa main gauche, une bizarrerie qui l'avertit que la crise est proche.

— C'est le signe que son démon revient se glisser en lui ! s'exclama Giles. Mais maintenant que nous savons à quoi cela aboutit, qui va vouloir rester près de lui la pro-chaine fois qu'il aura une crise ? Martyn a eu la bêtise d'accepter, et voyez ce qui lui est arrivé.

C'était sans doute vrai, mais il aurait pu le dire sans afficher cet air satisfait, songea Frevisse. Elle continua à tenir sa langue, laissant mère Claire intervenir :

— Ma foi, oui, vous avez raison. Madame, si vous voulez bien nous excuser, nous allons nous retirer.

Mère Claire avait commencé à s'éloigner, et bien qu'abandonner Edeyn à un mari si peu tendre soit loin d'être gentil, Frevisse ne trouva pas de prétexte à s'at-tarder. Elle suivit sa compagne, et toutes deux durent contourner Giles qui ne se donna même pas la peine de s'écarter pour les laisser passer.

CHAPITRE XVI

Dans le jardin, Luce vint à leur rencontre afin de les prévenir que lady Lovell souhaitait les voir. Morose, et beaucoup moins bavarde que d'habitude, elle les conduisit non pas au parloir, mais dans la salle où elles avaient discuté des affaires du prieuré avec la châtelaine. Elle les annonça à la porte, mais les laissa entrer seules.

Lady Lovell était, comme la veille, derrière son bureau. Son fils n'était pas là, mais les clercs étaient installés à leurs tables, travaillant dans la douce lumière du soleil qui entrait par la fenêtre du côté sud, surplombant les allées et venues affairées dans la cour. De l'aile ouest parvenaient clairement les bruits des maçons : le tintement du métal sur la pierre, le grincement des poulies, les exclamations de bonne humeur et les ordres. En apparence, Minster Lovell donnait l'impression d'avoir entamé une journée aussi agréable et organisée que celle de la veille.

Mais l'apparence n'était pas tout. En passant près de l'escalier, Frevisse avait ressenti fortement la présence de Lionel au-dessus dans sa minuscule prison, si proche et en mesure de tout entendre ou presque, et en même temps si désespérément coupé du monde et de tout ce dont il aurait dû profiter. À sa manière, il était aussi coupé du monde que l'était Martyn, mais sans bénéficier de la grâce de l'oubli qui l'accompagnait.

Frevisse se demanda si cette pensée habitait également lady Lovell. Bien qu'elle se tînt au même endroit que la veille, son travail étalé devant elle et un sourire aux lèvres pour les accueillir, sa légèreté et son rire avaient disparu derrière la tristesse voilée de son regard. Néanmoins, elle inclina la tête pour répondre à leur révérence et dit avec chaleur :

— Mesdames. Nous tâchons de reprendre le cours de la journée comme il devrait se dérouler, ou presque, et de poursuivre ce qui doit l'être. J'ai parlé à maître Holt et à John Naylor, ainsi que vous me l'aviez suggéré, et j'ai réfléchi au problème. À vous d'apprécier ce que j'en ai tiré.

— Comme il vous plaira, madame, dit mère Claire.

— D'après votre registre, il semblerait en effet que ce soit aux Lovell qu'est revenue la responsabilité de construire le dernier puits, le prieuré devant ensuite assumer en grande part son entretien. Nous sommes tous d'accord pour dire que le prieuré a respecté son engagement, mais, l'usure du temps poursuivant son œuvre, le puits a aujourd'hui besoin d'être approfondi et la margelle rénovée. Vous en êtes d'accord ?

Mère Claire et Frevisse acquiescèrent. Il avait fallu à mère Alys beaucoup plus de mots et de mauvaise humeur pour formuler la même chose.

— Le problème consiste à déterminer qui doit supporter le coût de ces nouveaux travaux. Mon intendant argue que ce doit être le prieuré, puisqu'il est chargé de l'entretien, et le prieuré que c'est à nous de le faire, dans la mesure où le puits doit pour ainsi dire être refait à neuf et que cette charge incombe à lord Lovell.

— C'est cela, madame, confirma mère Claire.

Frevisse hocha la tête pour marquer son assentiment. C'était effectivement là tout le problème.

— Selon moi, reprit lady Lovell, votre registre manque de précision sur ce point. Il consigne ce qui a été réalisé à l'époque, sans stipuler de manière précise ce qui adviendrait ensuite.

— Lorsque le besoin du moment est satisfait, nous avons tendance à oublier le temps qui passe, remarqua Frevisse.

— C'est trop souvent vrai, reconnut lady Lovell dans un sourire. Et c'est ce qui semble être arrivé ici. Mais il est tout à fait possible d'argumenter sans qu'aucun élément ne fasse pencher en faveur de l'un ou l'autre camp. Aussi voudrais-je vous proposer – et aussi bien maître Holt que John Naylor ont jugé cela satisfaisant – que lord Lovell s'occupe de trouver un maître maçon chargé de superviser les travaux, de manière que ceux-ci soient exécutés de façon experte, et qu'il le paie et lui offre un pot de bière une fois le puits terminé. De son côté, le prieuré fournirait les ouvriers et les pierres que nécessite le travail. Qu'en pensez-vous ? Cela vous paraît-il acceptable ?

Mère Claire et Frevisse échangèrent un regard. Ce n'était pas exactement ce que souhaitait mère Alys. La mère supérieure voulait que tout soit pris en charge par lord Lovell, le coût des travaux aussi bien que leur exécution. Cependant, elle accepterait peut-être la proposition étant donné que les employés du prieuré pouvaient être mis au travail sans qu'il en coûte rien à Sainte-Frideswide. De plus, il y avait des pierres en quantité suffisante qui ne coûteraient que le temps nécessaire aux hommes pour les rassembler.

— Je pense, répondit lentement mère Claire, que nous pouvons présenter cette proposition à notre prieure en toute bonne foi et avec un espoir raisonnable.

— Je vais faire rédiger une lettre pour mon intendant et une autre pour votre prieure que vous emporterez en partant.

Lady Lovell paraissait aussi soulagée que l'eût été Frevisse si elle n'avait pas su que mère Alys était capable de refuser l'offre, si juste soit-elle. Mais à chaque jour suffisait sa peine. Elle sourit comme lady Lovell et mère Claire, qui déclara :

— Nous vous remercions, madame. Nous partirons dès que les lettres seront prêtes. Cet après-midi, si cela vous convient.

L'un des avantages de voyager avec fort peu de choses était qu'on pouvait repartir en un clin d'œil. Toutefois, toujours en souriant, lady Lovell rétorqua :

— Alors je vais demander à ce qu'elles ne soient pas rédigées tout de suite, de façon que vous restiez encore au moins une nuit. Mais peut-être êtes-vous pressées ?

— Pas du tout, répondit mère Claire.

C'était la vérité, et l'idée de partir le lendemain matin semblait préférable à Frevisse. Une journée supplémentaire de repos ne ferait pas de mal à mère Claire. Et si elles partaient le matin au lieu de l'après-midi, elles arriveraient à Oxford le soir, ce qui leur éviterait de passer une autre nuit en route. Et puis Frevisse disposerait du reste de la journée pour poser quelques questions qu'elle n'avait pas envie de laisser sans réponse.

Elle avait refusé d'admettre que la mort de Martyn la tracassait, jusqu'au moment où elle avait dû se résoudre à l'idée qu'elle allait devoir ne plus y penser. Le soulagement qu'elle ressentit à ne pas être obligée de partir aussi vite lui fit comprendre l'importance que ces questions revêtaient à ses yeux, en même temps que la profondeur de son malaise. Un malaise assez profond pour que, alors que mère Claire achevait de remercier la châtelaine et commençait à se retirer pour la laisser à ses devoirs, Frevisse ose demander :

— A-t-on pris une décision au sujet de Lionel ?

Mère Claire jeta un regard irrité à sa compagne. La satisfaction d'être parvenue à résoudre un problème s'effaça du visage de lady Lovell tandis que lui revenait à l'esprit un problème plus grave et plus complexe à régler.

— Rien ne peut être fait ou décidé avant l'arrivée de l'enquêteur. On l'a envoyé quérir, mais tout dépend de l'endroit où on le trouvera et dans combien de temps, et s'il sera libre de venir sur-le-champ.

— Avant qu'il n'arrive... commença Frevisse d'une voix hésitante.

— Mère Frevisse ! l'arrêta mère Claire.

Frevisse se força à se taire, mais lady Lovell les regarda tour à tour et dit :

— Oui ?

Frevisse jeta un coup d'œil aux clercs en train de travailler à proximité. Comprenant aussitôt, lady Lovell gagna le fond de la salle, entraînant les religieuses avec elle. Dès qu'elles se furent assez éloignées, elle répéta :

— Oui ?

— Il y a certaines choses dont je ne suis pas sûre concernant la mort de Martyn, dit Frevisse, évitant le regard mécontent de mère Claire.

Cette dernière lâcha un soupir exaspéré.

— Par exemple ? s'enquit la châtelaine d'un ton posé.

Frevisse s'efforça de mettre des mots sur son malaise, se l'expliquant pour la première fois en même temps qu'elle en faisait part à lady Lovell.

— La position dans laquelle on a trouvé Lionel et Martyn allongés ne correspond pas aux taches de sang.

— Aux taches de sang ? répéta lady Lovell, invitant Frevisse à préciser sa pensée.

— À voir la quantité de sang sur les vêtements de Lionel, on peut supposer que Martyn est tombé sur lui, et que c'est là qu'il s'est vidé de son sang, avant de basculer sur le côté à l'endroit où on l'a trouvé, c'est-à-dire près de Lionel.

— Le sang a pu jaillir de la blessure au moment où le coup a été porté, suggéra lady Lovell. Avant que Martyn ne tombe. C'est en général ce qui se passe quand on vous tranche la gorge.

— À condition de la trancher très bas. Mais l'entaille infligée à Martyn se trouvait très haut sur le cou.

Il y avait de longues années que Frevisse n'avait pas participé à une chasse – la dernière fois remontait à son adolescence, avant son entrée à Sainte-Frideswide –, mais elle se rappelait très bien ce détail.

Lady Lovell approuva. La chasse faisait toujours partie de sa vie, et elle avait assisté à suffisamment de mises à mort pour saisir la nuance.

— D'autant que le sang était concentré au même endroit, reprit Frevisse. D'un côté de Lionel et par terre à côté de lui, comme si le sang avait suinté, et non pas jailli.

Plus elle parlait, plus la scène qu'elle avait vue dans la chapelle lui paraissait bizarre. Tant qu'elle n'avait pas passé en revue tous ces détails, elle s'était fiée aux apparences, mais à présent… Cependant, par souci d'honnêteté, elle se força à croire à ce qui semblait à première vue plausible.

— Il se peut que Lionel se soit effondré au moment de porter le coup, et que Martyn soit mort en tombant sur lui. Mais alors, comment expliquer qu'on ait retrouvé Martyn étendu à ses côtés et non sur lui ?

— Un dernier spasme avant de mourir ? avança lady Lovell. Ou parce que Lionel aurait eu un soubresaut ? Il paraît qu'il s'agite beaucoup pendant ses crises.

— Mais il était allongé sur le dos, comme s'il se reposait, comme si on avait pris soin de l'installer dans cette position. Et le sang par terre n'était pas étalé, ce qui aurait été le cas s'il avait fait un mouvement brusque. On aurait dit qu'il était tombé, que Martyn s'était écroulé sur lui et avait perdu des litres de sang, et qu'ensuite Lionel n'avait plus bougé du tout, mais Martyn, oui.

— Martyn a peut-être eu un dernier spasme ? répéta lady Lovell, qui ne cherchait pas à rejeter le problème tel que Frevisse le posait, mais envisageait d'autres hypothèses.

Frevisse demeura silencieuse. Si c'était cela, tout serait simple. Et pourtant...

— Je ne sais pas, dit-elle avant de s'adresser à mère Claire. Dans quelle mesure un homme peut-il encore bouger après une blessure pareille ? Après avoir saigné autant que Martyn l'a fait sur Lionel ?

— La quantité de sang était impressionnante, répondit à contrecœur mère Claire d'une voix lente. Martyn était à n'en point douter inconscient et sans doute déjà mort quand il s'est retrouvé allongé sur Lionel, il y avait tellement de sang... Il a pu tressauter. Il arrive que le corps soit secoué d'un soubresaut lorsque la mort survient trop brutalement. Mais de là à bouger au point de...

Mère Claire s'interrompit, cherchant à se remémorer avec plus de détails qu'elle ne l'aurait voulu la scène vue à la chapelle. Parlant encore plus lentement, elle termina sa phrase :

— ... au point de se retrouver aussi loin de Lionel, non, je ne comprends pas comment c'est possible.

Bien qu'elle ait pris soin de détacher ses mots, détestant chacun d'eux à mesure qu'elle les prononçait, elle était sûre d'elle. Les trois femmes se regardèrent. Si ce qui avait l'air si évident n'était pas possible, que s'était-il véritablement passé ?

— Sur le plancher, entre les deux corps, il y avait une petite tache de ce que je crois être du sang, dit Frevisse avec prudence. Comme une trace de...

Le dire était encore plus difficile que le concevoir.

— ... de pied.

— Une empreinte de pied ? demanda mère Claire.

— Non, rien d'aussi net et défini. Juste une trace. Même pas de la taille d'un pied.

— Il y avait tellement de sang, pourquoi n'y en aurait-il pas eu là aussi ? s'interrogea lady Lovell.

— Partout ailleurs, le sang était épais, il s'était répandu sur Lionel et sur Martyn. Mais cette tache se trouvait à côté, et en couche beaucoup moins épaisse.

Mère Claire faillit faire une objection, mais renonça et attendit, regardant tour à tour Frevisse et lady Lovell. Cette dernière resta silencieuse un long moment. Soudain, elle souleva le devant de sa robe et avança le bout de son pied qu'elle frotta délicatement sur le sol.

— Comme si on l'avait étalé ?

— Oui, c'est ça, confirma Frevisse. Comme s'il y avait eu du sang sur la pointe d'une chaussure, que le pied avait glissé et l'avait étalé.

— Ni l'un ni l'autre n'aurait pu marcher dans le sang une fois le coup donné, observa lady Lovell.

— J'ai déjà examiné les chaussures de Martyn et je n'ai rien trouvé. Je voudrais voir celles de Lionel.

— Ce pourrait être le père Benedict ou votre prêtre qui n'auraient pas fait attention quand ils sont entrés et les ont trouvés.

— La tache était sombre et sèche. Elle était là depuis plus longtemps.

— Assez longtemps pour que quelqu'un soit venu là beaucoup plus tôt, se soit suffisamment approché pour marcher dans le sang et soit reparti sans donner l'alerte pour une raison inconnue ?

— C'est possible, concéda Frevisse.

— À moins que ce ne soit pas du sang, mais une tache qui se trouvait déjà sur le plancher de la chapelle, suggéra mère Claire.

— Auquel cas, elle sera encore là quand je retournerai voir, répliqua Frevisse.

— La chapelle est neuve, lui rappela lady Lovell. Il ne devrait y avoir aucune tache sur le sol.

— L'entaille ! s'écria soudain mère Claire avec effroi.

Les deux autres femmes la dévisagèrent.

— L'entaille ? s'étonna Frevisse.

— Oui, l'entaille ! répéta mère Claire, montrant son cou pour qu'elles comprennent. Il a reçu un seul coup en travers de la gorge. Un seul coup bien net. Un seul. Ne voyez-vous donc pas ?

Un peu tard, Frevisse devina où elle voulait en venir, comprenant enfin ce qui l'avait mise mal à l'aise quand elle avait parlé de la mort de Martyn aux domestiques. Et, à en juger par sa discrète exclamation, lady Lovell avait compris, elle aussi. Malgré tous les récits qui présentaient Lionel tuant sous l'emprise d'une folie délirante due à un démon, il n'y avait qu'une seule entaille. Pas une multitude de coups de poignard distribués aveuglément, et pas le moindre signe de lutte. Une seule entaille et…

Lady Lovell exprima tout haut ce que pensait Frevisse.

— Pour trancher la gorge d'une façon aussi nette, et aussi haut, cette entaille a dû être faite par quelqu'un qui se tenait derrière.

Comme les chasseurs achevaient un cerf dans un taillis. Enfourchant le corps de l'animal jeté à terre, ils lui redressaient la tête et lui tranchaient la gorge d'un coup, non pas en se tenant par-devant, mais par-derrière.

Elles échangèrent un long regard, retournant toutes les trois la même question, mais ce fut la châtelaine qui la formula à haute et intelligible voix :

— Pour quelle raison Martyn tournait-il le dos à Lionel ?

CHAPITRE XVII

Ni Frevisse ni mère Claire n'avaient de réponse. Il était en effet impensable que Martyn ait tourné le dos à Lionel et ait été distrait au point de se laisser prendre sa dague et de se faire égorger par celui qu'il était censé assister et surveiller…

— Et ensuite Lionel serait tombé, allongé bien droit, les mains sur la poitrine, et Martyn aurait attendu jusque-là pour tomber sur lui ? Non, ça ne tient pas, dit lentement Frevisse.

Lady Lovell reprit la parole, la voix aussi posée et presque aussi aimable que d'habitude, mais le regard animé d'une colère froide.

— Il semble que l'enquêteur va devoir poser plus de questions que nous ne l'avions cru tout d'abord. Mère Claire, feriez-vous quelque chose de plus que ce que vous avez déjà fait ?

Un peu à contrecœur, mère Claire acquiesça d'un signe de tête.

— Iriez-vous vérifier si le père Benedict ou votre prêtre ont du sang sur les semelles de leurs chaussures ? Je ne vois pas d'autre moyen de le savoir qu'en demandant à les examiner, mais si vous pouviez vous arranger pour qu'ils ne se doutent de rien, ce serait préférable. Voulez-vous vous en occuper ?

— Oui, madame. Je sais que le père Henry n'a qu'une paire de chaussures. Le père Benedict en possède-t-il plusieurs, et aurait-il pu en changer ?

— Non, il n'a que la nouvelle paire qu'il a reçue à Pâques avec sa rente. Il donne toujours les vieilles, par charité, et pour ne pas garder plus que ce qui lui est nécessaire. Mère Frevisse, en même temps que vous examinerez les chaussures de Lionel, pourriez-vous vous renseigner sur ce qu'il advient exactement pendant ces crises ? Je me suis toujours contentée de savoir qu'il les subissait et de prier pour lui en mettant un point d'honneur à ne pas chercher plus loin. Trop de gens se montrent indiscrets, et il avait besoin d'amis qui ne le soient pas. Mais si nous en savions davantage, peut-être découvrirons-nous que nous avons mal compris et qu'il n'y a en fin de compte pas de problème du tout.

— Bien sûr, madame, s'empressa de répondre Frevisse, ignorant le regard en biais que lui jeta mère Claire, persuadée qu'elle se serait de toute façon renseignée, qu'on lui en fasse ou non la demande.

— Je me garderais d'émettre des doutes sur ce qui n'en fait pas, reprit lady Lovell en secouant la tête, mais s'il est possible que Martyn ne soit pas mort comme nous le pensons, et que Lionel ne l'ait pas tué, alors…

Elle se tut, mais ce qu'elle s'était retenue de dire résonna lourdement dans le silence.

Car si Lionel n'avait pas tué Martyn, quelqu'un d'autre l'avait fait. Et pendant que Lionel se morfondait de désespoir enchaîné au fond d'une pièce obscure, l'assassin se promenait en toute liberté.

Après avoir quitté lady Lovell, les religieuses redescendirent dans la grande salle.

— Avant toute chose, dit alors mère Claire, je pense que nous devrions aller à la chapelle dire l'un des offices du matin. Nous n'en avons respecté aucun.

Envahie soudain de culpabilité, Frevisse réalisa que c'était vrai. La veille, les habitudes si familières de Sainte-Frideswide lui avaient manqué. Et aujourd'hui, elle avait tout oublié de ce qu'elle appréciait tant au prieuré. Aussitôt, elle inclina la tête pour signifier son accord, demandant toutefois :

— Dans la chapelle ?

Bien que souillé par le sang, l'endroit était calme, à l'écart de l'effervescence du manoir, et donc parfait pour prier.

— Oui, répondit mère Claire. D'ailleurs, je doute d'arriver à vous emmener aussi loin que l'église. Maintenant que vous avez l'esprit à ça.

Frevisse savait à quel point sa compagne avait détesté cette matinée passée à s'adonner à ce qui ressemblait à de la curiosité malsaine et à trop de bavardages.

— Mère Claire, je suis désolée.

— De quoi ? De poser des questions ? Vous en posez toujours, mais il semblerait que vous ayez cette fois-ci raison. Il reste pas mal d'interrogations avant de pouvoir condamner Lionel. Mais il y a aussi des prières à dire.

Elle avait dit cela sans agacement ni colère, mais avec fermeté. Sans attendre, elle se dirigea vers l'escalier qui les conduirait au solar, évitant de traverser la grande salle où les domestiques s'affairaient à dresser les tables du dîner. Frevisse la suivit, décidée à ne plus piper mot, mais en passant près de la porte de Lionel, devant laquelle Deryk montait toujours la garde, elle dit :

— Attendez-moi un instant, je vous prie.

Sa compagne n'eut même pas le temps de se retourner et de lui demander pourquoi.

— Deryk, enchaîna Frevisse, je dois revoir Lionel.

Mère Claire manifesta sa désapprobation, mais le garde ouvrait déjà la porte, sans poser de question. Quand il s'écarta pour la laisser passer, Frevisse entra sans regarder derrière elle ni voir l'air contrarié de sa compagne.

Le mince rayon de lumière qui pénétrait par l'étroite fenêtre était plus vif que le matin, mais une grande partie de la pièce avait été plongée dans la pénombre avant que la porte ouverte laisse filtrer la lumière venant de l'escalier. Lionel, recroquevillé sur la malle dans la position où elle l'avait laissé, ne manifesta pas de réaction. Seule Fidelitas, toujours blottie contre son genou, leva la tête pour voir qui venait d'arriver. Par terre contre le mur, la nourriture que le père Henry avait dû apporter n'avait pas été touchée, même par la petite chienne.

Il n'y avait pas de raison particulière de parler. Frevisse lui avait déjà offert le seul réconfort qu'elle était en mesure de lui apporter.

— Montrez-moi les semelles de vos chaussures, dit-elle sans détours.

Lionel se retourna sans un mot, faisant de toute évidence un effort pour s'extraire des profondeurs obscures dans lesquelles il avait sombré. Avec une lenteur qui mit à mal l'impatience de Frevisse, il finit par plier le genou pour tendre son pied en direction de la lumière de la porte. À part des éraflures, il n'y avait rien sur la semelle.

— L'autre, dit Frevisse.

Il n'y avait de trace de sang ni sur l'une ni sur l'autre. Mais cette fois, en reposant le pied, Lionel demanda :

— Pourquoi ?

Elle ne pouvait rien lui dire. Deryk risquait de l'entendre, sans compter qu'il était possible que tout cela ne mène à rien.

— Certaines personnes tiennent à vous. Accrochez-vous à cette idée. Ne l'oubliez pas.

Fidelitas gémit et pressa sa truffe contre le bras de Lionel. Celui-ci posa sa main libre sur le cou de la chienne et plongea ses doigts dans sa fourrure, s'y agrippant comme à une planche de salut.

Frevisse sortit et laissa Deryk refermer la porte.

— Quelqu'un est-il venu le voir, à part le père Henry ?

— Notre prêtre, c'est tout, répondit le garde. Et il n'a pas très bien su s'y prendre avec lui non plus.

Sans adresser la moindre remarque à Frevisse, mère Claire tourna les talons et s'en alla vers la chapelle.

Le sol avait été frotté et sentait la lessive, mais l'endroit paraissait étrangement nu depuis qu'on avait roulé le long tapis au pied de l'autel, lui-même privé du linge blanc et des objets qui le recouvraient d'ordinaire. Au-dessus, la lampe ne brillait plus.

Mais la chapelle restait un endroit propice à la prière, un lieu empreint de sainteté. Frevisse et mère Claire dépassèrent les auréoles humides où l'on avait frotté le plancher et s'agenouillèrent devant l'autel. L'heure des offices du matin et du milieu de la matinée était passée depuis longtemps. Ce serait bientôt none, et elles dirent ensemble les prières et les psaumes. Frevisse se rendit compte qu'elle mettait plus de temps pour arriver à bien se concentrer. Elle crut pourtant y être parvenue lorsque, vers la fin, alors qu'elles récitaient les alléluias du chant pascal, elle s'aperçut qu'elle pensait très fort à la prière de la fin de none. *Misericordia et veritas praecedent faciem tuam, Domine.* La miséricorde et la vérité te précèdent, Seigneur.

Lorsqu'elles eurent fini, Frevisse garda la tête inclinée et continua à prier en silence. Pour demander la miséricorde et la vérité. Et pour qu'il y ait un tant soit peu de miséricorde dans cette vérité lorsqu'on la découvrirait.

Si on la découvrait.

CHAPITRE XVIII

Il était l'heure de dîner. Et Frevisse avait beau appréhender les conversations qui se tiendraient à table entre tous ces gens qui se retrouveraient pour la première fois depuis le matin, elle n'avait d'autre choix que d'y aller.

Par chance, les deux religieuses étaient assises à la haute table, où le nombre de convives avait diminué du fait de l'absence de Lionel, mais aussi de celle de Giles, d'Edeyn et du père Benedict. Lady Lovell s'appliqua à diriger la conversation sur des sujets ordinaires, mais les exclamations et l'animation qui montaient des tables inférieures firent comprendre à Frevisse que tout le monde ne faisait pas preuve d'autant de retenue. L'intérêt pour l'aspect sanglant du meurtre était retombé, laissant place à de multiples spéculations autour de Lionel. Peu importait de savoir que c'était parce qu'il était possédé qu'il avait tué. Ce fait garantissait une pitié volontiers accordée, quoique avec réserve, mais suscitait aussi la peur. Car que pouvait-on attendre d'un homme si aisément possédé, si prompt à perdre l'esprit ? Et à la peur venait s'ajouter l'indignation, un sentiment qui était plus agréable, à la fois parce qu'on ne risquait rien à y céder et parce qu'il apparaissait aussi indéniable que justifié.

À la fin du dîner, les convives retournèrent à leurs tâches ou occupations de l'après-midi.

— Je vais parler au père Henry avant qu'il s'en aille, et ensuite j'irai voir le père Benedict, déclara mère Claire. Et vous ?

— Je voudrais parler des crises de Lionel avec Edeyn.

Mère Claire partit rejoindre le prêtre, qui, d'après leurs gestes, était en train de parler de chiens de chasse avec un employé du manoir.

Frevisse se faufila au milieu de la foule, relevant ici et là des bribes de conversations qui se démarquaient fort peu de ce qu'elle avait entendu jusqu'alors. Tous les commentaires tournaient plus ou moins autour du même thème, résumé par une servante qui s'exclamait :

— Quand je pense qu'ils l'ont laissé tout ce temps libre de ses mouvements ! C'est un miracle qu'il ne soit rien arrivé avant. Un véritable miracle ! Il aurait pu s'en prendre à n'importe qui. Ç'aurait aussi bien pu être l'un ou l'autre d'entre nous !

— Et si on y réfléchit bien, ça risque encore d'arriver, rétorqua celui auquel elle s'adressait. Il paraît qu'il a la force de quinze hommes réunis, quand son démon s'empare de lui. Je vois mal comment des chaînes ridicules, une simple porte et Deryk suffiraient à le retenir ! Plus vite il s'en ira, mieux ce sera.

— Il paraît que le père Benedict a sanctifié les chaînes avec de l'eau bénite pour s'assurer qu'elles résistent, dit une autre servante qui tenait une pile de plats dans les mains et devait être censée débarrasser les tables.

— Mais que peut faire l'eau bénite du père Benedict contre un démon capable de tuer un homme dans une chapelle ? demanda l'homme. S'il l'y oblige, maître Knyvet arrachera ses chaînes et enfoncera la porte pour aller où ça lui chante. Et à ce moment-là, que ferons-nous ?

Frevisse avait réussi à glaner ces quelques phrases en prenant plus de temps qu'il n'en fallait pour marcher jusqu'à la porte, mais elle en avait maintenant assez entendu. Vu la tournure que prenaient les conversations, personne ne se déclarerait satisfait tant que Lionel ne serait pas enfermé dans des conditions aussi dures et rigoureuses que possible, avec la ferme assurance qu'il le resterait. Rien de ce qui avait été dit sur la fréquence irrégulière de ses crises, ni sur le fait qu'il en était prévenu ou qu'il n'avait encore jamais fait de mal à personne, ne changerait quoi que ce soit. Même les rares éléments dont elle disposait pour l'heure en faveur de Lionel ne serviraient qu'à ralentir provisoirement l'enquêteur avant qu'il prononce sa condamnation.

Elle frappa à la porte de la chambre des Knyvet. La servante vint lui ouvrir et annonça sa visite.

— Entrez, l'invita Edeyn. Entrez, je vous en prie.

Elle était assise devant la fenêtre et, sans se lever, accueillit Frevisse avec un sourire d'excuse.

— Je dois observer un repos très strict, me détendre et ne pas me fatiguer, ne serait-ce qu'en faisant les cent pas dans la chambre.

— Votre grossesse est-elle si... délicate ? s'enquit Frevisse, prenant soin de choisir ses mots.

— L'enfant se porte à merveille, que je sache, et moi aussi. C'est mon mari qui s'inquiète. Sans doute parce qu'il ne peut rien faire d'autre pour le bébé et pour moi en ce moment.

Edeyn s'exprimait avec une sorte de légèreté forcée, comme si elle avait une idée précise de l'impression qu'elle voulait donner sans y parvenir tout à fait. Ses efforts n'en étaient cependant pas moins louables. Frevisse, que l'absence de Giles avait surprise, alimenta la conversation en demandant :

— Maître Giles n'est pas là ?

— Il ne supporte pas de rester entre quatre murs. Nous avons dîné, et il est sorti juste après. Pour aller à l'église, je pense. Et il espère s'entretenir avec lady Lovell dans l'après-midi. Savez-vous quand arrivera l'enquêteur ?

Cette dernière question montrait qu'elle n'était pas aussi tranquille qu'elle s'appliquait à en avoir l'air. Il ne s'était pas écoulé assez de temps pour que le messager ait déjà localisé l'enquêteur, et encore moins pour qu'il soit revenu en annonçant le jour de son arrivée.

— Non, pas encore, répondit Frevisse, prudente.

Puis, incapable de se résigner, elle demanda :

— Pourrais-je vous parler de maître Knyvet ?

— De Lionel ? s'exclama Edeyn, sa voix hésitant entre la peine et la joie. Vous l'avez revu ? Comment va-t-il ?

— Je suis repassée le voir avant le dîner. Il ne mange rien, mais ça lui passera. Autrement, il va bien.

— Mais pas son esprit. La douleur doit l'accabler.

Une fois de plus, Frevisse s'étonna de constater que la jeune femme était bien autre chose qu'un joli minois et des manières aimables.

— Non, pas son esprit, reconnut-elle avec franchise.

Et pour adoucir la sévérité de ce qu'elle venait d'admettre, elle ajouta :

— Fidelitas est toujours avec lui.

— Il lui reste au moins une amie, commenta Edeyn.

— Avec vous, cela lui en fait deux.

— Avec moi, répéta tristement la jeune femme, dont le visage avait perdu tout éclat et trahissait l'amertume. Pour le bien que ça lui fait !

— Vous pourriez peut-être lui en faire. Je m'interroge sur une chose, et vous en savez sans doute assez pour me renseigner.

La servante manifesta son désaccord du fond de la chambre. D'un geste, Edeyn lui intima le silence.

— L'idée qu'il faut me traiter comme du verre de Venise n'est pas la mienne, déclara-t-elle d'un air résolu. Demandez-moi ce qu'il vous plaira.

— Qu'arrive-t-il à Lionel quand il est victime d'une crise ? Que fait-il exactement ?

— Il tombe, répondit Edeyn sans hésiter, mais à voix basse, et en observant Frevisse comme pour guetter sa réaction. Il s'effondre. Un peu comme s'il était mort. Soudain, il n'est plus là. Et puis son corps commence à se convulser, à se tordre – la tête, les bras, les jambes, tout en même temps –, et c'est affreux, parce que ce n'est pas lui qui fait ça. Lui n'est plus là du tout, mais quelque chose le pousse à se comporter de cette manière. Ensuite, tout s'arrête, parfois après un dernier grand soubresaut, mais pas toujours. Et il gît là, inconscient, immobile, puis il finit par se réveiller et redevenir lui-même, sauf qu'il est épuisé et reste étourdi un moment.

En parlant, Edeyn avait imité des gestes qui n'étaient pas les siens, mais Frevisse n'était pas certaine non plus qu'ils correspondent à ceux de Lionel.

— S'agite-t-il beaucoup, au plus fort de la crise ?

Edeyn projeta son bras le plus loin possible en roulant la tête dans tous les sens. Aussitôt, sa servante la rappela à l'ordre, mais elle ne lui prêta pas attention et dit :

— Comme ceci. Un peu plus violemment, et ses jambes font pareil. Ses mouvements ne sont pas aussi contrôlés, mais c'est plus ou moins à ça qu'ils ressemblent.

— Et il ne fait rien d'autre ?

— Plus maintenant. C'était le cas autrefois, quand ils essayaient de le maîtriser. On appelait le plus grand nombre d'hommes possible, et ils le maintenaient pour qu'il reste tranquille. Jusqu'au jour où Martyn s'est aperçu que ça ne servait qu'à aggraver les choses, comme si le démon luttait plus fort si on le combattait. Après, c'est lui seul qui s'occupait de faire ce qu'il fallait pour empêcher Lionel de se faire mal, et les crises étaient beaucoup moins dures.

— Depuis quand est-ce que ça se passait ainsi ?

— Oh, depuis de longues années ! C'était déjà comme ça avant que je me marie avec Giles.

— Et comment savez-vous si bien ce qui se passe ?

Edeyn hésita avant d'avouer :

— Une fois, j'étais présente au moment où une crise est survenue sans prévenir. C'était dans le solar, un soir après souper. Il n'y avait que Lionel, Martyn et moi. Giles n'était pas là. Dès que ça a commencé, tous les domestiques ont filé.

Au fond de la chambre, sa servante toussota pour marquer son désaccord.

— Sauf Nan, rectifia Edeyn en ébauchant un sourire. Elle a refusé de partir tant que je resterais là. Après, Martyn a raconté à Lionel que j'étais sortie en même temps que les autres, dès qu'il s'était écroulé, et que je n'avais rien vu de plus, mais ce n'était pas vrai. Il a menti pour lui éviter de se sentir plus mal. Et comme Lionel ne m'a jamais interrogée là-dessus, je n'ai jamais eu à lui mentir.

— Sur le fait que vous l'aviez vu ?

— Oui.

— Mais vous auriez menti, s'il vous avait posé la question ?

— Il ne voulait pas que je sois là. Il ne veut pas que je sache ce qui lui arrive. Apprendre que je le savais l'aurait rendu malheureux. Par conséquent, oui, je lui aurais menti.

Edeyn avait dit cela avec simplicité, moins par défi que par certitude, sans douter ni hésiter une seconde.

— Donc, vous êtes restée. Pour quelle raison ? s'enquit Frevisse, qui croyait déjà connaître la réponse.

— Parce que je préférais savoir ce qui se passait vraiment plutôt que de laisser vagabonder mon imagination. Avez-vous une idée de ce que je m'imaginais, d'après le peu que Martyn et lui racontaient ?

Frevisse en avait une petite idée. Elle avait assez entendu aujourd'hui ce que les gens étaient capables d'in-

214

venter pour supposer le pire. Cependant, elle n'en avait pas terminé.

— Mais pourquoi vouliez-vous en savoir plus ?

Pour la seconde fois, Edeyn hésita. Son visage juvénile se ferma, donnant un aperçu de la femme qu'elle allait devenir – plus forte que l'enfant à laquelle elle ressemblait quand Frevisse l'avait vue le premier jour sur la route, rayonnante, enjouée et férue de devinettes.

— Pour le cas où, comme cette fois, une crise serait survenue sans prévenir, ce qui n'est pas impossible, et où Martyn n'aurait pas été là. Ou…

Edeyn s'interrompit, prenant sur elle pour continuer :

— … ou au cas où il serait arrivé quelque chose à Martyn. Il était le seul à savoir comment aider Lionel. Si je le savais moi aussi, il pourrait compter au moins sur quelqu'un d'autre. Mais jamais je n'ai imaginé que… que les choses tourneraient comme ça.

— Vous aimez bien Lionel, n'est-ce pas ? observa Frevisse.

— Il est bon et gentil, beaucoup plus qu'on ne pourrait s'y attendre, vu le mal dont il souffre. Et puis, il est intelligent. Ensemble, Martyn et lui étaient si…

Elle n'alla pas plus loin, peinée de réaliser qu'ils ne seraient plus jamais ensemble, et que Lionel lui-même…

Frevisse croyait avoir gardé un visage impassible, mais Edeyn avait dû percevoir quelque chose, car elle esquissa un sourire en disant :

— Je sais. Ne vous inquiétez pas. Il y a longtemps que lady Lovell m'a prévenue que je devais faire attention, que les gens risquaient de se méprendre sur mon amitié pour lui. Ce n'est pourtant rien d'autre que de l'amitié. En dehors de Martyn, Lionel a vécu dans une si grande solitude…

Comme Edeyn, songea soudain Frevisse. Giles était peut-être un compagnon, mais il n'était en rien un ami, ni pour elle ni pour personne.

— Et votre mari n'en prend pas ombrage ?

— Giles ? Non, répondit la jeune femme avec une belle assurance. Il est sûr de moi.

Autant qu'elle l'était d'elle-même.

Mais il arrivait au cœur de trahir, de s'en aller là où il n'aurait pas dû. Frevisse se demanda si Edeyn en était assez consciente pour l'éviter, et si Giles s'était posé la question. Mais cela ne la regardait pas, et elle décida de revenir au motif de sa visite.

— La crise de l'autre jour, dans l'après-midi, s'est-elle déroulée comme d'habitude ?

— D'après ce que Martyn en a dit, oui. Il s'agissait d'une de ces petites crises qui surviennent avant une plus grave. Non, rien d'inhabituel. Martyn me l'aurait dit, sinon. Ou bien Giles.

— Votre mari était présent aussi ?

Frevisse ne chercha pas à dissimuler sa surprise. Elle avait pourtant eu la nette impression que Giles trouvait répugnant tout ce qui avait trait à l'affection de Lionel.

— Ce n'est pas dans ses habitudes, n'est-ce pas ?

À part lorsque ses émotions ou sa mémoire l'en empêchaient, Edeyn avait répondu sans se faire prier. Cette fois, une pointe de doute qui n'avait rien à voir avec de la réticence s'insinua dans sa voix, non parce qu'elle hésitait à répondre, mais parce qu'elle réfléchissait.

— Non, dit-elle lentement. Giles s'éloigne le plus possible de Lionel quand il sait qu'une crise se prépare.

— Mais ce n'est pas ce qu'il a fait l'autre après-midi.

— Non.

Edeyn, songeuse, fixait le plancher. Soudain, elle redressa la tête et parla assez bas pour que Nan ne l'entende pas du fond de la chambre.

— Pourquoi me demandez-vous tout ça ?

Frevisse réalisa tout à coup qu'Edeyn n'avait pas considéré ses questions comme de la curiosité indiscrète, et que, dans le cas contraire, elle n'y aurait pas répondu avec autant de bonne grâce. Puisqu'elle lui avait fait confiance, Frevisse répondit avec franchise :

— Parce que lady Lovell m'a donné l'autorisation de poser quelques questions, pour être certaine de bien comprendre tout ce qu'il y a à comprendre au sujet de la mort de Martyn.

Une lueur trop circonspecte pour être qualifiée d'espoir anima le visage de la jeune femme. Frevisse se leva avant qu'elle ne grandisse.

— Avec votre permission, puis-je demander quelque chose à votre servante ?

Edeyn, elle-même sur le point de lui poser une question, se ravisa, trop bien élevée pour insister.

— Je vous en prie, dit-elle.

Et avant même qu'elle appelle sa domestique, Frevisse la rejoignit à l'autre bout de la chambre. La servante la salua d'une petite révérence. Ne trouvant pas de moyen plus subtil d'engager la conversation, Frevisse demanda à brûle-pourpoint :

— Avez-vous découvert pourquoi maître Giles avait mis un tel fouillis dans son coffre ce matin ?

Elle aurait eu du mal à expliquer pourquoi elle demandait une telle chose, sauf qu'elle y voyait une bizarrerie parmi d'autres, et que c'était justement ce qu'elle recherchait : des choses bizarres ne correspondant pas avec l'explication très simple qui avait été donnée de la mort de Martyn, une mort qui, d'ores et déjà, ne paraissait plus aussi simple.

L'indignation de la servante s'enflamma aussitôt.

— Ses autres chaussures ! répondit-elle. Non, mais vous vous rendez compte ? Il cherchait son autre paire de chaussures !

— Ses chaussures ? répéta Frevisse, qui reçut un choc mais prit soin de le cacher.

— Il n'arrivait pas à trouver celles qu'il portait hier. Elles auraient dû être avec ses vêtements, là où on les avait mis hier soir, mais il prétend qu'elles n'y étaient pas. Et pendant que son serviteur et moi sommes partis chercher de l'eau chaude... parce que, si on ne s'en occupe pas, l'eau arrive à peine tiède, et maître Giles ne le supporte pas, ni pour lui ni pour maîtresse Edeyn... C'est donc plus simple d'aller la chercher, et comme ça, on n'en parle plus. Mais aujourd'hui, pendant que nous étions partis, il s'est levé et il a voulu s'habiller. Et comme il n'arrivait pas à mettre la main sur ses chaussures, il a commencé à fouiller et à retourner son coffre pour trouver les autres. D'ailleurs, nous ne savons toujours pas ce qu'est devenue la paire d'hier et, croyez-moi, les ennuis ne seront pas terminés tant que ça ne sera pas réglé !

— Les chaussures qu'il portait hier ? Ce sont celles-là qu'on ne retrouve plus ?

La servante acquiesça, l'air catégorique.

Ses chaussures... Cela pouvait-il être aussi simple ?

Giles avait depuis longtemps pris l'habitude de s'approcher à pas feutrés. Cette méthode lui permettait de surprendre quantité de choses derrière les portes, et même s'il n'y avait rien à entendre, il adorait voir la tête que faisaient les gens lorsqu'il apparaissait soudain.

Cette fois, ce fut à son tour d'être surpris quand il trouva Edeyn et cette idiote de Nan en compagnie de la grande nonne. À voir leur expression, il venait de rater quelque chose qu'il aurait sans doute pris plaisir à entendre. Mais elles s'étaient tues avant qu'il se soit avancé assez près et, chose plutôt incroyable pour trois femmes réunies, elles étaient même restées silencieuses.

Le problème était maintenant de se débarrasser de la nonne. À quelques derniers détails près, il avait gagné. Tout s'était déroulé comme prévu, mais il n'était pas d'humeur à la sainteté. Il avait envie de célébrer sa victoire, mais il patiente. Cependant, il n'avait pas l'intention de passer son temps à se barber en compagnie de cette religieuse au long visage sévère.

Se contentant de lui adresser un bref salut, Giles alla rejoindre sa femme et lui prit ostensiblement la main où il déposa un long baiser, la regardant dans les yeux avant de lui demander :

— As-tu parlé longtemps, mon amour ? Tu ne devrais pas te fatiguer.

— La compagnie de mère Frevisse m'a fait plaisir. Elle est allée voir Lionel et est venue me dire comment il allait.

— Ah oui ?

Giles jeta un regard vers la nonne et sourit in petto. Elle était ici en quête d'informations, c'était clair comme de l'eau de roche. Elle était venue chercher de quoi contenter les bavards. Autant la laisser faire, si c'était ce qu'elle voulait. Pourquoi garderait-il pour lui seul tous les plaisirs que procurait la mort de Martyn ? D'ici une semaine, elle serait rentrée dans son monastère interdit aux hommes, et aurait certes de meilleures histoires à raconter qu'elle ne l'avait imaginé en partant.

— L'humeur à l'égard de Lionel est exécrable dans tout le manoir, déclara Giles d'un air navré. Personne n'apprécie qu'il soit resté aussi longtemps libre de ses mouvements, maintenant qu'on sait qu'il est dangereux.

— Il n'est pas... commença à protester Edeyn.

Giles posa sur elle un regard à la fois apitoyé et sévère, se retenant de lui rappeler l'évidence. Edeyn rougit, puis inclina la tête afin qu'il sache qu'elle avait compris.

— Et comment se porte mon cousin ? demanda Giles en souriant à Frevisse.

— Pas bien. Cette mort lui est très difficile à supporter.

— Ma foi, c'est normal. Il lui faudra du temps pour accepter son acte, tout comme la manière dont les choses vont désormais se passer. Mais on aurait pu se douter de ce qui arriverait. Gravesend a profité de sa position, et mon cousin avait beau le tolérer – il n'avait pas le choix –, la colère a dû s'accumuler en lui, jusqu'au jour où cette folie l'a pris, et où il s'est vengé. Lionel a cédé à son démon, et son démon lui a cédé. Voilà tout. C'est triste, en un sens. J'aurais préféré voir Gravesend s'en aller avec son ballot sur les routes plutôt qu'en enfer.

— Vous aviez le pressentiment qu'un drame allait se produire ? demanda la nonne.

— Pas aussi précisément…

Rien n'était plus distrayant que d'amener les gens aux conclusions que l'on souhaitait, or cette femme était prête à le suivre où il voudrait.

— … mais je pressentais quelque chose. Lionel lui-même ne pouvait plus supporter ce profiteur. S'il a choisi de laisser son démon porter le coup fatal, ma foi…

Giles écarta les bras, s'efforçant de donner l'impression qu'il se sentait impuissant et qu'il lui pardonnait.

— Je m'occuperai de Lionel de mon mieux, une fois qu'il sera placé sous ma tutelle.

— Il a besoin de vêtements propres et de se laver, dit la religieuse.

— J'y veillerai.

La façon qu'avait cette femme de se mêler de ce qui ne la regardait pas était loin d'être subtile, mais allait s'avérer utile. Faire semblant de s'inquiéter du sort de son cousin lui fournirait un excellent prétexte pour parler à lady Lovell. Et il y tenait afin de vérifier qu'elle comptait toujours agir comme il le lui avait suggéré. Trop souvent, il avait constaté qu'exercer une influence sur les gens était une chose, mais que la conserver en était une autre, surtout avec les femmes.

Toujours déterminée à tirer de lui ce qu'elle pourrait, la religieuse demanda :

— Qu'arrive-t-il à votre cousin lors d'une crise ?

Giles l'avait suffisamment raconté aujourd'hui pour

commencer à en avoir assez, mais l'expliquer une fois de plus à la nonne ne lui ferait pas de mal, d'autant qu'elle semblait avoir ses entrées auprès de lady Lovell, mieux que lui-même n'y était jamais parvenu. Il prit un air de regret douloureux pour montrer combien le sujet lui était pénible et dit :

— Il devient fou. Il lance les bras et les jambes dans tous les sens. Son corps se tord et se convulse, il se débat et il bave. Son démon est d'une force telle que cinq hommes ne sont pas trop pour le contenir. Et il pousse des cris... Dieu vous épargne le malheur d'entendre ce qui sort de sa bouche quand le monstre s'empare de lui !

— Mais alors, comment pourrait-il être en mesure de tuer un homme ? demanda la nonne.

Giles accentua la peine dans son regard et y ajouta l'inquiétude.

— Je crains que ce démon ne soit en train de gagner la bataille. Si c'est la vérité, la situation va empirer pour Lionel, et devenir de plus en plus dangereuse pour toute personne qui se trouvera à proximité au moment où le démon prendra possession de lui.

— Mais il est prévenu de l'arrivée des crises. Sa main...

Si cette femme était aussi assidue dans ses prières que dans ses questions, elle était bien partie sur la voie de la sainteté ! Mais puisqu'elle lui tendait une nouvelle perche, il n'allait pas la refuser.

— C'est une véritable bénédiction, en effet. Mais l'avertissement n'est pas systématique, et maintenant qu'il a un meurtre sur la conscience, je ne vois guère d'autre solution que de le garder enfermé en permanence.

— Oh, non... commença Edeyn.

Mais son mari lui prit la main et la serra très fort dans la sienne, la dissuadant de toute protestation plus ou moins ridicule.

— Nous devrons en passer par là, s'il le faut. Tu voudrais courir le risque qu'il massacre quelqu'un d'autre ? Allons, mon cœur, réfléchis. Si j'arrive à convaincre lord Lovell de placer Lionel sous ma tutelle, il aura l'avantage d'être avec des gens qui le connaissent et se soucient de lui. Mais il n'en devra pas moins rester enfermé, pour ton bien, pour celui de l'enfant. Dans l'intérêt de tout le monde, y compris du sien.

Edeyn baissa la tête, reconnaissant qu'il avait hélas raison. C'était une chose qu'il aimait chez elle. Une femme idiote eût été un fardeau, mais la sienne était assez intelligente pour comprendre une chose s'il la lui expliquait en termes simples, et ne croyait pas l'être suffisamment pour discuter avec lui. Elle faisait ce qu'il voulait, quand il le voulait, et savait tenir sa langue. C'était là beaucoup plus qu'il ne pouvait en espérer de la part de cette nonne qui parlait à tort et à travers sans se rendre compte qu'elle abusait.

Mais, là encore, Edeyn lui serait utile. Il lui serra de nouveau la main pour qu'elle devine la réponse qu'il attendait d'elle tout en lui caressant la joue de l'autre main.

— Tu es bien pâle. Ne ferais-tu pas mieux de t'allonger un moment ? La journée a été dure.

Après un très bref coup d'œil vers la nonne, docile, Edeyn répliqua :

— Tu as sans doute raison. Je... je vais aller m'étendre.

— Voilà qui est sage. Vous nous pardonnerez, j'espère ? ajouta-t-il à l'intention de la religieuse.

Contre toute attente, elle comprit le message, fit ses adieux et s'éclipsa. Giles relâcha la main d'Edeyn, se souciant comme d'une guigne de la voir s'allonger ou pas. À sa mine, elle n'en avait nul besoin, et il était moins inquiet pour elle qu'agacé par l'effort que lui avait coûté de se débarrasser de cette stupide nonne.

— Pourquoi est-elle venue ici ? Sans doute pour en

apprendre plus sur Lionel et colporter je ne sais quels ragots auprès de qui voudra bien l'écouter. Quel genre de choses voulait-elle savoir ?

— Oh, rien de particulier, répondit Edeyn.

Mais au même moment, de sorte que Giles faillit ne pas l'entendre, Nan dit :

— Vos chaussures.

Giles se retourna en fronçant les sourcils.

— Mes chaussures ?

— Celles qui ont disparu, dit Edeyn. Nous ne les avons toujours pas retrouvées, et nous ne comprenons pas comment elles ont pu se perdre dans la chambre.

— Des serviteurs trop négligents pour se souvenir de ce qu'ils font, ou trop malhonnêtes pour reconnaître leur sottise, la voilà, l'explication ! Mais en quoi cela intéressait-il la religieuse ?

Il avait demandé cela d'un ton léger, mais il tenait à savoir. Voyant qu'aucune des femmes ne répondait, il enchaîna :

— Comment en êtes-vous venues à parler de chaussures ? Nan ?

La servante se mordilla la lèvre, ne sachant pas très bien s'il allait se mettre en colère, et effrayée à l'idée de ce qui pourrait alors se passer. Les domestiques le connaissaient suffisamment pour le craindre et pour toujours répondre sur-le-champ. Après un regard désespéré vers Edeyn, qui, si elle savait où était son intérêt, ne viendrait pas à son aide, Nan bredouilla :

— C'est juste qu'elle est venue ce matin pendant que je mettais de l'ordre dans votre coffre et que je lui ai dit que je ne comprenais pas pourquoi il était dans un état pareil, vu que je n'y avais pas touché. Mais quand elle m'a demandé tout à l'heure si j'avais découvert ce qui s'était passé, comme je le savais, eh bien, je lui ai dit !

Dieu le préserve de la langue des femmes ! Qu'elle ait parlé ne porterait pas à conséquence, mais il aurait préféré qu'elle tienne sa langue. On ne retrouverait jamais ses chaussures. En ce moment même, elles étaient enfouies dans la vase au fond de la rivière et, si par malchance quelqu'un les repêchait, il serait impossible de les identifier, après ce séjour dans l'eau, personne ne serait capable de dire que la tache sur la semelle de la chaussure droite était du sang.

Ce détail l'avait agacé, d'autant plus que c'était sa faute et celle de personne d'autre. Le plaisir de tuer Martyn l'avait tellement absorbé que, avant de le pousser, il avait oublié de placer la dague dans la main droite de Lionel. Et comme celle-ci était coincée sous le cadavre, il avait dû enjamber Lionel pour attraper Martyn par les épaules, le tirer en arrière et le faire rouler sur le côté, puis libérer la main de Lionel. Ce faisant, il avait posé le pied droit dans la flaque de sang, mais il ne s'en était rendu compte qu'après avoir lâché Martyn, au moment où il avait reculé et trouvé le sol gluant sous son pied.

Il lui avait donc fallu se débarrasser des chaussures. Les dissimuler le matin sous son ample houppelande n'avait pas été compliqué. Et une fois calmés les cris et les exclamations suscités par la mort de Martyn, il n'avait eu qu'à aller faire un tour au bord de la rivière pour regarder dans quel sens elle coulait, puis profiter d'un moment où il n'y avait personne pour les jeter au fond de l'eau. Il était pleinement rassuré. Pour l'instant, il préférait toutefois que personne ne s'intéresse à ses chaussures, et moins encore qu'elles alimentent la conversation de nonnes à la langue trop bien pendue.

Cependant, moins il accorderait d'importance à cette histoire, plus vite elles l'oublieraient. Giles haussa les épaules, l'air écœuré, comme s'il n'avait jamais rien entendu d'aussi ridicule. Puis il fit signe à Nan d'aller vaquer et se retourna vers Edeyn.

CHAPITRE XIX

La troisième personne que Frevisse arrêta dans la grande salle lui expliqua que mère Claire était sortie dans le jardin avec la plupart des damoiselles de lady Lovell.

— Et la châtelaine ? demanda Frevisse.

— Elle est encore au travail, madame. C'est demain que se tiennent les audiences au manoir, et la veille, elle est toujours très occupée. Elle dit qu'elle tient à en savoir au moins autant que les gens qu'elle doit juger.

Frevisse remercia l'homme, puis s'éloigna vers le jardin, ravie d'avoir un prétexte d'être de nouveau dehors et loin de ses préoccupations, ne fût-ce qu'un moment.

Non qu'elle puisse échapper vraiment à ses interrogations. Toutefois, elle s'était aperçue que si elle les mettait de côté quelque temps, les réponses se trouvaient souvent là à l'attendre lorsqu'elle y revenait. Le problème était que bien qu'elle pense avoir la réponse quant à ce qui lui avait paru bizarre dans la mort de Martyn, elle n'avait aucun moyen de le démontrer. Passer un moment dans le jardin lui apporterait peut-être le répit dont elle avait besoin.

En sortant de la pénombre du passage, Frevisse trouva la pelouse déserte. Ne voyant personne non plus dans les allées ou sous les arbres, elle se demanda où les dames étaient parties. C'est alors qu'elle entendit de la musique derrière la charmille, un air entraînant joué au psaltérion. Sans hâte, profitant de cet instant de solitude, elle se dirigea vers l'allée ombragée et gagna la roseraie où la pierre pâle des murs couverts de croisillons reflétait la douce lumière de l'après-midi.

La plupart des damoiselles de lady Lovell étaient là, en compagnie du petit Harry et de sa sœur. Assis au milieu de l'allée, les enfants s'amusaient à rouler une balle en cuir, tandis que les dames les plus âgées étaient installées sur le banc de gazon avec un ouvrage de couture. Mais au centre du jardin, assise sur le rebord de la fontaine, ses jupes rouge sombre déployées autour d'elle en corolle, une femme faisait sonner de ses doigts habiles le psaltérion posé sur ses genoux. Les autres dames et damoiselles, parmi lesquelles Luce, formaient une ronde en se tenant par la main et dansaient d'un pas agile en riant.

Frevisse s'arrêta pour les regarder. Il y avait longtemps qu'elle n'avait pas dansé, et elle n'en avait d'ailleurs plus envie, mais voir les autres s'amuser lui procurait un réel plaisir. La danse était simple : trois pas sur la gauche, trois pas sur la droite, ensuite en biais à gauche et à droite avant de repartir sur la gauche, puis on frappait dans les mains, les jupes tourbillonnaient tandis que chaque danseuse tournoyait sur place, et on recommençait. Une danse très simple, à ceci près qu'à chaque reprise la musicienne jouait un peu plus vite. Peu à peu, le rythme s'accélérait, les pieds commençaient à s'emmêler dans les jupes et les danseuses à s'embrouiller, jusqu'au moment où, à bout de souffle et riant aux éclats, elles n'arrivaient plus à suivre le rythme, de sorte que le cercle se brisait.

La joueuse de psaltérion conclut le morceau endiablé sur un accord triomphant. La plupart des danseuses se laissèrent tomber dans l'herbe, les autres allèrent s'asseoir sur les bancs de verdure en bavardant joyeusement. Luce, aussi enjouée et essoufflée que ses camarades, fit un petit signe à Frevisse à l'autre bout de la pelouse. Celle-ci lui répondit d'un sourire, mais resta concentrée sur l'idée que la danse venait de lui donner. Les choses s'étaient-elles passées ainsi pour Giles ? Avait-il commencé par de petites méchancetés, aussi peu compliquées que les premiers pas de cette danse ? Il n'était pas indispensable d'y réfléchir beaucoup, ni même de les prévoir. Elles venaient toutes seules, comme les pas de danse venaient avec la musique, dans la facilité et le plaisir. Car Giles y prenait certainement du plaisir.

Pour quelle raison ? Parce qu'il était plus facile d'être méchant que gentil ? Parce que le pouvoir que la méchanceté lui donnait sur les autres était plus satisfaisant ? Oui, sans doute. Regardez comme je peux vous faire souffrir. Vous n'aviez pas mal, et maintenant vous souffrez, et c'est moi qui en suis la cause. Je détiens ce pouvoir-là...

Et plus on était en mesure de faire du mal, plus on possédait de pouvoir.

Une pure illusion, bien sûr. La volonté de faire du mal n'était pas un pouvoir, mais une faiblesse. La joie, ou même le bonheur, était beaucoup plus difficile à donner que la douleur. La douleur était la façon qu'avaient les faibles d'appréhender le monde. Giles avait dû glisser d'une petite méchanceté à une autre, avant que celles-ci deviennent de plus en plus grandes. Les sentiments d'autrui ne comptaient pas, seuls les siens avaient de l'importance tandis que le diable l'accompagnait en rythme. Un rythme de plus en plus rapide, comme les pas de cette danse, la méchanceté se transformant en cruauté, puis la cruauté en...

— Mère Frevisse ?

Plongée dans ses réflexions, elle n'avait pas remarqué que mère Claire était assise à moins d'un mètre d'elle sur le banc de gazon. Honteuse d'être à ce point distraite, ou plutôt concentrée, Frevisse la rejoignit. Et

comme elles pouvaient se dispenser entre elles de po-
litesses, elle continuait à penser à Giles quand mère
Claire lui demanda :

— Vous ne voulez pas savoir ce que j'ai découvert ?

Frevisse dut faire un effort pour se rappeler ce que
mère Claire était censée découvrir.

— Vous n'avez trouvé de sang sur aucune chaussure,
je ne me trompe pas ?

— Non, admit mère Claire en réprimant un sourire.
Mais comment pouviez-vous en être aussi certaine ?

— Parce que les chaussures que maître Giles portait
hier ont disparu.

Les danseuses s'étaient relevées, réclamant cette fois
un air lent, mais la joueuse de psaltérion protesta, arguant
qu'elle devait encore reposer ses doigts un moment. Leur
joyeuse querelle meubla le silence de mère Claire, qui
demanda finalement :

— Et vous pensez que ça signifie… quoi ?

— Je pense, répondit Frevisse avec prudence, que le
fait que j'aie vu ce qui pourrait correspondre à une empreinte de semelle tachée de sang et le fait que les chaussures de maître Giles aient choisi de disparaître le même
jour relèvent d'un hasard bien embarrassant.

— Vous pensez donc que Giles était là quand Martyn
a été tué, ou qu'il est arrivé peu après, et qu'il a préféré ne
rien en dire ?

Frevisse, les yeux baissés sur ses mains croisées sur
ses genoux, ne répondit pas.

Mère Claire parla cette fois si bas qu'elle eut du mal à
l'entendre.

— Vous croyez que c'est Giles qui a tué Martyn ?

Sans cesser de regarder ses mains, Frevisse acquiesça
d'un signe de tête.

— Mais la seule chose que vous ayez contre lui, ce
sont ces chaussures qui ont disparu et cette trace de pied,
lui fit remarquer mère Claire. Et puisque l'empreinte a

228

été effacée, nous ne sommes pas sûres que c'en était une, et nous ne pouvons pas vérifier s'il y a du sang ou non sur les chaussures de maître Giles. En résumé, vous n'avez rien.

— Si, une probabilité.

— Une probabilité qui pourrait s'expliquer par votre aversion à son encontre.

— Je n'ai aucune…

— Allons, vous le détestez !

— Vous aussi.

— Mais je ne cherche pas à l'accuser de meurtre. Vous vous acharnez contre cet homme comme vous vous acharnez contre mère Alys…

— Dans les deux cas avec de bonnes raisons !

— En ce qui concerne mère Alys, vous êtes tellement remontée contre elle que vous lui en voulez peut-être plus qu'il ne faudrait. Pour ce qui est de Giles, vous lui en voulez plus qu'aucune preuve ne le justifie.

Frevisse ravala une réplique cinglante. La musique et la danse avaient repris. Tant qu'elles garderaient une expression neutre et parleraient à voix basse, personne ne prêterait attention à leurs propos. Elle attendit d'être certaine de maîtriser son expression et sa voix pour dire :

— Il n'a pas cessé de mentir sur son cousin. Il a menti sur la façon dont se déroulent les crises en faisant croire qu'il devient assez fou pour tuer quelqu'un. Il a menti sur les rapports qui liaient Lionel et Martyn…

— Il sait mieux ce qu'il y avait entre eux que vous ne le pourriez au bout d'à peine deux jours.

Mère Claire cherchait à être raisonnable, mais le savoir n'empêcha pas Frevisse de s'impatienter.

— Il ment, reprit-elle. Quand sa femme dit une chose, il affirme catégoriquement le contraire.

— Il se peut que ce soit elle qui mente, et non lui.

— Edeyn ? fit Frevisse d'un air incrédule. À l'instant, dans leur chambre, elle m'a décrit comment se passaient les crises de Lionel. Puis Giles est arrivé et m'a raconté une tout autre histoire. J'ai bien vu la tête qu'elle faisait. Elle n'en croyait pas ses oreilles.

— Ou a voulu vous le faire penser.

Frevisse faillit répliquer, mais elle se ravisa, s'efforçant de prendre en compte le point de vue de sa compagne. Ce qui aurait pu être une empreinte avait disparu, de même que les chaussures. Sa détestation de Giles était renforcée par la conviction qu'il était aussi cruel que menteur. La version de ce dernier concernant les crises de Lionel contredisait celle de sa femme. Et enfin – mais cela, mère Claire l'ignorait –, le fait même que la jeune femme en sache autant alors qu'elle n'aurait pas dû montrait qu'elle était prête à mentir, à Lionel sinon à quelqu'un d'autre. Il n'y avait là rien à présenter à un enquêteur dans l'espoir qu'il fasse inculper un homme.

Profitant de son hésitation, mère Claire ajouta d'une voix douce :

— Vous devriez prendre en considération que ce pourrait quand même bien être Lionel. Lui-même le croit.

— Si quelqu'un d'autre que Giles devait être pris en considération, ce serait Petir, le serviteur congédié. Il se peut qu'il mente quand il prétend que c'est plus à cause de Giles que de Martyn s'il a perdu sa place. Quoique je doute qu'il ait assez de cervelle pour fabriquer un tel mensonge !

— S'il a été capable de tuer, il l'aura été de mentir, répliqua mère Claire. Vous devez l'envisager comme une possibilité. Et il se peut qu'il y en ait d'autres. Vous devriez au moins les chercher.

— Qui ? Qui, à part Giles, aurait à y gagner ?

— Mais que gagne-t-il ? rétorqua mère Claire. Tuer Martyn ne lui rapporte rien. Il n'héritera de Lionel qu'à sa mort. S'il devait tuer quelqu'un, ce serait Lionel, pas Martyn.

— Pour être suspecté le premier, étant donné que c'est à lui que la mort de Lionel profite le plus ? se gaussa Frevisse, qui avait déjà réfléchi à cette hypothèse. Non. Il tue Martyn en faisant croire que c'est son cousin le meurtrier et parie sur la très forte probabilité que, étant donné que les terres de Lionel ne seront pas confisquées puisqu'il a agi sous l'emprise de la folie, elles seront confiées à Giles en sa qualité d'héritier. Il se retrouve ainsi débarrassé de Martyn – qu'il haïssait –, il l'est quasiment de Lionel, qu'il ne doit pas plus aimer, et il disposera selon toute vraisemblance du domaine Knyvet pour lui seul. Ce qui fait pas mal d'avantages grâce à un seul meurtre, des avantages sur lesquels je vois bien Giles prêt à miser. Et il y a gros à parier que Lionel ne vivra pas longtemps une fois que Giles l'aura sous sa tutelle.

— Vous venez pourtant de soutenir que ça ne lui servait à rien d'assassiner Lionel.

— Un prisonnier mal traité peut mourir de bien des manières sans que l'on puisse prouver qu'il y a eu meurtre. Et si les mauvais traitements ne suffisent pas, ou si Giles perd patience, il reste les poisons, ou plus simplement la privation de nourriture qui passera pour une maladie débilitante aux yeux de l'enquêteur. Giles ne reculera pas devant un second meurtre, alors que le premier s'est avéré si facile, si peu risqué et si profitable.

— Mais vous ne détenez toujours aucune preuve qu'il ait commis le premier, insista mère Claire. Vous aurez beau dire et croire ce que vous voulez, il n'existe aucune preuve que Giles soit mêlé à la mort de Martyn !

Frevisse s'abstint de répondre. Car, même si elle avait un mal fou à l'avouer, mère Claire avait raison.

— Vous devez considérer que Lionel l'a effectivement tué, reprit mère Claire, profitant de son silence.

Obstinée, Frevisse rétorqua :

— Dans l'état de folie que Giles a décrit ou pendant le

genre de crise que raconte Edeyn, Lionel n'aurait jamais pu trancher la gorge d'un homme d'un coup aussi net. Et puis Martyn ne lui aurait jamais tourné le dos.

— Le plus fort de la crise était peut-être passé. Peut-être qu'il se tenait de nouveau tranquille et que Martyn s'est retourné parce qu'il n'avait plus besoin de le surveiller et qu'il pensait que c'était fini, mais que le démon a fait se redresser le corps de Lionel qui l'a alors tué.

Frevisse secoua la tête, refusant cette hypothèse.

— Réfléchissez-y, dit mère Claire avec plus de fermeté. Envisagez cette possibilité. Rappelez-vous que nous ne savons pas ce qui s'est passé hier soir. Le démon pourrait très bien avoir changé ses façons de faire et s'être emparé de Lionel comme jamais il ne l'avait fait.

Frevisse contempla ses mains croisées sur ses genoux.

— Il m'est plus facile de croire que Giles est coupable que d'imaginer le démon de Lionel changer ses façons de faire.

— Parce que vous détestez Giles plus encore que ce démon ! Cela fausse votre jugement, tout comme votre aversion pour mère Alys fausse votre sentiment à l'égard de tout ce qu'elle fait. Je le vois bien, s'empressa d'ajouter mère Claire en coupant la parole à Frevisse, puisque c'était vrai de moi aussi. Depuis que nous avons quitté Sainte-Frideswide, je me suis forcée à le reconnaître, afin de mieux obéir lorsque nous rentrerons. Vous et moi devons nous rappeler qu'il ne faut pas juger son prochain si on ne veut pas être jugé en retour.

— Sans doute vous est-il plus facile qu'à moi d'oublier comment est mère Alys, dit Frevisse d'un ton laconique. Et vous devriez considérer qu'il vaut mieux juger et être sûr que son jugement est juste que de laisser le monde sombrer dans le chaos et l'injustice par crainte de juger.

— Le salut de l'âme ne dépend pas de notre jugement d'autrui.

— Mais le salut de l'âme d'une certaine personne le pourrait bien !

Elles avaient haussé le ton. La musique s'arrêta, et les rires de la musicienne et des danseuses firent réaliser tout à coup aux religieuses qu'elles n'étaient pas seules, et qu'on avait dû entendre leurs derniers propos. Encore trop furieuse pour en éprouver de l'embarras, mais assez pour savoir qu'elle ferait mieux de s'en aller avant d'en dire davantage, Frevisse se leva en tournant le dos aux autres dames, baissa la voix pour que seule mère Claire l'entende et déclara :

— Même si je ne puis rien prouver, je vais aller faire part de mes soupçons à lady Lovell. En espérant qu'ils influenceront assez son jugement pour arracher Lionel aux griffes de Giles.

— Vous allez surtout la porter à vous prendre pour une imbécile, siffla mère Claire.

— Mieux vaut passer pour un imbécile que pour un lâche ! riposta Frevisse avec hargne en s'éloignant.

CHAPITRE XX

C'était un souci auquel Giles avait négligé de réfléchir. Comment se comporter maintenant qu'il avait pour cousin un assassin et qu'il lui fallait faire face à ce problème ainsi qu'à ceux qui en découleraient ? Personne ne s'attendrait à le voir pleurer un serviteur, de sorte que la mort de Martyn n'exigeait pas d'attitude particulière, en dehors de quelques commentaires ciblés concernant son insolence. Un cousin assassin était une autre histoire. Giles avait tendance à penser qu'il en avait trop dit au début, mais puisque tout le monde avait parlé en abondance et apprécié ce qu'il pouvait apporter, ses remarques n'avaient pas dû sembler extraordinaires. De plus, il avait profité de l'occasion pour expliquer clairement que Lionel représentait un danger et devait rester enfermé. Désormais, sans doute valait-il mieux commencer à montrer qu'il se souciait au plus haut point du bien-être de son cousin.

Étant une femme, lady Lovell serait facile à manipuler dans ce sens. Son mari lui avait confié trop d'autorité au fil des ans, si bien qu'elle avait tendance à ne suivre que son propre avis. Mais celui-ci restait prévisible, et puisque lord Lovell l'écoutait, cela valait le coup de se donner la peine de l'influencer.

Le problème avait dû tarauder la châtelaine toute la

journée. Elle serait fatiguée et accepterait volontiers de l'écouter s'il proposait de lui simplifier les choses. Voilà pourquoi il avait fait exprès d'attendre jusqu'à cette heure pour l'approcher, pendant la pause précédant le souper, tandis qu'elle savourait la fin de la journée en compagnie de ses dames au jardin.

Edeyn avait voulu sortir, se plaignant d'être lasse de rester claquemurée. Elle tenait par ailleurs à voir Lionel, afin de s'assurer par elle-même qu'il n'allait pas plus mal qu'on le lui avait rapporté. Les deux fois, sous prétexte qu'il s'inquiétait de son état, Giles avait refusé. Il commençait à trouver son attachement à Lionel ennuyeux. Il comptait l'autoriser à le voir, mais pas tant que son cousin ne serait pas suffisamment brisé et que lui-même n'aurait pas tout loisir d'en jouir. En tout cas, pas maintenant, alors qu'il avait d'autres choses à régler.

Giles prit son temps pour aller rejoindre lady Lovell, assise dans l'herbe sous les bouleaux. La plupart de ses dames, plusieurs écuyers et quelques chevaliers de la maison qui n'avaient pas accompagné lord Lovell se trouvaient autour d'elle, et il y avait même la grande nonne qui était venue voir Edeyn. En fait, la nonne était en train de parler à la châtelaine, cherchant sans doute à lui soutirer de l'argent pour son couvent. Il fit le tour par différentes allées entre les plates-bandes, saluant les rares femmes qui se promenaient là, mais en prenant un air absent comme s'il ruminait de sombres pensées, soucieux d'avoir l'air profondément troublé. Après avoir marché assez longtemps pour être sûr qu'on l'avait remarqué, il se dirigea vers lady Lovell, qui était toujours en conversation avec cette maudite nonne.

Il se faufila entre les gentilshommes et les dames assis en train de discuter avec nonchalance, s'arrêta le temps de dire un mot à certains, acceptant leurs condoléances et autres commentaires, ce qui lui permettait de répondre avec une gratitude confuse et de montrer combien lui pesait le fardeau qui venait de s'abattre sur ses épaules. Lorsqu'il arriva à la hauteur de lady Lovell, elle se contenta de lui adresser un regard et un signe de tête, indiquant ainsi qu'elle avait l'intention de continuer à discuter avec cette imbécile de nonne.

Elles parlaient trop bas pour qu'il devine de quoi elles s'entretenaient. Voulant avoir l'air naturel et ne pas paraître indiscret, Giles s'accroupit à côté de sir Rohard. Le vieux gâteux, qui avait été fait chevalier après la bataille d'Azincourt voilà une vingtaine d'années, accusait son âge par une tendance à ne plus parler que de son passé. Le meurtre de la veille n'eut droit qu'à une mention compatissante au passage, avant qu'il ne se mette à raconter un autre meurtre dont il se souvenait à Calais. Giles faisait semblant d'écouter. Sir Rohard n'exigeait de ses auditeurs qu'un grognement d'assentiment de temps à autre, preuve qu'ils ne s'étaient pas assoupis, laissant tout loisir à Giles d'observer librement lady Lovell et de guetter l'occasion de s'immiscer dans la conversation.

L'occasion ne se présenta cependant pas aussi vite qu'il l'avait escompté. Il n'entendait toujours rien de ce qu'elles disaient, mais à force de se détourner de sir Rohard pour les épier, il s'aperçut que les deux femmes se tournaient parfois dans sa direction et que leurs regards semblaient... le juger.

Il avait horreur d'être jugé, surtout par des femmes, et plus encore par lady Lovell, surtout en ce moment. Les efforts que déployait la gente féminine pour avoir l'air intelligent aboutissaient invariablement à des ennuis. À quel jeu jouait la nonne ? se demanda soudain Giles. Plus il y réfléchissait, plus il trouvait qu'il l'avait croisée trop souvent ce jour-là. Et Dieu sait où elle était encore allée fouiner ! Elle était d'abord passée voir Lionel, et ensuite Edeyn, ce qui faisait déjà beaucoup trop.

Il repensa au silence qui régnait lorsqu'il avait surgi

dans la chambre, et aux regards qu'Edeyn et la nonne avaient tournés vers lui. Juste après, sa femme s'était mise à réclamer de voir Lionel et à refuser de rester dans sa chambre. Que lui avait dit la nonne ? Et que racontait-elle en cet instant à lady Lovell ?

S'efforçant d'écouter par-delà la voix ronronnante de sir Rohard, Giles intercepta une bribe de conversation entre deux femmes assises plus loin derrière lui.

— ... de semelles, disait la plus jeune.

Intrigué, Giles se pencha légèrement pour mieux entendre.

— Ici, dans la roseraie ? demanda la femme plus âgée. Elles se sont disputées ?

— Elles prenaient soin de ne rien montrer parce que ce sont des religieuses, mais elles étaient bel et bien en colère, et elles se querellaient ! confirma la jeune femme en se retenant de glousser. À propos de semelles. Celle-ci...

Giles avait tourné la tête pour les apercevoir du coin de l'œil. La jeune femme désignait la nonne assise près de lady Lovell.

— ... était si furieuse qu'elle s'est levée et a laissé l'autre plantée sur le banc !

Toutes deux pouffèrent de rire derrière leur main, alors que sir Rohard concluait d'une voix ferme :

— Et c'en a été fini ! Pas un seul rebelle n'est sorti de ce village français !

Devinant vaguement ce que le vieil imbécile venait de raconter, Giles lança au hasard :

— Et ce n'est pas la seule fois que vous avez vécu pareille expérience, n'est-ce pas ?

— Certes non !

Sir Rohard reprit sa respiration et se lança dans un nouveau récit. Giles essaya quant à lui d'entendre ce que les femmes avaient d'autre à dire, pour découvrir finalement qu'elles parlaient de l'un des écuyers. Les questions se bousculaient dans sa tête. Qu'avait dit la nonne à propos de semelles pour mettre l'autre en colère ? L'après-midi, il s'en souvenait, elle avait posé des questions sur ses chaussures. Et elle avait appris par cette idiote de Nan qu'elles avaient disparu. Qu'avait-elle découvert d'autre ? À quoi jouait-elle et que racontait-elle à lady Lovell pour qu'elles aient toutes deux cet air maussade ? Elle n'avait rien pu trouver. En tout cas, sûrement pas ses chaussures. C'était… impossible ?

Le simple fait d'avoir hésité, d'avoir pris le temps d'en douter, mit Giles hors de lui. Il était censé en principe ne rien faire d'autre que laisser l'affaire suivre son cours en attendant que Lionel soit placé sous sa tutelle. C'était ce qu'il avait prévu. Mais les choses s'avéraient en fin de compte plus compliquées.

— À cette époque, ils n'imaginaient pas que nous les écraserions à la minute où ils se soulèveraient, disait sir Rohard.

Giles l'interrompit :

— Pardonnez-moi, mais je dois aller voir comment se porte ma femme. Étant donné ce qui s'est passé aujourd'hui, elle a gardé le lit, et je préfère ne pas la laisser seule trop longtemps.

— Ah, certes, certes, acquiesça vaguement le vieux chevalier. Une charmante dame. Oui, c'est bien naturel.

Giles doutait que le vieil imbécile sache qui était Edeyn. Il se leva, adressa un bref salut à sir Rohard, puis à lady Lovell, mais elle ne le vit pas car elle était penchée vers la nonne. Il repartit en direction du manoir d'un pas plus mesuré qu'il ne l'aurait voulu.

Il existait d'autres moyens de régler le problème.

Maudits soient les gens qui créaient des complications là où il n'aurait jamais dû y en avoir !

CHAPITRE XXI

Lorsque Frevisse eut terminé, lady Lovell demeura silencieuse et s'absorba dans ses pensées. Sur son visage qui semblait fait pour la sérénité – même si Frevisse savait désormais avec quelle rapidité il pouvait passer au rire –, il était déconcertant de voir la colère affleurer au fur et à mesure qu'elle s'acheminait vers sa décision.

— Si maître Giles a agi ainsi, dit posément la châtelaine, je veillerai à ce que les choses se passent très mal pour lui une fois que cette histoire sera finie.

— Que l'on trouve ou non une meilleure preuve ?

— Quoi qu'il en soit, d'après vos dires, il s'est montré déloyal envers son cousin dans tout ce qu'il a dit et fait aujourd'hui. Et je doute que vous serez la seule à aller dans ce sens lorsque j'aurai interrogé maître Holt et d'autres personnes là-dessus. Je suis en tout cas convaincue que Giles ne devra pas s'occuper de Lionel une fois l'affaire terminée. Pour le reste, c'est insuffisant pour qu'un enquêteur ou un shérif puisse agir contre lui, et c'est fort regrettable.

Lady Lovell était animée par une profonde colère.

— Mais vous en avez découvert assez pour que je me méfie, comme le fera mon époux quand je l'aurai mis au courant. Croyez-vous qu'il vous reste une chance d'en apprendre davantage ?

— Les choses étant ce qu'elles sont, non.

Frevisse avait donné cette réponse à regret, mais elle ne voyait pas comment s'y prendre. Après avoir quitté mère Claire, elle avait fait les cent pas dans le jardin le temps de se calmer, puis elle avait cherché à rassembler les éléments dont elle disposait en attendant que lady Lovell soit libre de l'écouter. Et le peu qu'elle avait trouvé ne s'était pas révélé très utile.

La question de Petir avait été facile à éliminer. Ses compagnons d'écurie lui avaient volontiers raconté qu'il avait passé la soirée à jouer aux dés avec eux dans la grande salle, et ensuite dans les écuries. Ils en avaient même ri parce que, pour une fois, il avait gagné plus qu'il n'avait perdu et les avait poussés à jouer plus tard qu'ils n'auraient dû. Lorsqu'ils s'étaient installés dans la grange pour dormir, Petir s'était isolé comme d'habitude dans le coin le plus éloigné, où il ne pouvait accéder à l'échelle qu'en enjambant quatre hommes, et il n'était redescendu que le lendemain matin en même temps que les autres. S'il s'était levé plus tôt, l'un des palefreniers, qui avait le sommeil léger, n'aurait pas manqué de le voir.

Les questions de Frevisse les avaient étonnés, mais ils avaient répondu d'assez bon gré pour qu'elle ne mette pas leur parole en doute. Quels que soient les sentiments de Petir à l'égard de Martyn, même s'il avait menti en affirmant ne pas lui en vouloir particulièrement, il n'avait pas eu la possibilité de le tuer la veille.

Frevisse avait par ailleurs cherché à savoir ce qu'on pensait de Martyn en général, mais elle n'avait pas recueilli grand-chose, en tout cas rien de négatif, que ce soit auprès des domestiques ou de maître Holt, qui lui avait dit :

— C'était l'un des hommes les plus francs que je connaisse, un gars honnête et compétent. Il aurait pu trouver une place n'importe où ailleurs et aurait eu un fardeau moins lourd à porter qu'avec maître Knyvet, mais c'est à lui qu'il était fidèle, et il l'est resté, coûte que coûte. Que va-t-il se passer maintenant qu'il n'est plus là et que maître Giles va vraisemblablement tout prendre en charge ? Sans doute qu'il embauchera un intendant à sa convenance, mais il n'en trouvera jamais de meilleur.

Il n'en avait pas dit davantage, et Frevisse n'avait pas insisté.

À présent qu'elle avait tout expliqué à lady Lovell, celle-ci, l'œil noir de colère, regardait vers le manoir dans la direction où Giles était parti. L'air songeur, comme si elle se parlait à elle-même, elle murmura :

— Je n'ai jamais beaucoup aimé maître Giles.

— Mais vous avez marié Edeyn avec lui, rétorqua Frevisse avant d'avoir pu se retenir, parvenant tout juste à ne pas prendre un ton accusateur.

Lady Lovell parut un peu surprise, mais nullement offusquée.

— C'était un bon parti pour elle. Elle ne possédait qu'une maigre dot, lui-même n'avait pas beaucoup de biens, mais tout l'héritage des Knyvet lui reviendrait un jour. J'ai cru comprendre qu'ils s'entendaient plutôt bien. Elle paraissait heureuse, les rares fois où je l'ai vue.

Et en effet, Edeyn avait paru heureuse quand Frevisse l'avait rencontrée la première fois sur la route, trois jours auparavant. Pourtant, elle savait maintenant qu'une grande partie de ce bonheur avait tourné autour de Lionel et de Martyn, et des rires qu'ils partageaient. Que restait-il aujourd'hui de ce bonheur ? Et que deviendrait-il si Edeyn n'avait plus que son mari sur qui compter ?

Frevisse se reprocha cette dernière pensée. Elle manifestait là une méchanceté inutile, qui lui venait tout droit de son aversion pour cet homme.

— Avec votre permission, madame, si vous n'avez plus besoin de moi, j'aimerais me retirer pour aller retrouver mère Claire et dire nos prières du soir.

Lady Lovell approuva d'un hochement de tête, puis ajouta :

— Si jamais vous pensez à autre chose ou apprenez quoi que ce soit, venez m'en parler.

Frevisse s'en alla en la remerciant, quoique sans grand espoir. Elle n'avait tout simplement plus de questions à poser, et celles qu'elle avait posées jusque-là n'avaient pas permis de trouver un autre suspect que Giles, contre lequel elle n'avait presque rien, à part – si elle regardait les choses avec honnêteté – une aversion qui l'amenait peut-être à des conclusions abusives.

La demeure seigneuriale se dressait devant elle, plus splendide que jamais, les pierres d'un beau beige doré scintillant dans la lumière de fin de journée. À l'instar du jardin bien entretenu et soigneusement clos, c'était une maison faite pour vivre dans la sécurité et l'agrément, aussi paisiblement que le permettait l'existence. Pourtant, comment vivre ainsi quand le mal et le danger ne représentaient plus une menace extérieure, mais un danger venant de l'intérieur et qui allait croissant ? Ici avait eu lieu un meurtre, et elle redoutait quelque chose de pire encore, parce que ce meurtre n'était que l'aboutissement de quelque chose qui n'allait pas. Oui, quelque chose n'allait pas du tout chez Giles, et son esprit corrompu entacherait tout ce qui l'entourait. Que se passerait-il si elle ne parvenait pas à prouver qu'il avait tué Martyn ? Par-delà le sort de Lionel, que ferait Giles quand il serait libre d'agir à sa guise ? Et puisqu'il était capable de tuer comme elle l'en soupçonnait – de sang-froid, dans le seul but de ruiner Lionel –, que ferait-il ensuite ?

Frevisse quitta la lumière du soleil pour s'engouffrer dans la pénombre du passage et rejoindre la grande salle. Pendant qu'il écoutait le vieux chevalier, Giles avait affiché le visage d'un homme poli, prenant un air légèrement absent lorsque le vieil homme s'était lancé dans un récit qu'elle doutait qu'il eût envie d'entendre. Mais rien

de particulier ne le distinguait comme un être aux manières ou à l'esprit différents des autres. Néanmoins, qu'elle
arrive ou non à le prouver, et quelle que soit l'impression
donnée par Giles, elle était convaincue qu'il était aussi
venimeux qu'une vipère tapie au milieu d'un massif de
fleurs dans un jardin.

Bien que sa première intention ait été de rejoindre
mère Claire et d'aller prier, Frevisse se retrouva devant
l'escalier qui menait à la cellule de Lionel au lieu de celui
qui montait à la chapelle. Avait-il reçu des visites cet
après-midi ? Sans bruit, elle monta les marches de l'escalier en colimaçon et se figea de surprise en apercevant
la porte devant laquelle se trouvait pour seul garde
Edeyn, le front appuyé contre le chambranle, une main à
plat sur la porte et les yeux clos, remuant les lèvres
comme si elle priait en silence.

Parce qu'il eût été cruel de l'observer sans l'en avertir,
Frevisse murmura :

— Edeyn…

La jeune femme se redressa et se retourna avec un air
étonné, trop obnubilée par ses sentiments pour se soucier
d'apparaître aussi vulnérable.

— Où est Deryk ? demanda Frevisse. Le garde qui
était là.

Peut-être l'avait-on remplacé par un autre. Peu importait, mais il aurait dû y avoir quelqu'un. Pourtant, Edeyn
répondit :

— Il est parti.

— Parti ?

Avant que Frevisse ait pu demander pourquoi, des
gémissements et des coups de griffes attirèrent son
attention derrière la porte.

— Fidelitas ? fit-elle en ouvrant la porte.

— Non ! s'écria Edeyn. Elle va…

La petite chienne fila telle une flèche entre leurs jupes
et disparut dans l'escalier.

— Giles sera fou de rage ! s'exclama Edeyn avec angoisse. Elle va aller rejoindre Lionel et…

— Lionel ?

Un regard suffit à Frevisse pour constater que la pièce était vide.

— Où est-il parti ?

— Avec Giles…

— Où ? Et pour quelle raison ? la coupa Frevisse.

— Maître Holt a autorisé Giles à emmener Lionel prendre un bain et changer de vêtements. Giles lui a demandé la permission. Il lui a demandé…

Edeyn se tut, ferma les yeux et croisa les mains devant son front en criant d'un ton douloureux :

— J'ai si peur…

Frevisse lui saisit les poignets et lui rabaissa les mains d'un geste autoritaire en demandant :

— Où sont-ils ?

— Dans notre chambre.

— Mais les serviteurs sont avec eux ?

— Non. Giles les a renvoyés. Il n'y a personne !

Personne pour contredire Giles s'il affirmait que Lionel avait été pris d'un nouvel accès de folie et qu'il avait dû le tuer pour se défendre.

Cette pensée, aussi claire que terrifiante, s'imposa à Frevisse. En la voyant se refléter sur le visage d'Edeyn, elle comprit que les barrières que la jeune femme avait érigées pour ne pas voir la vraie nature de son mari venaient de s'écrouler devant ses craintes pour la vie de Lionel.

— Nous ne pouvons pas les laisser seuls ! s'emporta Frevisse. Vite, venez !

Giles regardait Lionel se déshabiller avec des gestes maladroits. Un serviteur n'aurait pas été de trop, et les choses auraient progressé plus vite si Giles l'avait aidé. Mais aucun domestique ne pouvait être présent dans cette chambre, et Giles refusait de toucher les vêtements souillés de sang. Il se releva du lit avec impatience pour faire les cent pas, mais se força aussitôt à se rasseoir. Il avait le temps. Il pouvait attendre.

Lionel décolla lentement ce qui avait été sa chemise blanche de la croûte de sang qui s'était formée sur son flanc. Il se mouvait avec une extrême lenteur depuis que Giles était venu le chercher dans sa cellule. Comme si son esprit n'était pas tout à fait là ou pas vraiment concentré. Son seul geste un peu vif, il l'avait eu quand ils étaient entrés dans la chambre et qu'Edeyn était là, bien que Giles l'ait priée de partir en même temps que les domestiques. Elle avait commencé à marcher vers Lionel en poussant un petit cri, mais celui-ci s'était retourné vers le mur, demeurant dans cette position jusqu'à ce qu'elle soit sortie. Giles s'en réjouit. Ce serait la dernière image qu'elle garderait de Lionel vivant – sale, pas rasé, honteux et maculé du sang de Martyn. Elle se souviendrait de lui ainsi, et mort.

Même après son départ, Lionel n'avait pas bougé, jusqu'à ce que Giles lui ait ordonné de se dévêtir. Il mettait un temps fou. La vapeur montait de la baignoire remplie à côté de lui. Lorsqu'il serait prêt à y entrer, l'eau serait déjà tiède. Mais ça n'avait pas d'importance. Giles n'avait pas encore décidé à quel moment exact Lionel allait mourir. Il avait découvert avec Martyn que quand c'était fini, c'était pour de bon, et que le seul plaisir restant résidait dans le souvenir. L'acte en lui-même était si bref qu'il ne voulait pas se priver du plaisir d'en jouir à l'avance. D'un autre côté, il ne pouvait pas attendre trop longtemps car quelqu'un ne manquerait pas de venir voir comment ils allaient.

Lionel laissa glisser la chemise sur le sol et demeura planté là, comme s'il ne se rappelait plus ce qu'il devait faire.

— Tes hauts-de-chausses, aboya Giles.

À tâtons, les mains de Lionel entreprirent de les détacher.

Peut-être vaudrait-il mieux le tuer aussitôt. Étant donné la vitesse à laquelle il allait, ils seraient encore là à minuit !

Un grattement péremptoire à la porte fit se lever Giles en jurant.

— Qu'est-ce que c'est ?

Pour seule réponse, il y eut un nouveau coup, cette fois plus insistant. Il jura de nouveau. Sans doute un abruti de domestique incapable de s'en tenir aux ordres et de rester à l'écart. Il alla à la porte qu'il ouvrit à toute volée.

— Qu'est-ce…

La chienne qui s'était prise d'affection pour Lionel se précipita dans la chambre, détournant son attention. Giles s'apprêtait à la rattraper lorsqu'il vit que ce n'était pas un domestique qui l'accompagnait, mais la grande nonne et — plus incroyable — Edeyn. Au moins pourrait-il épancher son mécontentement sur sa femme.

— Je t'avais pourtant dit de… commença-t-il.

Mais la nonne regarda dans la pièce, et il réalisa qu'il avait oublié Lionel un instant. Inquiet de ne pas savoir où il était, Giles s'écarta de quelques pas et découvrit qu'il s'était retranché dans un recoin et leur tournait le dos. Avant que Giles ait pu terminer sa phrase, la nonne avait déboulé dans la chambre, Edeyn sur ses talons, en marmonnant :

— Nous allions à la chapelle. Et nous avons pensé que nous pourrions…

Il devina la peur sur leurs visages. Il était si habitué à discerner l'ombre de la peur chez les autres qu'il lui fut facile de déchiffrer la leur, surtout chez Edeyn, mais chez la nonne également. C'était sa faute – elle et ses soupçons – s'il avait dû s'occuper de Lionel plus vite que prévu. Et voilà qu'elle avait réussi à influencer Edeyn ! Aussi sûr que la misère s'abat sur le monde, elles étaient venues se mêler de ce qui ne les regardait pas. Qui d'autre la nonne avait-elle convaincu ?

L'étau de panique qui lui enserrait la poitrine se relâcha d'un coup. Car si la nonne avait détenu la moindre preuve sérieuse contre lui, il aurait aperçu des hommes sur le palier, et pas uniquement ces deux femmes au teint blême.

Mais il suffisait d'un soupçon pour tout embarras ; et outre qu'il ne pouvait se permettre des complications pour l'instant, il ne voulait surtout pas qu'Edeyn, après, l'accable de ses soupçons.

Aussi n'y aurait-il pas d'après.

Maintenant qu'elles étaient dans la chambre, Lionel ne risquait plus rien. Le temps leur avait manqué pour prévoir plus loin. Edeyn parlait à toute vitesse, cherchant à s'excuser de leur arrivée soudaine. Mais à la façon dont Giles clignait froidement les yeux en les dévisageant tour à tour, Frevisse comprit que leur présence avait éveillé sa méfiance plus qu'elle ne l'avait escompté.

Sans écouter Edeyn, il se retourna, ferma la porte, puis poussa le gros coffre en bois en raclant le plancher de manière à bloquer la porte.

Edeyn retint un petit cri et l'interpella tout bas :

— Giles ?

Il ne répondit pas, si ce n'est qu'il se dirigea vers la tête du lit et tira une dague de sous un oreiller. Aussitôt, Frevisse vit avec une clarté épouvantable la scène qu'il avait jouée devant les domestiques : Giles avait sans doute ostensiblement caché la dague avant l'arrivée de Lionel, ne voulant surtout pas reproduire l'erreur supposée de Martyn en portant une arme en sa présence, mais en montrant bien qu'il la gardait à portée de main. Elle comprit aussi, avant même qu'il se soit retourné, ce qu'il comptait en faire exactement. Quand ils seraient morts tous les trois, il pourrait jurer que son cousin était devenu fou, qu'il les avait tuées, elle et Edeyn, avant qu'il ait pu l'en empêcher, et qu'il avait alors tué Lionel en légitime défense, aveuglé par la rage et le désir de vengeance.

— Giles ? fit de nouveau Edeyn. Qu'est-ce que… ?

Frevisse la poussa en arrière, mettant la baignoire – la seule chose un peu imposante dans cette partie de la chambre – entre elles et Giles tandis qu'il se rapprochait. Il n'y avait rien à espérer du côté de la porte. Même si elles se séparaient et prenaient leurs jambes à leur cou, il rattraperait l'une et ensuite l'autre avant qu'aucune d'elles ait eu le temps de déplacer le coffre.

— Edeyn, criez ! ordonna Frevisse en attrapant une serviette posée sur le bord de la baignoire.

Elle la tendit entre ses mains comme pour s'en faire un bouclier contre la dague qui allait frapper. Si elle arrivait à s'emparer de l'arme, ou à entortiller la main de Giles, elle gagnerait un peu de temps. Elle aurait un moment de plus pour réfléchir à une autre solution.

Pas une seconde elle ne pensa à Lionel. En entrant, elle l'avait vu du coin de l'œil se recroqueviller au fond de la chambre, et depuis, son attention s'était concentrée exclusivement sur Giles.

Mais au lieu d'appeler à l'aide, Edeyn cria « Lionel ! ». Et soudain il fut là, sans aucune arme et quasiment nu, arrivant sur Giles en biais et le prenant par surprise. Dans un mélange de colère et de stupéfaction, Giles recula et brandit sa dague pour le repousser, s'efforçant de le tenir à distance pour lui porter un coup, mais Lionel ne le laissa pas faire. Il le saisit d'une main par le poignet et de l'autre à la gorge. Les forces décuplées par la rage, Giles libéra sa main emprisonnée et retourna sa dague, frôlant Lionel au niveau de la clavicule. Du sang coula de la blessure. Cette fois, Edeyn hurla pour de bon, mais Lionel écarta la main de Giles, et Frevisse abattit la serviette sur la dague, tira d'un coup sec et la jeta par terre le plus loin possible. Giles se libéra de la double emprise de Lionel pour récupérer son arme, repoussa Frevisse d'une main et tendit l'autre pour s'emparer de la dague, mais à la seconde où ses doigts allaient se refermer dessus, Fidelitas se rua sur lui et enfonça ses crocs dans son poignet. Son cri résonna en même temps que celui que poussa Lionel tandis qu'il lui assenait un coup de pied dans les côtes qui projeta Giles contre le lit. Giles se redressa d'un bond et s'élança sur Lionel, mais celui-ci lui enfonça la dague dans le flanc jusqu'à la garde.

Edeyn cessa de hurler. Giles, l'air ébahi, s'écroula sur le plancher, s'agrippant à deux mains au bras de Lionel. La dague restait plantée dans son flanc, les doigts de Lionel crispés autour du manche. À l'extérieur, quelqu'un demanda en criant ce qui se passait, puis donna des coups dans la porte en croyant qu'elle allait s'ouvrir. Elle ne s'entrouvrit qu'à peine, mais d'autres hommes rejoignirent bientôt les premiers. Encore deux coups un peu plus puissants, et ils entreraient dans la chambre. Et le spectacle qu'ils découvriraient alors serait celui de Lionel penché sur Giles, une dague à la main.

— Edeyn ! s'écria Frevisse. Vite, aidez-moi !

CHAPITRE XXII

Edeyn réagit aussitôt. Tandis que Frevisse attrapait Lionel par son épaule nue, elle le saisit par l'autre, et ensemble elles le tirèrent en arrière.

— Lionel ! Lionel, lâche-le ! l'implora Edeyn.

Alors qu'elles le tiraient, Giles lâcha prise et s'affala par terre, la bouche tordue de douleur. La dague toujours à la main, Lionel ne fit que deux pas en arrière, continuant à dévisager Giles comme s'il ne voyait et n'entendait que lui, jusqu'à ce qu'Edeyn prenne son visage entre ses mains et le tourne vers elle en suppliant :

— Lionel, écoute-moi. Ils vont te tuer ! Viens, viens avec moi !

Sous la force des coups, la porte céda de quelques centimètres. On apercevait maintenant plusieurs visages, qui pouvaient voir à l'intérieur, puis les cris redoublèrent. Lionel tourna la tête et les regarda fixement.

— Lionel ! l'implora de nouveau Edeyn.

Au bout de quelques secondes, il sembla comprendre le danger qui le menaçait. Frevisse lui arracha la dague, et il laissa Edeyn l'entraîner dans l'angle le plus éloigné de la chambre. Elle jeta l'arme au milieu de la pièce, reculant avec eux vers le fond, puis les deux femmes se placèrent entre Lionel et la porte tandis que le coffre cédait sous la pression des coups d'épaule.

— Fidelitas ! appela Lionel.

La petite chienne sauta au-dessus de Giles pour bondir vers lui. Il la prit dans ses bras au moment où la porte s'ouvrait à toute volée. Frevisse et Edeyn se serrèrent l'une contre l'autre pour protéger Lionel des hommes qui arrivaient en nombre, fonçant droit sur lui, l'arme au poing.

— Non ! cria Edeyn, plus farouche qu'apeurée. Laissez-le ! Il n'a rien fait ! Voilà votre assassin ! hurla-t-elle avec rage en montrant son mari à terre, plié en deux de douleur. C'est *lui* qui a tué Martyn et qui voulait nous tuer ! Tous les trois !

Les hommes se figèrent, troublés par ses propos, plus confus de voir deux femmes défendre un homme presque nu et maculé de sang qui tenait une chienne blanche dans les bras. Profitant de leur trouble, Frevisse afficha le plus grand calme, essayant de paraître raisonnable dans l'espoir qu'ils l'imiteraient.

— Où est maître Holt ? Nous avons besoin de lui immédiatement.

Et pour les occuper, tendant la main vers Giles, elle enchaîna :

— Il lui faut de l'aide. Pouvez-vous faire venir quelqu'un ?

Son autorité supposée ajoutée à leur incertitude finit par les décider. Des hommes se retournèrent pour expliquer ce qui se passait à ceux qui se trouvaient derrière, sans être certains de comprendre eux-mêmes la situation. Très vite, au grand soulagement de Frevisse, maître Holt arriva et se fraya un passage parmi eux. Écoutant ce qui se disait autour de lui, il évalua la situation et donna des ordres pour qu'on emmène Giles. Tandis que ses hommes se rassemblaient pour le transporter, l'intendant s'approcha de Frevisse et d'Edeyn qui continuaient à protéger Lionel.

— Giles a tué Martyn ? demanda-t-il. C'est bien ce que j'ai compris ?

— Et il a essayé de nous tuer, compléta Frevisse. Il comptait assassiner Lionel pendant qu'il était seul ici avec lui, et aurait prétendu ensuite que son cousin avait été pris d'une nouvelle crise et qu'il avait été contraint de se défendre. Quand Edeyn et moi-même sommes intervenues, il a voulu nous tuer nous aussi, avec l'intention de mettre ces crimes sur le dos de Lionel, ce qui aurait justifié plus encore qu'il l'ait tué.

— Et vous ? s'enquit maître Holt en s'adressant à Lionel. Comment vous portez-vous ?

Se tenant droit et l'œil clair, Lionel répondit :

— Bien. Je suis indemne.

Il semblait ne pas sentir l'entaille sur son épaule. Il regarda dans la direction de Giles qu'on emportait.

— J'espère l'avoir tué.

— Cela épargnerait bien des ennuis, reconnut l'intendant avant de se tourner vers Frevisse. Car c'est lui qui a tué Martyn, n'est-ce pas ?

Elle acquiesça, se sentant tout à coup trop lasse pour articuler un mot. Elle aurait voulu s'asseoir avant que ses jambes flageolantes renoncent à la porter, mais Edeyn fut la première à vaciller. Avant que Frevisse et maître Holt puissent réagir, Lionel lâcha Fidelitas et rattrapa la jeune femme dans ses bras. Comme elle s'accrochait à lui et se mettait à pleurer, il la porta sur le lit, la déposa avec délicatesse, puis lui murmura quelque chose à l'oreille qu'elle fut seule à entendre. Edeyn se pressa contre lui, et il la serra plus fort.

Après le souper, une fois passé le temps des explications, quand le manoir retrouva ses activités du soir, les habitudes reprenant le dessus malgré l'avalanche de bavardages, Frevisse échappa à la foule et aux questions en se rendant dans le jardin plongé dans l'obscurité. Les allées les plus proches formaient des lignes pâles dans la faible lueur filtrant des volets du parloir. Au-delà, on ne distinguait que les étoiles dans le ciel dégagé, mais c'était suffisant pour traverser la pelouse et passer sous les bouleaux pour rejoindre la charmille. De là, Frevisse marcha dans le noir jusqu'à la roseraie, où elle retrouva la voûte étoilée.

L'humidité du soir montait, et Frevisse savait qu'elle avait tort de sortir, mais elle avait besoin d'un moment de solitude. Le temps de se remettre les idées en place et de retrouver un nouvel équilibre. Apaisée par le silence, elle leva les yeux vers le ciel. Il était constellé d'étoiles. Comme des fenêtres ouvertes sur un ciel situé à une distance inimaginable. Une distance qui, pour une âme, représentait un long chemin à parcourir.

Elle récita une prière pour celle de Martyn, où qu'elle en soit à présent de son voyage, puis décida d'en dire une autre pour Giles. Son âme n'avait pas encore quitté son corps, mais le ferait sans doute au cours de la nuit. Sa mort était attendue avant l'aube. Maître Holt l'avait informée que le père Benedict lui avait déjà administré les derniers sacrements. L'intendant avait essayé de parler avec Giles après que ce qu'il était possible de faire pour sa blessure eut été fait.

— Et même en cet instant, il est furieux que la stupidité des autres ait contrecarré ses projets, avait rapporté froidement maître Holt. Il l'est en particulier contre vous, parce que vous avez gâché sa mise en scène si maligne de la mort de Martyn, et aussi contre Edeyn, Lionel et vous, parce que vous avez fini par le confondre. Qu'il meure serait préférable pour tout le monde.

Pour tout le monde sauf pour Giles. Les démons qui avaient dû le hanter toute sa vie attendaient maintenant l'instant où son corps ne serait plus en mesure de retenir son âme : en s'abandonnant une fois de plus à la rage, il s'était privé de la protection que lui avait apportée l'extrême-onction. Le démon de Lionel avait été le plus visible ces dernières années, mais ceux de Giles étaient en définitive les plus meurtriers, puisqu'ils avaient détruit son âme en plus de sa chair.

La fin avait sonné pour Giles, tandis que Lionel et Edeyn allaient voir leur vie se transformer. Edeyn portait l'héritier de Giles, mais lorsque ce dernier serait mort, elle deviendrait la plus indépendante des femmes : une veuve, plus libre de diriger sa vie qu'elle ne l'avait été jusqu'à présent. Le mariage demeurait inenvisageable entre elle et Lionel, non seulement parce qu'il avait juré de ne jamais se marier, mais aussi parce qu'elle avait été l'épouse de son cousin. La loi des hommes comme celle de Dieu empêchait tout lien plus intime entre eux deux. Mais l'enfant à naître serait aussi l'héritier de Lionel, et ce lien les unirait. Ce qu'ils en feraient, le temps seul en déciderait. Frevisse songea qu'elle ne pouvait que leur offrir ses prières, mais ce serait avec joie.

Et pour elle-même ? Encore des prières parce que les fâcheuses questions qui l'avaient opposée à mère Claire étaient toujours sans réponse, or ces réponses avaient un rapport avec autre chose que ce qu'elle avait fait aujourd'hui. Si elle avait réussi à accepter le défi que lui proposait mère Claire en réservant son jugement, si elle avait reculé au lieu d'aller de l'avant, il en aurait coûté la vie à Lionel. Si elle s'était détournée de ses certitudes, Giles aurait été en mesure de tuer une fois de plus.

Aussi Frevisse pouvait-elle dire qu'elle avait eu raison. Mais mère Claire aussi. Son aversion pour Giles l'avait guidée, d'abord et avant tout, et le bien qui en était résulté tenait presque du hasard.

Le jugement, la justice et l'équité, tout cela existait. Et ces choses étaient censées être équivalentes, mais elles ne l'étaient pas, pas aussi souvent qu'il l'eût fallu.

Et puis il y avait ce qu'on appelait communément le bon sens, supposé être la base de la sagesse. Mais Frevisse avait trop souvent constaté que ce qui passait pour du bon sens n'était pas forcément raisonnable, et que ce qui paraissait raisonnable n'était pas forcément bon. Le bon sens avait semblé faire comprendre à tout le monde comment Martyn avait été tué, mais le bon sens s'était trompé. Était-ce la sagesse qui l'avait amenée à douter ? Ou seulement, comme l'affirmait mère Claire, un jugement faussé qui ne reposait sur rien d'autre que l'aversion ?

Frevisse n'avait pas encore la réponse quant à ce qu'elle ferait en rentrant à Sainte-Frideswide, lorsqu'elle serait de nouveau confrontée à mère Alys. Elle avait espéré, avait prié pour être capable de changer et devenir plus tolérante, mais elle doutait d'y être parvenue. Pas encore. Peut-être devrait-elle se contenter de vivre et trouver son chemin au jour le jour, sans avoir reçu de réponse éblouissante. Peut-être suffisait-il que deux personnes, ici et maintenant, aient échappé à un tel désastre.

Le vent léger qui murmurait entre les feuilles des rosiers annonçait la pluie avant l'aube. La longue période de beau temps avait pris fin. Mais avant d'aller souper, Frevisse avait parlé à mère Claire, et toutes deux étaient convenues qu'il n'y avait pas de raison de repousser leur départ, quoi qu'il advienne et quel que soit le temps. Frevisse se sentait prête. Assurément.

Cet ouvrage a été imprimé par

FIRMIN DIDOT

GROUPE CPI

Mesnil-sur-l'Estrée

pour le compte des Éditions 10/18
en juin 2005

Imprimé en France

Dépôt légal : juillet 2005
N° d'édition : 3736 – N° d'impression : 74322